ダンジョンに出会いを求めるのは
間違っているだろうか
掌編集
1
JN131643

contents

掌編集

1

[著] 大森藤ノ　[絵] ニリツ

[キャラクター原案] ヤスダスズヒト

presented by Fujino Omori
illustration Niritsu
character draft Suzuhito Yasuda

ヘスティア
HESTIA

人間や亜人を越えた超越存在である、天界から降りてきた神様。ベルが所属する【ヘスティア・ファミリア】の主神。ベルのことが大好き！

ベル・クラネル
BELL CRANEL

本作品の主人公。祖父の教えから、「ダンジョンで素敵なヒロインと出会う」ことを夢見ている駆け出しの冒険者。【ヘスティア・ファミリア】所属。

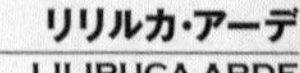

リリルカ・アーデ
LILIRUCA ARDE

「サポーター」としてベルのパーティに参加しているパルゥム（小人族）の女の子。結構力持ち。
【ヘスティア・ファミリア】所属。

アイズ・ヴァレンシュタイン
AIS WALLENSTEIN

美しさと強さを兼ね備える、オラリオ最強の女性冒険者。渾名は【剣姫】。ベルにとって憧れの存在。現在Lv.6。【ロキ・ファミリア】所属。

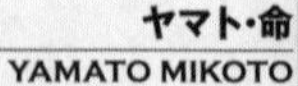

ヤマト・命
YAMATO MIKOTO

極東出身のヒューマン。一度囮にしてしまったベルに許されたことで恩義を感じている。
【ヘスティア・ファミリア】所属。

ヴェルフ・クロッゾ
WELF CROZZO

ベルのパーティに参加する鍛冶師の青年。ベルの装備《兎鎧（ピョンキチ）Mk=Ⅱ》の制作者。
【ヘスティア・ファミリア】所属。

エイナ・チュール
EINA TULLE

ダンジョンを運営・管理する「ギルド」所属の受付嬢兼アドバイザー。ベルと一緒に冒険者装備の買い物をするなど、公私ともに面倒を見ている。

サンジョウノ・春姫
SANJONO HARUHIME

ベルと歓楽街で出会った極東出身の狐人（ルナール）。
【ヘスティア・ファミリア】所属。

CHARACTER & STORY

迷宮都市オラリオ――『ダンジョン』と通称される壮大な地下迷宮を保有する巨大都市。冒険者志望の少年、ベル・クラネルはこの街で神ヘスティアと出会い、【ヘスティア・ファミリア】に入団。ダンジョンの中で、間一髪のところを【剣姫】アイズ・ヴァレンシュタインに救われ、彼女への憧れとともに自らも強くなることを決意する。やがてダンジョンでの激闘を通じて、サポーターのリリ、鍛冶師のヴェルフ、極東出身の命、狐人の春姫も同じファミリアの一員となる。仲間を増やし、ダンジョンに進出していくベルと、それを見守る神ヘスティア。異例の早さで成長するベルは否応なく様々な危機に巻き込まれていく……。

ナァーザ・エリスイス NAZA ERSUISU

【ミアハ・ファミリア】の唯一の団員。
ミアハに近づく女性にヤキモチを焼く。

フィン・ディムナ FINN DEIMNE

ロキ・ファミリア団長。非常に頭が切れる。
【ロキ・ファミリア】所属。

ティオナ・ヒリュテ TIONA HIRYUTE

アイズの親友を称するアマゾネスの冒険者。ティオネとは双子の姉妹であり、自身は妹。【ロキ・ファミリア】所属。

ヘルメス HERMES

【ヘルメス・ファミリア】主神。派閥の中で中立を気取る優男の神。フットワークが軽く、抜け目がない。誰からかベルを監視するよう依頼されている……？

アイシャ・ベルカ AISHA BELKA

【イシュタル・ファミリア】に所属していたアマゾネス。性格は剛胆にして色欲。現在は【ヘルメス・ファミリア】に改宗している。

カシマ・桜花 KASIMA OUKA

【タケミカヅチ・ファミリア】所属。団長を務め、仲間を守るため率先して盾を持って前衛をこなす。ヴェルフとは犬猿の仲。

シル・フローヴァ SYR FLOVER

酒場『豊穣の女主人』の店員。偶然の出会いからベルと仲良くなる。

ウィーネ WIENE

ベルがダンジョン階層域「大樹の迷宮」で出会った竜の少女。人語を放す。

ダフネ・ラウロス DAPHNE LAUROS

かつてカサンドラと共に【アポロン・ファミリア】に所属していた冒険者。『戦争遊戯（ウォーゲーム）』を経て、現在は【ミアハ・ファミリア】に所属。

ヘルン HELUN

フレイヤに忠誠を誓う女神の付き人。『名の無き女神の遣い(ネームレス)』の渾名で知られる。

ヘディン・セルランド HEDIN SELLAND

フレイヤも信を置く英明な魔法剣士。
二つ名は【白妖の魔杖(ヒルドスレイヴ)】

ミアハ MIACH

【ミアハ・ファミリア】主神。
主にポーションなど回復系のアイテムを販売する。

ロキ LOKI

オラリオ最大の派閥である【ロキ・ファミリア】主神。
謎のエセ関西弁を使う。
眷族であるアイズがお気に入り。

ティオネ・ヒリュテ TIONE HIRYUTE

アマゾネス姉妹の姉。団長のフィンに憧れている。
【ロキ・ファミリア】所属。

アスフィ・アル・アンドロメダ ASUFI AL ANDROMEDA

様々なマジックアイテムを開発するアイテムメイカー。
【ヘルメス・ファミリア】所属。

タケミカヅチ TAKEMIKAZUCHI

【タケミカヅチ・ファミリア】主神。凄まじい武芸を誇る武神であり、命たちに様々な『技』を授けている。

ヒタチ・千草 HITACHI CHIGUSA

【タケミカヅチ・ファミリア】所属。命や桜花とは幼馴染の心優しい少女。本来戦いには向いていない性分。

リュー・リオン RYU LION

もと凄腕のエルフの冒険者。
現在は酒場『豊穣の女主人』で店員として働いている。

フェルズ FELS

ウラノスに仕える謎の魔術師（メイジ）。

カサンドラ・イリオン CASSANDRA ILION

ダフネ同様の経歴を経て、現在は【ミアハ・ファミリア】に所属する冒険者。自分を何かと気にかけてくれるダフネに懐いている。

フレイヤ FREYA

【フレイヤ・ファミリア】の主神。神々の中で最も美しいといわれる『美の女神』。

ヘイズ・ベルベット HEITH VELVET

【フレイヤ・ファミリア】に所属する有能な治療師。オッタルによくダメ出しをするらしい。

カバー・口絵・本文イラスト

ニリツ

1巻　チュートリアル
とらのあな店舗特典

イラスト：ヤスダスズヒト

チュートリアル

「いいか、ベル。出会いを求めろよ」

頭の上から頻（しき）りに聞かされていたのは、そんな言葉。

「男は可愛い娘（むすめ）と出会わなけりゃ何も始まらん。いや出会ってこそ本懐を遂げる」

キイコ、キイコ、と全身を包んでいた素朴（そぼく）で優しいリズム。

壊れた大地で一人の娘（むすめ）のため怪物と死闘を繰り広げる英雄の物語、お気に入りのお伽噺（とぎばなし）に没頭する自分（こども）を胸の中に抱えながら、あの人は揺り椅子（ロッキングチェア）をゆっくり漕いでは木の音を奏でていた。

「ぶっちゃけ、儂（わし）も女の子とムフフなことしてぇ」

祖父（あのひと）の言葉は、今でも心に刻み込まれている。

「いいか、ベル。必ず出会いを求めろ。男だったら、ハーレムだ」

「……はーれむ？」

絵本から顔を上げ真上を仰げば、いつだってそこにあった大きな顔は、くしゃくしゃと皺（しわ）を作り、清々しい笑みを浮かべていた。

白い歯を光らせ、これでもかという清らかな笑みを、満面に。

「そう。男の浪漫（ロマン）、男の理想、英雄になるための長く険しい道程（どうてい）……」

「……出会いをもとめれば、はーれむになって、英雄になれる？」

「うむ！」

それがきっと、原点。

「よし、ベル、儂に続け。——男だったらハーレムだ！」

「おとこだったらハーレムだ！」

「いよいしょぉ！　男だったらハーレムだぁ！」

「ハーレムだぁー！」

ギィコ、ギィコ、大きく漕がれて大きな音を鳴らす揺り椅子と一緒に。

世界で一番楽しそうな二つの声は、古ぼけた追憶の中、どこまでも響いていくのだ。

「おじいちゃん」

「む？」

「ハーレムって、なに？」

「……なん、じゃと……」

見上げるのは、巨大な神殿だった。

白い石柱と壁で造られた神聖な大神殿……いや万神殿（パンテオン）を前に、僕はごくりと喉（のど）を鳴らす。

出入りの激しい門からは僕と比べ物にならない体格の偉丈夫達が次々と姿を表し、大剣や戦斧（せんぷ）を揺らしながらすぐ真横を通り過ぎていく。僕はもう一度、喉を大きく転がした。

ギルド本部。この迷宮都市（めいきゅうとし）を管理する巨大機関、『ギルド』の本拠地。

ダンジョンにもぐる全ての冒険者がこの門をくぐり、そして全てがここから始まる。

冒険の始まり。出会いの、一歩。

僕は大きく震え続けている鼓動（こどう）を押さえ、深呼吸、次にはぐっと下顎（したあご）に力をこめて、万神殿（パンテオン）へと一歩足を踏み出した。

（す、すごっ……）

門をくぐった先は、白大理石で造られた広大なロビーだった。

屋内を行き交う沢山の冒険者達に圧倒されながら、僕は案内板を見つけ出し窓口へ向かう。

まず最初にやることは冒険者の登録だ。

複数ある窓口、そこから伸びる列の一つに並び、体を頻りに揺らしながら順番がやって来るのを待ち続け、そしてその時が訪れた瞬間。

目の前の係の人が口を開く前に、僕は勢いよく身を乗り出した。

「ぼ、僕っ、冒険者になりたいんです！」

大きな声を張った僕に、受付の人は身を軽く引き、唖然（あぜん）とするように瞬（まばた）きを数度繰り返す。

その綺麗な緑玉色の瞳の中に、目を盛大に燃やしている僕が映り込んでいた。

「……か、確認しますが、新規の冒険者、登録の方でお間違いありませんね？」

「はいっ！」

すぐに微苦笑を浮かべ尋ねてくる受付嬢の人に、昂った心持ちのまま頷き返した。

彼女は隣の受付嬢に何かを話すと、席を立って僕に付いてくるよう笑いかけてくる。そこでようやく僕は彼女がはっとするような美人だと気付き、頰を紅潮させた。

「それでは、この用紙に必要事項の記入をお願いします」

誘導された人気のないカウンターで本名諸々を緊張しながら書き記し、提出する。

尖った耳を生やすエルフ、いやハーフエルフの彼女は、年齢の項目を見たところで僕の顔をちらと窺ってその柳眉を沈痛そうに落としたけれど、すぐに職員用の笑みを纏い直す。

「あらためまして、オラリオへようこそ、ベル・クラネル氏。ギルドともども私達は貴方を歓迎します」

恐らくは定例の文句だったにもかかわらず、僕はその彼女の言葉に震えるものを覚え、胸の奥を熱くした。この時、たった今から、僕は冒険者になったのだ。

荘厳な白大理石のホールと喧騒に包まれながら、僕の瞳はきっと輝いていた筈だ。

「迷宮内での被害、損失に関してギルドは一切の責任を負いません。また伴ってご自身のお命の保障もしかねます。やり直しなどは存在しないことを、くれぐれもご自覚ください」

「は、はいっ」

「注意事項になりますが、度を超えた違法行為は罰則(ペナルティ)の対象になります。それに際して冒険者の登録が抹消された場合、ギルドの一切のサポートが受けられないのは勿論(もちろん)、ダンジョンから持ち帰った『魔石』や『ドロップアイテム』は全て強制没収となりますので、ゆめゆめお忘れなきようお願いします」

冒険者として活動する上での契約内容、諸注意を言い渡された僕は何度も頷きを返す。

やがて一通り確認を終えると、彼女——エイナ・チュールさんは一つの質問を投じた。

「迷宮探索アドバイザーはお付けになられますか？」

「アドバイザー……？」

「はい。ダンジョンを探索する上で全面バックアップを務める個人専用の担当官を、ギルドの方から冒険者の方々に提供しています。こちらは任意です」

迷宮探索を始めて日が浅い、あるいは発足直後の【ファミリア】というのは迷宮に関する知識が往々(おうおう)にして乏しい。そこでダンジョンの情報を蓄積するギルド側から冒険者達をサポートするというのが、このアドバイザーという制度らしい。

何も知らない素人の僕にとっては願ってもない申し出だ。受け入れることを即決する。

「わかりました。それでは、担当するアドバイザーの性別にご要望はありますか？」

「え、えっと……じょ、女性の方、で……？」

「かしこまりました。では、こちらの中からご希望する種族をお選びください」

そこまできて、僕はとうとう目を剝いた。

希望する担当官の性別を聞かれただけでも恥ずかしかったのに、種族にまで言及されたら……こ、個人の嗜好が丸わかりになってしまう。

何でも、種族間に存在するトラブルを避けるための措置であるらしい。確かにエルフやドワーフなんかは古代から続く種族同士の対立が潜在的にあって、円滑なコミュニケーションは今でも難しいことがあるのかもしれないけど……。

僕はいくつもある種族項目の中で『エルフ』の欄を何度も盗み見てしまう。顔を真っ赤にして、ちら、と目の前の彼女のそのほっそりとした耳も窺ってしまった。

羞恥と懊悩で僕がいつまで経っても動けないでいると、チュールさんはくすりと苦笑を漏らし、羽ペンでさらっと用紙の『エルフ』の項に丸をつける。「あ」と僕が呟いた時には、彼女は全ての書類をまとめながら、ウィンクをした。

「人気のある種族はご希望が通らないことがありますので、ご理解のほどをよろしくお願いします。今日はこれからダンジョンにもぐられるご予定はありますか?」

「い、いえ」

「それでは明日のこの時間にまた本部を訪れてください。アドバイザーの顔合わせと、その他の準備を行いますので」

　チュールさんにそう告げられ僕はぎこちなく席を立った。しばらく歩いて後ろを振り向くと、彼女はこちらに微笑（ほほえ）んで、美しい所作（しょさ）で腰を折る。

　再び顔を赤らめた僕は、慌てて頭を下げ返し、足早にギルド本部を後にした。


　翌朝。

　バイトへ向かう神様と途中まで一緒にギルド本部へ向かっていると、そんなことを言われた。

「昨日から心ここにあらず、って状態が続いてるね、ベル君」

「そ、そうですか？」

「ああ。何だかぼーっとしているよ。そんなに冒険者になれたことが嬉しいのかい？」

　確かにそれもあると思う。ただ、今一番気になっていることは、僕を担当してくれるアドバイザーがどんな人なのかということだ。

　笑いかけてくる神様に、僕は頰をかいて苦笑しながら誤魔化（ごまか）した。

「今のボク達の【ファミリア】は君だけが頼りだ。どうか頑張ってくれよ、ベル君」

「はい！」

　神様に応援され、胸が温かくなった僕は大きく頷く。

　神様と別れた後は、胸の熱に促されるようにギルド本部へ走り出していた。到着して窓口に向かうと面談用ボックスに待機しているよう係の人に言われ、素直に指示に従う。

　設けられている椅子に座りながら緊張を覚えていると、やがてボックスのドアが開かれた。

「――あ」

「本日から貴方のアドバイザーを務めることになりました、エイナ・チュールです。今日からよろしくお願いします」

　茶褐色（ブラウン）の髪（かみ）を揺らしながら入室してきたのは、紛れもなく昨日お世話になった彼女だった。

　眼鏡（めがね）の奥でその緑玉色（エメラルド）の瞳を柔和に曲げるチュールさんは、明るい笑みを湛（たた）える。

　期待していなかったと言えば嘘になる。この人が自分の担当をしてくれたらな、と。

　浮かれてしまった感情を必死に隠しながら、僕は「こ、こちらこそ⁉」と声を上擦らせた。

「では、これから打ち合わせを進めていきたいと思いますが……その前に、クラネル氏」

「は、はい」

「これは提案なのですが……話し方を砕けさせてもらってもよろしいでしょうか？」

　書類の詰まったファイルを両手で胸に抱えながら、すっと顔を近付けてくるチュールさん。

　どこか人懐こい笑みを浮かべる彼女に、軽く目を見開いた僕は、気が付けば、こくこくと頷いていた。

「ふふっ、ありがとう。これから二人三脚（ににんさんきゃく）をしていくからね、気軽な関係を作っていきたい

んだ。あらためて、よろしくね、ベル君？」

「よ、よろしくお願いします！　え、えっと……チュ、チュールさん？」

「エイナ、でいいよ」

　差し出された手を、僕はおずおずと握り、エイナさんと笑みを交わした。

「それじゃあ、これが支給品の軽装（ライトアーマー）と短刀。サイズは問題ないと思うけど、違和感があったら言ってね？　使い出す前だったら取り替えてもらうこともできるから」

「わ、わかりました」

　昨日の手続きの際に申し込んでおいた武装の支給品を差し出される。

　先日、僕が神様と契りを結び旗上げされたばかりの【ヘスティア・ファミリア】には自前の装備を用意するお金もないので、ここでもギルドのお世話になることにしたのだ。勿論費用は借金（あとばらい）をするから、注文した装備一式は支給品の中でも最低ランクの軽装短刀（くみあわせ）。

　麻袋に詰まったこの装備品が今後の生活の元手だ。僕はエイナさんからしっかりと武器と防具を受け取った。

「それと、これも。バックパックにレッグホルスター」

「え……これも支給品なんですか？」

「んんっと、本当は含まれていないんだけど……キミは結成されたばかりの【ファミリア】の所属だしね。倉庫の隅で埃を被っていたものだし、私の方から、ちょっとおまけ」

内緒だよ、とエイナさんは人差し指を唇の前に立てて小さく笑う。

資金に余裕のない僕達の【ファミリア】に配慮してのことらしい。申し訳ない気持ちもあったけれど、彼女の純粋な厚意がありがたくて、僕は迷宮探索における必需品を感謝しながら頂戴する。

手に入った冒険者の持ち物の数々に何だか興奮を覚える一方で、エイナさんはどうやら気さくで優しい性格の持ち主のようだと。

会ってから今までどこか愛嬌のある言動をちらつかせている彼女を見て、僕はそう感じるようになっていた。

「じゃあ、渡すものも渡したし……ベル君、これからダンジョンについて勉強をしてもらうよ」

「勉強、ですか？」

テーブルを挟んでお互い椅子に座る中。

エイナさんは眼鏡をかけ直して「うん」と頷く。

「命懸けでダンジョンにもぐって生計を立てていくんだから、しっかりダンジョンそのものやモンスター達のことも知っておかなきゃ。言っておくけど、こればっかりは強制だからね」

語気を若干強められながらも、もっともだと思った。

凶暴なモンスターが巣くう危険地帯に飛び込むのだ、無知でいることは命を放り捨てることに等しい。危機的な場面に直面した際、知識があるのとないのではまるで違う。

「この勉強はギルドの方針なんですか？」

「ううん、私が担当する冒険者達に自主的にやっているだけ。知っていることがあれば、どこかで必ず役に立つ時が来る筈だから」

冒険者達に死んでほしくない、というエイナさんの真摯な思いがはっきりと感じ取れて、僕は思わず嬉しくなってしまった。

この人の気持ちをしっかり受け止めようと、やる気を漲らせる。

「わかりました、よろしくお願いします！」

「ありがとう、ベル君。それじゃあ……」

僕の返事にエイナさんもまた嬉しそうに笑い、それから教材らしきものを取り出した。

鞄に入れておいた本を……僕が一度もお目にかかったことのないような極厚の本を……三冊、ズンッとテーブルの上に置く。

「今日のところはこれだけ覚えよう」

「えっ」

「大丈夫。日付が変わる頃には終わるから」

「えっ」

「さぁ、頑張ろう！」

……これは後になって知ったことだけど。

エイナさんは、ギルドでも有名なスパルタ指導員らしい。

冒険者の身を心から案じ、せめて彼等が迷宮から帰還する確率を高めようと。

その膨大なダンジョンの知識を親身になって徹底的に叩き込む、担当された冒険者が思わず泣き叫びながら喜んでしまうほどの、善人ハーフエルフなのだと。

一連の徹底指導は、冒険者達の間から『妖精の試練（フェアリー・ブレイク）』と、そう恐れられている。

「復習。ウォーシャドウの戦闘時における能力の特徴は？」

「こ、攻撃が強くて、そ、速度が高い……？」

「一つ抜け落ちてる。耐久力はゴブリンやコボルト並。はい、もう一度最初から全部やり直し」

「ううっ……」

僕の冒険者人生は、まだ始まったばかりだ……。

2巻

神サポーター

とらのあな店舗特典

イラスト：ヤスダスズヒト

神サポーター

「ねぇ、ベル君。やっぱり、サポーターは雇えそうにない？」

「……ふぇ？」

僕はかじり付いていた極厚の本から顔を上げ、間抜けな声を出した。

テーブルを挟んで目の前にいるエイナさんは、心配そうに右手を頬に添える。

「前も言ったけど、ソロでダンジョンにもぐってほしくないなぁ、っていう話。……あ、そこ間違えてる。パープル・モス戦の注意点は、常に位置取りを意識すること、だよ。覚え直し」

「はいぃ……」

ギルド本部の資料室。ダンジョンに関する膨大な知識が詰まる図書館然とした広い空間で、僕は明日を生き残るための勉学に励んでいた。

冒険者になって一週間と少し。エイナさんが行う迷宮攻略に関しての勉強会——という名のい、いいありがたい徹底指導(スパルタ)——はこうして定期的に開かれ、僕はかかさず受けている。

たとえダンジョン探索の帰りで多少なりとも疲れていても、都市の歴史書や図鑑(ずかん)の山に囲まれ首ががっくりと折れかけても、泣き言を漏らす体に鞭(むち)を入れて羽根ペンを動かしていく。

与えられた条件下におけるモンスターの対処法を必死に羊皮紙(ようひし)へ書き綴(つづ)っていく僕を見て、別件で資料室に足を運んでいたギルド職員達はクスクスと笑みをこぼしていた。

「それでさっきの話なんだけど、サポーターを雇うのは難しいかな？」

「ええっと……」

勉強が一段落した後エイナさんに尋ねられ、僕はこめかみの辺りを軽く指でかく。

サポーターとは、『魔石』や『ドロップアイテム』を冒険者の代わりに収拾し確保してくれる非戦闘員のことだ。ダンジョン探索の効率を考えるなら、絶対に一人は居てほしい存在。

ただ問題なのは……構成員が僕しかいない【ヘスティア・ファミリア】には、無所属のサポーターを雇えるほどのお金をひねり出せないということにある。

「パーティが組めないキミには臨時でもいいからサポーターと行動してほしいんだ。いくら非戦闘員と言っても、彼等のおかげで九死に一生を得た、なんてことはざらにあるからね」

「ですよね……。えっと、もし雇うってことになった場合……その、相手に払うお金って、いくらくらいになるんでしょうか？」

「う～ん、サポーターも体を張ってダンジョンにもぐってくれるからね……交渉にもよるけど、普通なら前金で一〇〇〇ヴァリス、残りはその日の探索の稼ぎによって、ってところかな」

軽く計算してみても、今の僕の一日のダンジョンにおける収入の大半が飛ぶ金額。ほぼ間違いなく、次回探索のための武器整備費やアイテムの購入費までお金が回らなくなるだろう。

「やっぱり、今はまだ、難しいかもしれません……」

「そっか……。まぁ、資金のやりくりは発足したばかりの【ファミリア】の宿命と言えば宿命だしね」

「すいません……」

「謝らないでいいよ」

エイナさんは顔を軽く振って苦笑する。

「一応、キミの主神とも相談はしておいてくれるかな？　もしかしたら、ってこともあるかもしれないから」

「わかりました」

緑玉色(エメラルド)の瞳(ひとみ)を優しく曲げて笑いかけてくる彼女に、僕はしっかりと頷(うなず)いた。

◆

「サポーターかぁ……」

エイナさんとの勉強会を終え少し遅くなってしまった時間帯。

夕食の後を見計らって、僕はサポーターのことについて神様へ話していた。

「やっぱり、厳しいかなぁ」

「そうですよね……」

「勿論(もちろん)ボクとしても、少しでも君の安全が保障されるなら、ぜひ雇ってほしいけど……」

腕を組んで少し難しい顔をする神様。そんな表情をさせていることに心苦しいものを感じつつ、やはり当面はソロでダンジョンにもぐり続けるべきだと、僕は自ら結論した。

これまで何だかんだで切り抜けてきたダンジョン探索を振り返って、まだサポーターの手を借りなくてもやっていける筈だと、そう自分に言い聞かせる。

「大丈夫です、神様。今まで通り、僕一人でもやっていけますから」

少し強がりも入っていたかもしれない僕の笑みを、神様はじっと見つめてきた。

顎に手を添えて考え込むこと数秒。「よし」と頷いて、神様は満面の笑みを向けてくる。

「ボクが一肌脱ごうじゃないか」

「えっ？」

きょとんとする僕に、神様はその大きな胸を張って、のたまった。

「ボクが、君のサポーターをやるんだよ」

一瞬、何を言われたのかわからなかった僕は、固まって身じろぎ一つしなかった。

何故か得意気な表情を浮かべる神様に、やがて時を取り戻し、勢いよく椅子を飛ばして立ち上がる。

「な、何言ってるんですか、神様⁉」

「なーに、明日はちょうどバイトが休みだ、君に付きっきりでも構わないだろう」

そういう意味じゃなくて……⁉

ダンジョンという危険地帯に足を踏み入れることの意味がわかっているんですか、と僕は口をぱくぱくさせながらどうにか視線で訴える。

「大丈夫さ、荷物持ちくらい。ボクは君の神様なんだ、見くびってもらっちゃ困るな」

それに、と一拍呼吸を空けた神様は、どこか悪戯っ子のように、そしてどこか嬉しそうに、その後の言葉を続けた。

「危なくなっても、君がちゃんと助けてくれるだろ?」

信頼し切った瞳で見上げてくる神様に応えられない筈がなくて、僕は困った顔をしながらも「それは、勿論……」と返事をする。

「それじゃあ、決定だ。ふふっ、ベル君とのダンジョン探索楽しみだなー」

緊張感の欠片もない、というかどこかピクニックでも行こうかという神様の様子に相当な不安を抱えながら、僕は気になったことを口にした。

「あの、神様って、ダンジョンにもぐってもいいんですか? 僕は冒険者になったばかりですけど、迷宮に近付こうっていう神様達の姿は全く見たことがないような……」

「……んー、まぁ、1階層くらいならバレないだろう」

こちらの素朴な疑問にぴたりと動きを止めた神様は、軽く天井を見上げた後、そんな風に答えた。若干答えになっていないような答えに小首を傾げながらも、ダンジョンへ向かうことを決めてしまっている神様の姿に頭を痛める。

結局、乗り気でいる神様の気持ちを僕は押し止めることができず。

翌日、一緒にダンジョンへもぐることが決定してしまった。


「ここがダンジョンか……」

ダンジョンの1階層に到着し、神様はきょろきょろと辺りを見回している。

今の神様は古ぼけたフード付きのマントを身に付けている。主神同伴でダンジョン探索に来ていると同業者に馬鹿にされたくない一心で、どうにかこれだけ着てもらえるよう僕が頼み込んだのだ。フードを被っている神様は今のところ誰にもその正体を見抜かれてはいない、筈。

「話には聞いていたけど、随分と整った道を形作っているんだね。まさに迷路だ」

「1階層を含めた上層は、一段とその傾向が強いって聞いていますけど……」

可愛らしいリュックを背負っている神様と会話しながら迷宮の奥に進んでいく。

全く警戒心を抱かず、ずんずんと進んでいく神様に、僕は内心で冷や冷やしていた。

『ギィ！』

と、本日初となるモンスターとの遭遇を果たした。

小太りした緑色の体の『ゴブリン』は、大きな目玉を吊り上げて敵意をあらわにしている。

「へぇ、これがあのゴブリンかぁー」

「――!?」

油断なく短刀を装備する僕を、それこそあざ笑うかのように、神様はへぇーふぅーんとゴブリンにあっさりと近付く。僕の両目はその奇行に限界まで見開かれた。

「な、何やってるんですか神様!? 危ないですから下がってくださいっ!」

「おいおい、相手はあのゴブリン一匹だぜ? 何をそんなに慌てているんだよ?」

確かにゴブリンはダンジョンのモンスターの中でも最弱で、誰にでも倒せるような相手ですけどっ、それは【神の恩恵(ファルナ)】を授かった冒険者に限った話で……!?

ほれほれ、と手を伸ばし完全にゴブリンを舐(な)め切っている神様の姿に、僕は目眩(めまい)を通り越して卒倒しそうになった。

『ブギィ!』

「ぐあぁっ!?」

「か、神様ぁああああああああああああ!?」

ゴブリンのグーパンチが神様に炸裂(さくれつ)した。

勢いよく吹っ飛ばされた神様は地面をごろごろと転がっていく。

この世の終わりのような絶叫を上げながら僕が全速力で駆け寄ると、神様はぷるぷると震えながら身を起こし、殴られた頬(ほほ)を押さえ戦慄(せんりつ)した眼差(まなざ)しでゴブリンを見た。

「べ、ベル君、こいつ、めっちゃ強いぞっ……⁉」

「神様が不用心過ぎるだけです⁉」

唾を飛ばす勢いで叫びつつ、僕はゴブリンを速攻で撃破した。

まだ一戦目にもかかわらず、はぁはぁ、と呼吸が大きく乱れている。

「ゴブリンは最弱の代名詞じゃなかったのか……聞いていた話とはまるで違う」

「ダンジョンのモンスターを今の神様の尺度で測っちゃ駄目ですよ⁉　と、とにかく、これからは迂闊な真似は避けて、僕の後ろにいてくださいっ。いいですねっ？」

「わ、わかった」

ようやくダンジョンの恐ろしさを理解してもらえたのか、神様は張り詰めた表情でこくこくと頷いた。僕はひとまず安堵を覚えながら、そこから本格的に探索を行い始める。

さっき神様が言われていた通り、ダンジョンの1階層は地中を綺麗に切り抜いたかのような道の連なり……迷路が広がっている。薄青色に染まる壁面を視界の両端に置きながら、僕は一々周囲に気を配り、常時意識を研ぎ澄ませて足を進めていた。

特に、目の前に現れたこういった直角の曲がり角は、折れた道の先が見通せない分、慎重に、更に緊張感をもって臨む。

死角に身をひそめていたモンスターがいきなり、ガバッ、なんてこともありうるからだ。

「あ、見ろよベル君！　こんなところに『魔石』が落ちてるぜ！」

「――⁉」

しかし神様は、そんな僕の警戒心を踏んづけて、曲がり角に落ちている『魔石』――恐らく他の冒険者が集め損ねたもの――へ飛び付こうとした。

まるで差し出された飴を欲しがる子供のように目を輝かせながら、わーい、と不注意の極みで曲がり角に駆け寄る。

「よし、魔石二つ目――」

『グルオオオオオオオオオオッ‼』

「ほぁあああああああああああっ⁉」

「どぁあああああああああああッ⁉」

曲がり角から飛び出してきた『コボルト』に神様は悲鳴を上げ、僕はそれに叫び声を続かせながら飛び蹴りを放った。

顎を蹴り砕かれたコボルトは『グエッ⁉』と仰け反りながら後方へと吹き飛ぶ。

「な、なんて危険な場所なんだ、ダンジョン……⁉　君はいつもこんな場所にもぐり続けていたのかっ……！」

「……」

二人して息を切らし四つん這いになる中、わなわなと震える神様に、僕は何かを言う気力がつきかけていた。探索を始めてまだ大して時間が経っていないのに、体力の消耗が激しい。

　その後も神様は地味に足を引っ張り続け……いや不慣れなダンジョンに戸惑うことがしばしばあり、僕が何度もフォローを行っては切り抜けていくという状態が続いていった。

「うぅ、すまないベル君、すっかり君の足手まといになってしまって……」

「い、いえっ、そんなことは……」

　広々とした正方形のルームにて休憩を挟む中、僕は神様を励ます。

　やはり荷物持ちと言っても、一朝一夕でできるものではないのだ。本職の彼等は彼等なりの技術やノウハウを蓄えているに違いない。簡単な職業であるわけがなかった。

　しょんぼりしている神様を前にして、僕はそんなことを実感する。

「あ、ベル君、またモンスターだ。……何だかニワトリみたいな外見だなぁ」

「え……？」

　そんなモンスター、１階層にいたっけ、と神様の示す方向を見れば、確かにいた。

　ふわふわとした黄緑色の羽毛を生やした鶏らしきモンスター。『コケッコケッ』と鳴きながら暢気にルームを横切っていく。害意の欠片もなさそうなその姿をぼんやり眺めていた僕は、次第に顔色を変え始め、やがてぱくぱくと口の開閉を繰り返した。

「ジャ、ジャ、『ジャック・バード』……!?」

　間違いない。エイナさんに叩き込まれたモンスターの情報の中でも、滅多に姿を現さないとされている『レアモンスター』。発見すればどんな冒険者でも目の色を変えて捕獲しようと

躍起になるという、あの一攫千金のっ……⁉

「な、何だいベル君、あのモンスター、そんなに強かったりするのかい？」

「ち、違いますっ、あのモンスターは……⁉」

あの雌鳥のモンスターに戦闘能力は皆無だ。逃げ回るだけで、恐ろしく足が速いことくらいしか特筆すべきことはない。

ただ、あのモンスターを倒した際、必ず手に入れることができるのだ。

そのお腹の中に宿した、最低一〇〇万ヴァリスの価値があるというドロップアイテム、『ジャック・バードの金卵』が……！

僕がそのことを説明すると、神様も一瞬で表情を激変させた。

「ジャガ丸くん一〇万個……念願のマイホーム……贅沢三昧……もう働かなくても……‼」

神様が邪念に取り憑かれている……！

『——ココクコケェッ！』

「「あっ⁉」」

僕達の汚い欲念を敏感に察知したのか、ジャック・バードは羽を大きく広げ、凄まじい速度でルームから駆け出していった。

「ま、待てーっ‼」

「か、神様⁉」

逃(のが)してなるものかと神様は両手を振り上げながらモンスターの後を追う。

僕は軽い既視感と強烈な危機感を同時に感じ取り、泡を食って走り出そうとした。

けれど、ルームを出ていった神様は、ほどなくしてこちらに戻ってきた。

背後にモンスターの大群を引き連れながら。

「すまない、ベル君」

「えええええええええええええええええええええっ!?」

僅(わず)か一瞬でゴブリンやコボルトに追われる羽目になっている神様と並んで、僕はダンジョン中を駆け巡ることとなった。

執拗(しつよう)なモンスター達を振り切るため、僕と神様は丸々一日を逃走に費やすことになる。

そしてへとへとになってダンジョンから帰還する頃、今日の戦利品(かせぎ)を詰め込んだリュックを神様が落としてしまったことに気付いても、後の祭り。

この日以降、神様のサポーターが僕に同伴することは、永劫(えいごう)なかった。

……ちゃんとしたサポーターを雇うか、仲間にしようと。

この日から僕は、そんなことを少し真剣に考えるようになっていった。

3巻
神拳
アニメイト店舗特典
エピソード・ヘファイストス
ゲーマーズ店舗特典
ソード・ガール
とらのあな店舗特典
エピソード・ミアハ
「5周年記念 書き下ろし付き スペシャルストーリー集［本編編］」にて公開
眷族特効薬
3巻限定版小冊子収録
イラスト：ヤスダスズヒト

神拳(じゃんけん)

むぅ、とヘスティアは胸の中で唸(うな)った。

ホームにて就寝前の時間帯。じー、とその瞳(ひとみ)が見つめるのは、少年の白い後頭部だ。

(膝枕(ひざまくら)をしたい……)

視線に気付いたベルが首を傾(かし)げる中、ヘスティアは彼の頭をじぃぃと見据え続ける。

心の奥で渦巻く懸念(けねん)、それは『自分は【剣姫】に後れを取ったのではないか』というものだ。

ベルとアイズの逢瀬(くんれん)を知った時からその危惧(きぐ)は日に日に大きくなっている。何故(なぜ)膝枕なのかと問われれば勘としか言いようがないが、神の直感はこれで中々馬鹿にできない。

(うーむ、だが、しかし……)

腕(うで)を組みつつ、ヘスティアは頰(ほほ)を染めて、ちら、ちら、とベルに視線を飛ばす。

どう切り出したものか。『ベル君膝枕をさせてくれ！』と詰め寄るのはあれだ、神の威厳的にもアウトだ。何より恥ずかしい。なにか、なにか建前がなければ。

ぐぬぬぬっ……と懊悩(おうのう)するヘスティアであったが、おもむろにツインテールが、ピコンと。

「ベルくーん、神拳(じゃんけん)って知ってるかい？」

「ジャンケン？」

「ああ、神の間でいま流行(はや)っている簡単な遊戯(ゲーム)でねー」

天界に既存する三すくみの拳遊(けんあそ)びを無知な子兎(こうさぎ)に吹き込む。

下界の硬貨投(コイントス)げにも当たる遊戯(ゲーム)に、彼は感心したように頻(しき)りに頷(うなず)いた。

「石(グー)は刃物(チョキ)に勝って、刃物(チョキ)は紙(パー)に勝って、紙(パー)は石(グー)に勝つ……へぇ、面白いですね」

「だろ？　ボクもつい最近教えてもらってさー、ちょっとやってみないかい？」

いいですよ、と笑顔で承諾する兎(えもの)を前に、ヘスティアはギラリと目を光らせる。

「ちなみに神と子が神拳(じゃんけん)する場合……負けた方は、膝枕をされるという特殊ルールが発動するっ！」

「ええっ⁉」

強制的に自分(とくしゅ)ルールを捏造(ねつぞう)し、ヘスティアは拳を振りかぶった。

「よし、行くぞベル君っ！　じゃーんけぇーんっ——ぽぉんッ‼」

「こ、これはこれで……」

ソファーに腰かけるベルの膝の上に、弛緩(しかん)した顔を乗せるヘスティア。

少年に苦笑されながら、猫のように頬をすり寄せ、その細い太ももを幸せそうに堪能(たんのう)する。

その日から連日、女神(めがみ)は執念で十六連敗をもぎ取るのだった。

エピソード・ヘファイストス

鍛冶の神、ヘファイストス。

天界の神匠。

紅髪紅眼の金銀細工師。

火の親方（笑）。

彼女を讃える尊名は数多くあれど、そのどれもが秀でた職人芸や炎のような気質を指すものばかりで、その女神の側面——言うなれば『女らしさ』に触れられるものは一切ない。

神々の間で固定化された『ヘファイストスはイケメン』の通説は、この下界にもあっさりと浸透し、子供達もそのように受け止めている。

「別に、誰にどう思われようと構わないんだけど……」

己の執務室にて、姿見の前にたたずむヘファイストスは片手を腰に当てる。

『ヘファイストスはもっと可愛らしくしなきゃもったいないわ～』

つい先日、ノリと勢いで開かれた、神友達との宴会の際に告げられた言葉だ。

ヘファイストスから見ても女として完成している女神の言葉に、その場にいた幼女神や男神も、そーだそーだ、と酔った勢いで賛同を示していた。

（可愛らしく、か……）

気まぐれに近い、ただの興味本位だ。女としての性が働いたこともある。

酔った神友達の言葉に担がれる格好で、思考を働かせるヘファイストスは鏡の中の自分と見つめ合い、やがて、姿勢を作った。

人差し指を自分の頬に当て、きゃるるんっ、と満面の笑みを炸裂させる。

「ファイたんで～すっ！」

「失礼します、ヴェルフ・クロッゾで――」

ガチャ、と突如開かれた扉。

着流しを纏った構成員がソレを目撃した瞬間、さぁあああああっ、と激烈な勢いで顔から血の気を引かせていく。

顔面を蒼白にした団員はさっと視線を逸らし、封印を施すように静かに扉を閉めた。

「――失礼しました」

「待ちなさいっ、ヴェルフッ……！」

お願いだから待ってっ……⁉　と涙目で鍛冶神は己の子供の後を追う。

他の神々が見ていたのなら、その姿は確かに「可愛い」と満場一致するものであった。

ソード・ガール

「あれ……？」

ダンジョンから帰還し、ギルドに立ち寄った後のことだった。

北西のメインストリートを走って進んでいたベルの視界に、とある光景が映り込む。

足を止め、数歩後退し、通り過ぎた一本の路地裏を覗き込んでみると……そこには金の長髪を背に流す、少女の姿。

（アイズさん……？）

どきり、と心臓を弾ませながら様子を窺うと、彼女はとある露天商が並べる商品を、膝に両手を置いた中腰の体勢で見物している。

（あ、夢中になってる……）

じーっ、と品物を見下ろしているその横顔を見て、ベルはアイズの心の動きをなんとなしに理解した。特訓を請うようになってまだ日は浅いが、それなりに彼女の感情を理解できるようにはなっていたのだ。

薄暗い路地裏は細長く、何人もの露天商が片側に寄って通りかかる客を呼び込んでいる。地面に引いた布の敷物の上に、洒落た装身具や光り輝く鉱石など、それぞれの商品を並べていた。

アイズが足を止めているのも、アマゾネスの女性が売り込みをしている露店の一つだ。

（やっぱり、アイズさんも女の人なんだ……）

買物に夢中になっているアイズの姿を見て、ベルは頬（ほほ）を緩ませる。

どこか超俗している彼女の少女らしい一面を見て嬉しくなった彼は、何を欲しがっているんだろう、と角から身を乗り出す。薄暗い路地を見通せるよう目を細め、聞き耳を立てた。

「アンタお目が高いよ、これは血狂い（ダインスレーブ）の呪剣って言ってね、その筋じゃ曰（いわ）くつきの業物（わざもの）さ！」

「よく、斬れる？」

「当ったり前さ！　ミノタウロスなんて一振りで一殺（イチコロ）だよ、一殺（イチコロ）‼」

ずおおおぉォおおおおおっ、と瘴気（しょうき）を撒き散らす暗黒剣を前にして、興味津々（きょうみしんしん）のアイズ。

その無表情の顔の奥で、無垢（むく）な少女のように瞳（ひとみ）を輝かせていた。

ベルは、そっとその場を離れる。

（――見なかったことにしよう）

少年は己の憧憬（こころ）を守るため、速やかに一連の記憶を闇（やみ）へと葬った。

【剣姫】アイズ・ヴァレンシュタイン。

好物――剣。

エピソード・ミアハ

「これも何かの縁だ、どうか受け取ってくれ」

その非常に整った顔立ちを優しく和らげ、ミアハは小さく微笑んだ。

眼前にいるヒューマンの少女は、顔をあっという間に紅潮させる。

「え、で、でもっ……」

「気にすることはない。我が【ファミリア】の品を買ってくれた、その添物だ。私の好意でもある。——そして叶うなら、どうかまた私の店を訪れてやってくれ。そなたが来てくれれば、私も嬉しい」

一輪の青い添物を少女の髪に差し、極上の笑みを畳みかけてくるミアハに、少女は肌という肌を真っ赤にさせ、その瞳を盛大に潤ませた。

「は、はいっ、絶対に行きます！　絶対にっ、男神様に会いに行きます！」

「うむ、頼んだぞ」

青い空の下、大通りの奥へ消えていく少女を最後まで見送ると、ミアハの背に声がかかる。

「ミアハ様の、外道……」

「むっ、ナァーザ。主神を捕まえて外道とは何ごとだ」

【ミアハ・ファミリア】の路上販売。店を出て冒険者に商品の売り込みを行なっているミアハに対し、眷族である犬人の少女の視線は冷ややかだった。

「あの娘、絶対に勘違いした……ミアハ様は誰彼構わず女を口説く……」

「何を言っているのだ。今後の売買のためにも、ああいった好意の証明は重要なのだ。商売に限らず、他者との絆ほど尊いものはないぞ」

「……しかも、神のくせに鈍感」

どこか膨れっ面をする己の団員に、ミアハは軽く吐息し、やれやれとばかりに苦笑する。

何もわかっていない主神にカチンとくるナァーザだったが、不意に頭を優しく撫でられた。

「だが確かに、私も女心の機微には疎い。お前の言う通り、そこは認めよう」

「……やっぱり、鈍感」

もっと撫でて、とナァーザは頬を染めてねだる。ぶんぶんと振られる尻尾に苦笑を深めながら、ミアハはたった一人の眷族の髪を愛撫した。

やがて夕暮れを迎え、いつものように、神と子はともに帰路につくのだった。

「それにしても、未だ顧客と言えるのはベルだけか。冒険者達には、こうして何度も声をかけているのだが……」

「やって来る女は、私が全部追い払ってる……」

「なにっ」

眷族特効薬

「ぶっえっくしょんっ!?」

大きなくしゃみとともに、二つに結えられた黒いツインテールが、ぴょんっと飛び跳ねる。

額に乗せてあった手拭き布もずれ落ち、ベッドの中で毛布を重ね仰向けに寝る神様は、「うー」と唸りながら自分の手で布をかけ戻す。

「か、神様っ……大丈夫ですか?」

「は、ははは っ、大丈夫、大丈夫……じゃあ、ないかも」

あたふたと右往左往することしかできない僕の問いに、神様は空元気とわかる声で答える。

赤く染まった丸い頬に、細い首筋。熱っぽい瞳はどこか視線がふらふらしていて頼りない。

今も寒いとばかりに肩を震わせ、ベッドの中で体を縮こませる仕草をする。

完璧に、風邪の症状だった。

「神様でも、風邪を引かれるんですね……」

「風邪を引くというか、下界に降りてきて引けるように調節したというか……」

教会の地下室にある【ヘスティア・ファミリア】のホーム。ベッドに寝そべる神様の枕もとに寄り添うような形で、僕は看病を行なっていた。

早朝のことだった。寝床となっているソファーから起き上がり、いつものようにダンジョン探索へ向かう準備をしていた僕の耳に、まるで必死に堪えようとしていたかのような、小さな咳がごほごほと聞こえてきたのは。

　女性の方の心の機微に疎い僕でも、こればっかりはわかった。幼い頃、祖父に迷惑をかけまいと毛布を被り風邪を我慢していた自分と、その神様の姿は、ぴったりと重なり合ったから。

　探索の支度を放り出して神様に駆け寄った僕は、熱を確認したり予備の毛布を引っ張り出したりと大慌てで動き回り、こうして今に至っている。

「神様達の取り決めもわかりますけど、わざわざ苦しむような真似しなくたって……」

「お、おいおいベル君、そんな気の毒そうな目で見ないでくれよ。神が風邪を引けるんだぜ？　素晴らしいことじゃないか。ボクは今こそ下界の醍醐味を味わってゲフォッゴフォッ!?」

「神様ぁーっ!?」

　強がっていた神様は派手に咳き込んだ。僕は何もできず叫ぶことしかできない。

　神様の顔は全体的に紅潮している。寒気にも襲われているらしく、熱が高いことが窺えた。

　普通の風邪、だとは思うんだけど……。

「うぅ……」

「神様っ？」

　ぶるり、と体を震わせ両目を瞑る神様に、僕は覗き込むように顔を寄せる。

「……さ、寒いー、ベル君一緒に寝てくれー、人肌で温めておくれー」

世迷い言を口走ってしまうほど、やはり神様の熱は高いようだ。

（もう、こんなに……）

額に置いておいた手拭き布は、すっかり生温くなってしまっていた。瓶に溜まる水へ布を浸し直す。絞って水を十分に切って、まず顔にじんわりと滲む汗を軽く拭わせてもらった。指先が僅かに触れてしまった頬はとても火照っており、僕はかなりためらった後、そっと神様の額へ手の平を乗せた。

まるで暖炉に手をかざした時のように、熱い。

「気持ちいい……」

瞼を閉じたまま、神様は額に置かれた僕の手の上に、ご自分の手の平を乗せた。力の入らない指がぎゅっと柔らかく、僕の手の甲を握ってくる。

神様の弱々しい呼吸を聞きながら、僕は唇を浅く噛んだ。

何とかしてあげたい。少しでもいいから、神様の苦痛を和らげてあげたい。

必死に思い出す。僕が風邪に苦しんでいた時、祖父は何をしてくれていたか。

湧き出る汗を拭ってくれて、温かいものを食べさせてくれて、薬を用意してくれて……。

（薬……）

そうだ、薬を飲ませてあげれば、神様のご体調も快方に向かうかもしれない。

でも……神様に僕達が服用する薬は効くのだろうか。上位存在である神様に、僕達が扱う普通の薬を飲ませても平気なのだろうか。

それに薬を用意するって言ったたって、今の神様を一人になんかできないし……。

何の行動にも踏み切れないまま、時間だけがただ過ぎていく。

「ベル様？　いらっしゃいますかー？」

僕が判断しかねていた、その時だった。

とんとん、とホームの扉を可愛らしくノックする音とともに、その声が聞こえてきたのは。

はっとして振り返ると、ホームのドアの隙間から、リリがひょこと顔を出すところだった。

「リリ！」

「時間になっても来られなかったので、窺わせてもらったのですが……何かあったのですか？」

僕はダンジョン探索の際、サポーターのリリといつも決まった集合場所で待ち合わせをしている。いつまで経ってもやって来ない僕の様子を、リリは見にきてくれたのだろう。

ダンジョン探索のパートナーである彼女が今は救世主のように見えた。僕は立ち上がってぶんぶんと手招きする。

「お願いリリ！　神様が風邪を引いちゃったんだ、様子を見ていてあげてくれない⁉　埋め合わせは絶対するから！」

「べ、ベル様？」

神様のベッドまで来たリリに、がーっとまくし立てるようにお願いする。

目を白黒させるリリに何も言わせないまま、「ごめんっ」と勢いよく頭を下げた。

「僕、薬をもらってくるから！」

神様の薬を用意できそうな、心当たりが一つ。

用意できるだけのお金をもって、僕は急いでホームを飛び出した。

「行ってしまいました……」

「う～ん、ベルく～ん、手を握っていておくれ～」

「……ヘスティア様、それはベル様の手ではありませんよ。リリは別に構いませんが……」

「……どわぁっ⁉」


既に沢山の人達や馬車が行き交い賑わい出している、西のメインストリートを折れ、薄暗い路地裏を進む。慌てるあまり何度か曲がる道を間違えながら、僕は日当たりの悪い場所に建てられた一軒家へと駆け込んだ。

「すいません、ミアハ様はいらっしゃいますか⁉」

木の扉を勢いよく開け、声を張る。

戸棚が壁際に並ぶ店内──【ミアハ・ファミリア】のホームには、派閥の主神様であるミアハ様と、団員のナァーザさんがいた。品物の整理でもしていたのか、揃って木箱を両手で抱えるミアハ様達は、勢いよく飛び込んできた僕に目を向ける。

「ベル、どうした、そのように慌てて。何かあったか？」

「それが、神様が風邪で寝込んでしまって……！」

髪の色と同じその群青色の瞳に見つめられる中、僕はミアハ様にわけを説明した。

【ミアハ・ファミリア】の派閥活動は回復薬を始め、薬と言える商品を販売することだ。薬品の専門知識を尋ねるならまずここだし、神様であるミアハ様にお聞きすることで、女神様にも効果のある治療薬について何か教えてもらえるかもしれない。

息を切らしながら口早に事情を伝え切ると、ナァーザさんが「はい……」とグラス一杯の水を差し出してくれる。「ど、どうも」と僕は素直に受け取っておいた。

一息ついて落ち着きを取り戻したところで、顎に手を添えていたミアハ様は、ふむ、と頷く仕草をした。それから僕のことを見て、笑いかけてくる。

「安心しろ、ベルよ。存在するぞ、そなたが求めている……とっておきの神への特効薬がな」

「ほ、本当ですか⁉」

「うむ」

身を乗り出す僕が口を開く前に、ミアハ様は先回りをするように言葉を続けた。

「金は無用だ。それよりも、その特効薬を用意するには特殊な製法を行わなければならない。

無論、手間もな。故に、ベル、そなたの協力が不可欠だが……」

「や、やります！　何でもやりますっ、手伝わせてください！」

「良い答えだ」

満足いったというように笑みを深めるミアハ様は、ナァーザさんを見やって指示を出す。

「ナァーザ、製薬の準備を整えておいてくれ。私とベルは、しばらく外へ出る」

「わかりました……ベル、頑張ってね」

瞼(まぶた)の半分下りた一見眠たげそうな顔で、ナァーザさんはしっかりと返事をする。

自分へ向けられた最後の言葉に咄嗟(とっさ)に頷(うなず)くと、彼女はお店の奥へ引っ込んでいった。

「あの、ミアハ様。僕達はこれから、何を……？」

状況の推移に少し置いてきぼりにされた僕が、おずおずと尋ねてみると……ミアハ様は着ているローブを纏(まと)い直し、口端を上げた。

「なに、材料と、道具集めだ」

◆

「デメテルよ、いるか」

どこか穏やかな印象を受ける木造りの屋敷には、手作りの柵(さく)で区切られている小ぢんまりとした裏庭があった。構成員と思しき女性に、屋敷を回り込むようにして裏庭へ案内される中、僕は幼い頃から嗅ぎ慣れた土と葉っぱの香りを感じ取る。

裏庭、いや菜園に何かの種を蒔いていた一人の女神様は、ミアハ様の声に引っ張られるように振り返った。

「ああ、ミアハ。今日は何か御用？」

ゆったりとしたカートルに身を包み、麦わら帽子を被った女神様……デメテル様はにこやかに微笑んだ。帽子の下のふわふわとした蜂蜜色の髪が、陽光を浴びて綺麗に輝いている。

「あら、貴方は……ヘスティアのところの、ベル君ね？　ふふっ、先日はごめんなさい。二人きりの時間を邪魔してしまって」

「い、いえっ⁉」

声をかけられた僕は肩を盛大に緊張させて、それだけしか言えなかった。

以前、ヘスティア様と外で夕食を取ろうとした時、僕はデメテル様を始めとした女神様達に襲撃（？）されたことがある。当時のことを思い出すと、今でもあっという間に赤面してしまうほどだ。

あの胸の谷間に、顔を埋められてしまったのか……とそう考えた瞬間、僕はぶんぶんと顔を振った。服の上からでもわかるその大き過ぎる胸の膨らみから視線を引き剝がして、やっぱり赤くなりながら必死に見まいとする。

「実はな、ヘスティアが風邪で寝込んでしまったらしいのだ」

「まぁ、ヘスティアが？」

「うむ。そこで、そなたが栽培している薬草を少し分けてもらいたい」

ミアハ様の話によると、【デメテル・ファミリア】は農作物や果樹の栽培を主とする商業系の派閥らしい。この小さな野菜畑の他にも、市壁を出た都市郊外に広い耕地を持っているらしく、オラリオの食料事情に大きく貢献しているのだそうだ。

更に迷宮都市ならではと言うか、ダンジョンでしか取れない地下迷宮原産の植物や木の実を冒険者から買い取って、地上での栽培・開発を積極的に試みているらしい。生産に漕ぎ着けた品も多く、一般人冒険者を問わずその需要は高いのだとか。この話を聞いて、僕は心底驚いてしまったけれど。

迷宮産の果実や薬草は栄養価や効能のほどが高く、冒険者が扱う道具（アイテム）の原材料としても役立てられているのだ。

（材料集めって、そういうことか……）

つまりミアハ様は、この場所へ訪れたように、神様の特効薬に必要な材料や道具を探しに都市を巡るつもりなんだろう。デメテル様からは薬のもととなる薬草を頂くつもりらしい。

話を聞いたデメテル様も何かを悟ったのか。

僕のことを見つめて、微笑ましそうに破顔してくる。

「あらあら、まぁまぁ。そういうことなのね。わかったわ、採れたての薬草をあげる。ペルセフォネー！　リンネのハーブを！」

「はぁーい！」

団員の一人に声をかけ薬草を用意してくださるデメテル様。

隣にいるミアハ様に笑みを投げられ、僕も釣られて相好を崩す。

まずは一つ目の材料を、手に入れた。


「こ、ここは……」

目の前の建物を仰ぎながら、僕は自然と及び腰になってしまった。

北西のメインストリート。都市の人々から『冒険者通り』とも呼ばれる大通りの一角に、真っ赤な塗装を施されたその大きな商店は建っている。

扉の上に飾られる看板に描かれているのは、【Ηφαιστος】の文字列（ロゴタイプ）。

「邪魔をする」

「いらっしゃいませ」

尻込みする僕とは全く対照的に、ミアハ様は堂々と店内へ入っていった。慌てて後を追う。

　重厚な扉をくぐると、紅色の制服を着こなした店員がすぐに対応してくる。およそ高級武具店に相応しくない貧相な身なりの僕達に、彼女は訝しげな視線を送ってきたけれど、ミアハ様は微笑を浮かべ「構わなくていい」と手を上げた。その貴公子然とした笑みに、女性店員さんの顔がぼっと一瞬で赤く染まる。す、すごいっ……⁉

「お、お客様っ、いえ男神様っ、困ります、そちらは売り場ではなく……⁉」

「なに、そなた達の主神に用があるだけだ、妙な真似はしないと約束しよう」

　神が赴いた方が手っ取り早いとばかりにミアハ様は店の奥へ進路を取る。家鴨の子のように黙ってミアハ様に付いていく僕は、煌びやかな内装と様々な武具が飾られた店内を、観察する余裕がないまま突っ切っていった。

「一体なに、騒がしいわよ？」

　そして僕達がカウンターの先を越えようとすると、階段を降りてくる音の後、店内に通じるドアを開けて、右眼に眼帯をした紅髪の女神様が現れた。

（へ、ヘファイストス様……）

　腕が立つ多くの上級鍛冶師を率いる、世界でも名高い【ヘファイストス・ファミリア】の主神様を前に、僕は知れず緊張していた。

「あら、ミアハ。久しぶり。それと、その子は……」

「何だ、そなた達は初対面だったか。なら紹介しよう、ヘスティアの眷族の、ベルだ」

「は、初めまして！」

大きく頭を下げた僕を、ヘファイストス様は眼帯をしていない左眼でじっと見つめてくる。

僕が立ちつくしていると、ヘファイストス様はその紅の瞳（ひとみ）を細めた。

「なるほど、貴方がヘスティアご自慢の眷族（ファミリア）ね」

「え……？」

「ふふっ、気にしないでちょうだい。ヘファイストスよ、よろしくね、ベル・クラネル」

「は、はいっ」

手を差し出され恐縮そうに僕も倣（なら）うと、力強く握り返される。身長はミアハ様ほどではないにしても僕より少し高く、麗人、という表現がヘファイストス様にはぴったり当てはまるような気がした。何というか、格好良い、というか。

「私の打ったナイフのことを色々聞きたいけど……何か用件があるんでしょ、ミアハ」

「うむ。実はヘスティアがな……」

戸惑（とまど）っていた女性店員さんを下がらせる中、ミアハ様から事情を説明されると、ヘファイストス様はあからさまに顔をしかめた。

「ヘスティアが風邪ぇ～？　また仮病じゃないでしょうねえ？」

「ち、違いますっ、ヘスティア様は本当に！」

「まぁ気持ちはわからんでもないが、疑ってやるな。大事でなければ、ベルがこうしてそなたを訪れることもないのだから」

「……わかったわよ。その子に免じて、取りあえず信じるわ。で、私に何をさせる気？」

「うむ、鍋が欲しいのだ」

は？　と目を丸くするヘファイストス様に続いて、えっ、と僕も動きを止める。

「薬の材料を調合するためのものだ。生憎私の【ファミリア】の道具も買い替え時でな、ちょうど切らしている」

「……なに、鍋を作れっていうの？」

確かに鍛冶っていうのは、厳密に言えば、武器だけではなく金属品全般を作る職業ではあるけど……天下の【ヘファイストス・ファミリア】作成の鍋なんて、大層過ぎるような……。

「神友が苦しんでいるのだ、少しくらい協力を惜しまずともよかろう。何より……神のために奔走している、このベルの顔を立ててやってほしい」

ぽん、と頭に手を置かれ「へっ？」と僕は固まり、すぐにミアハ様を仰いだ。

ミアハ様は笑みを作りながらヘファイストス様を見つめ、そしてそのヘファイストス様も、理解の追い付いていない僕の顔を見やり、一笑した。

「――いいわ、乗った。作ってあげる」

「代金は必要か？」

「要らないわよ。私の気まぐれだもの。もし割に合わなかったら、ヘスティアの賃金から引いておくわ」

　どこか機嫌(きげん)が良さそうに了承したヘファイストス様は、時間を置いたら取りに来るようにと僕達へ伝えた。この店に設けられた工房を利用して、自ら作ってくれるらしい。

【ヘファイストス・ファミリア】に鍋を作ってもらうなんてまだ信じられない気持ちで店を出ると、「さぁ次だ」とミアハ様に引率され、都市中を回っていた。


　必要な材料をあらかた集め、最後にヘファイストス様から鍋を頂戴(ちょうだい)した僕とミアハ様は、ナァーザさんの待つ【ミアハ・ファミリア】のホームに戻ってきていた。案内された厨房には試験管やすり鉢などの道具が大型の机の上にところ狭しと置かれている。

「さて、準備も一通り終えたな」

「あの、ミアハ様、特効薬っていうのは一体……」

　ずっと疑問に思っていたことを口にする。上位存在(かみさま)への特効薬と言うくらいなのだから、それはもうおいそれと用意できないすごい代物なのでは、と僕は想像を働かせていた。

「ふむ、結論から言ってしまえば……今から作る薬は、どこでも手に入れられるような、平凡な飲み薬だ。下界に降りた神には、下界の薬も有用であるからな」

「……ええっ⁉」

打ち明けられた事実に、口を開け二の句を継げられないでいると、ミアハ様は笑う。

「だが、今から作る薬がヘスティアにとって何より効き目があるのは間違いない。眷族が神のために東奔西走し、快方を祈り作り上げる……それが何ものにも代えがたい、神への特効薬だ」

ミアハ様の優しげな瞳に、僕は言葉を忘れながら、瞠目した。

特殊な製法、という言葉の意味を、朧気ながら理解する。

「ヘスティア様がベルに薬を作ってくれたら、ベルは元気になれるでしょう？　そういうこと……。私も手伝うから、仕上げ、やろう？」

ぽん、と肩を叩いて、ナァーザさんが抑揚のない普段通りの口調で、そう言ってくれる。

しばらく彼女のことを見つめていた僕は、微笑しながら見守ってくれているミアハ様のことも一度見て、力強く、頷いた。

ナァーザさんに横で指導してもらいながら、慣れない手付きで何度も間違いながら、僕は神様のための薬作りに取り組んだ。

「ベルく〜ん、早く帰ってきておくれ〜。サポーター君じゃあダメなんだー」

「本人の目の前で言いますか、普通……」

　ごほごほと軽く咳き込みながらぶーたれるヘスティアに、リリは瓶の中の水を変えトコトコとベッドに歩み寄る。水で濡らした布を用意して、ごろごろと寝返りを打ちまくる女神を半眼で見下ろした。

「さぁ、ヘスティア様。起き上がってください。ベル様が帰ってくる前に、もう一度お召し替えしましょう。また汗をおかきになっているでしょうから」

「ばんざーい」

「……本当にベル様がいなくなった途端、怠け者の権化になりますね」

　起き上がり、目を閉じながら諸手を上げるヘスティア。脱衣をさせてくれと訴える格好だ。

　風邪で朦朧として弱っているにしても、これは酷い、とリリは呆れながらも、せっせとヘスティアの衣服を着替えさせる。

　汗を拭い、その度に震える巨大な双丘も睨みつつ、献身的に幼女が幼女の世話をしていく。

「神様っ、お薬持ってきましたあ！」

「「〜〜〜〜〜〜〜〜〜〜〜〜〜〜〜〜っ⁉」」

　ばんっ！　と勢いよく開かれたホームの扉に、ヘスティアとリリはそれまでの緩慢な動作を一変させて、ばたばたばたっ！　と転げ回るように慌てふためく。

　ベルが首を傾げる中、リリに覆い被さられるヘスティアは、何とか着替え終えていた。

「あ、あー、ベル君、早かったね？　もう薬を買ってきてくれたのかい？」

「いえ、その、実は……」

引きつった笑みを浮かべるヘスティア──と肩で息をするリリ──には気付かず、ベルは両手に持つ鍋に視線を落とす。その背後から続いてホームに入室してきたミアハが、言葉を言いあぐねる少年に代わって説明した。

「ベルが自分で作ったのだ。ヘスティア、そなたのためにな」

「えっ……ほ、本当かい、ベル君？」

「ミ、ミアハ様やナァーザさんにほとんど手伝ってもらったものですけど……その、はい」

ベルは顔を赤らめながら、呆然とするヘスティアのいるベッドに近寄った。

リリが速やかに場所を空ける中、鍋に溜まる薄青の液体をグラスにそそいで、差し出す。

「ど、どうぞ」

「う、うん……」

薬草諸々(もろもろ)を煎じて作られた特効薬を、ヘスティアはじっと見つめた後、一気に飲み干す。

途端、彼女のツインテールが高く飛び跳ね、次には波打ち出した。ベルとリリはぎょっとし、ミアハは苦笑を浮かべる。

うつむいて何かを耐えるように肩を震わしていたヘスティアは、顔を上げると、涙目になりながら、満面の笑みを浮かべた。

「ありがとう、ベル君。すごく元気になった。風邪なんて、吹き飛んだよ」

　自分のための強がりだとはわかっていたが、それでも顔色を晴れ晴れとさせて喜んでくれるヘスティアの姿に——特効薬の成果に、ベルもくしゃっと破顔した。

「い～ですね、ヘスティア様。リリはともかく、ベル様にもそんなお優しくされて」

「ふふん、ボクとベル君の絆はそれだけ深いってことさ。ま、語るのも億劫だから、女神の役得とでも思っていてくれよ、サポーター君」

「はいはい。あ、ベル様、お約束通り今度の埋め合わせはどこへ行きますか、二人きりで」

「なにイッ⁉」

　睡眠も取ったおかげか、朝と比べればすっかり調子を取り戻しているヘスティアの姿に、ベルは安堵する。騒ぎ出すリリ達を尻目に笑いかけてくるミアハに、苦笑しながら頭を下げた。

「ヘスティアー、大丈夫？　お見舞いの品、持ってきたわよ」

「なによ、やっぱりぴんぴんしてるじゃない」

「ベル、来たよ……」

　ナァーザを先頭に、ボトルを持ったヘファイストスと、籠に詰めた果物を携えたデメテルが教会の隠し部屋に足を踏み入れる。ヘスティアは目を大きく見開いた。

「デメテル、ヘファイストス！　お見舞いって……どうして君達が⁉」

「気まぐれよ、き・ま・ぐ・れ。……ま、あんたの眷族に感謝しなさい」

「ふふ、私達はベル君の特効薬のおまけよ。でも、そうねぇ、せっかくみんな集まって賑やかなんだし……ちょっとパーティーでも開かない？」

「おおっ、いいね！」

「あんたは風邪っぴきなんだから、大人しく寝ていなさいよ」

「ちょっ、ヘファイストス⁉」

「ふはは、盛り上がってきたな」

女神達の輪にミアハも笑いながら加わり、神々に取り残された眷族達は顔を見合い、そしてすぐに笑い合った。彼等は率先して料理を始め、ヘファイストス持参の果汁(ジュース)をグラスにそそぎ、デメテル自家栽培の果物を切り分ける。

食卓が華やかに彩られたところで、ベル達は各々(おのおの)の飲み物を持ち、眼前へと掲げた。

「それじゃあ、今日の立役者のベル君と、ボク達のこれからを祝って――乾杯！」

ガチン！　と音を立て、神々と子供達は笑いながらグラスをぶつけ合った。

4巻

汎用決戦セールスガール・アイズ
アニメイト店舗特典

祝賀会の裏側にて
ゲーマーズ店舗特典

白兎の忠誠
とらのあな店舗特典

ブルートワイライト
4巻限定版小冊子収録

イラスト：ヤスダスズヒト

汎用決戦セールスガール・アイズ

「こんにちは……ジャガ丸くん、ください」

北のメインストリート、ジャガ丸くんの露店。

目の前で淡々と話す金髪金眼の少女――アイズに、ヘスティアは苦々しい顔をする。

もう何度目の来店だ、と心の中でこぼす。と言うのも、以前、バイト中のヘスティアの前にベルとともに現れたアイズは、それから頻繁にこの露店へ訪れるようになったのだ。

「……いらっしゃいませっ。ご注文はっ？」

「小豆クリーム味、一つ」

敵愾心も手伝って、少々ぞんざいな口振りで尋ねると、アイズは即座に答える。

くそっわかってるな、と玄人好みの注文に敵ながらあっぱれと評しつつ、ヘスティアは揚げたてのジャガ丸くんを手渡す。アイズは受け取った傍から小振りな唇を開き、ぱくぱくと食し始めた。美しくも可愛らしい彼女の様子に、周囲にいる男の亜人達はつい視線を奪われている。

なんか卑怯じゃないか、とヘスティアは小憎らしい思いを一つ。

「――ヘスティアちゃん、大変っ、大変だよー⁉」

と、悲鳴に近い声が耳に届く。見ると、今まで店を開けていた獣人の女性が慌てた様子で駆け込んでくるところだった。「どうしたんだい、おばちゃん？」と尋ねると――。

「それが東の方のお店が注文を聞き間違えて、余分なジャガ丸くんを沢山作っちゃったらしいんだよ！　うちのお店でも千個売り上げなきゃ大赤字だって！」

「な、なんだって――っ⁉」

　まくし立てられた衝撃的な無理難題に絶叫するのも束の間、大量のジャガ丸くんを積んだ荷車がドドドと猛牛のように露店へと迫ってきていた。ヘスティアは数瞬時を止め、思考が弾ける音を聞いた後、小首を傾げているアイズの方を振り向いた。

「ヴァレン何某君、手伝うんだ！」


「……お買い上げ、ありがとうございました」

『ジャガ丸くん十個、いや二十個くれ！』『こっちは五十だ！』『アイズたんがジャガ丸くんを手渡ししてくれる店はここかー⁉』『アイズたん、スマイルをくれー‼』

　露店に並ぶ長蛇の列。剣姫が売り子をしていると聞きつけてか、亜人だけでなく男神までもが都市中から押し寄せてきているようだった。

　……この敗北感は何だ、と名を捨てて実を取ったヘスティアは、静かにうちひしがれた。

「やるじゃないか、あの娘！　こうなったらうちのお店で雇おうかねえ！」

「止めてくれえ、おばちゃんっ⁉」

祝賀会の裏側にて

「……調子のいい話ですが、リリは心を入れ替えました。どうかよろしくお願いします」

空が茜色に滲み出す夕刻、目の前のシルとリューに向かって、リリはぺこりと頭を下げた。

ベルの昇格祝いにお呼ばれした彼女は今『豊穣の女主人』にいる。当のベル本人はまだ到着しておらず、店内で彼を待っている状態だ。

シル達を前にすると以前の盗人騒ぎの際こらしめられた悪夢が蘇るが、己を救ってくれたベルとの仲を認めてもらうためにも、リリはありのままの心情を吐露していた。

「つまりリリさんは、ベルさんの愛のおかげで改心されたと、そういうことですね？」

「ま、まぁ、そうですね……」

にこにこと笑うシルのその言いように、赤らんでしまうリリ。

両手を合わせ「素敵です」と微笑むシルは、その後、続け様にさらりと言った。

「ベルさんも喜んでいました。妹ができたみたいで嬉しい、って」

――ぐはっっ⁉　とリリは体をくの字に折った。シルは依然ニコニコと笑っている。

牽制、どころか右ストレートを放ってきたシルに、リリは戦慄の眼差しを送る。

やはり前歴が前歴なのでそう簡単に信用してもらえないらしいが――虫も殺せないような顔をしてこの街娘、なんて鋭い一撃を……！

「ふ、ふふふっ……シル様が毎日お作りになられている昼食も、ベル様はお喜びになっていますよ？　泣くほど美味しいのか、いつも震えながら一生懸命食べています」

——シルの上半身が、アッパーカットを食らったように仰け反る。

負けず嫌いなリリの反撃に、「くふっ」という可愛らしい呻き声が散った。

「シルッ、いけません、気を確かにっ。……アーデさん、あまり苛めないであげてください。常人では作れないあんな珍味な料理でも、度重なる失敗を積んだ上での、シルの努力の結晶なのです」

——視界外からの容赦ない左フックが、シルのこめかみに炸裂した。

体が横にぶれた良質街娘は既にダウン寸前だ。自覚なき必殺をお見舞いしたリューに、リリはえげつない、と遠くを見るような眼差しを送った。

「今夜はクラネルさんの功績を祝う席です。無益な諍いは止めにしましょう」

「う、うん……」

「……そうですね」

ふらつくシルがかろうじて頷き、リリも神妙な顔で返事をした。リューは二人に礼を告げる。

ベルが酒場に訪れるまでの間、リリは同情心とともに、シル達と親睦を深めるのだった。

白兎の忠誠

今更だが、ベルはヘスティアのことを敬愛している。

心優しい主神が命ずることはないだろうが、もし彼女があれが欲しいこれが欲しいと望むなら彼は速やかに使い走りに出るだろうし、家計が苦しいと言われればただちにダンジョンへもぐりお金を稼いでくるだろう。

家族としての絆は勿論のこと、ベルは、ヘスティアに忠誠を誓っているのだ。

「べ、ベルくんっ、カミングアウトするが、ボクは抱き枕がないと実は安眠できないんだ！」

なので、いきなり突拍子のないことを告げられても、彼は真摯に主神の言葉に耳を貸す。

「だ、抱き枕ですか？」

「ああ、天界にいる時は欠かせなくてねっ、今までは我慢していたけど、もう辛抱たまらない！　そう、ちょうどヒューマンくらいの抱き心地の抱き枕が、今のボクには必要なんだ！」

恥ずかしいのか、頬を赤くしながら打ち明けてくる——というか畳みかけてくるヘスティアに、ベルは一瞬考え込む。自身が【ランクアップ】して最近は生活費にも余裕が出てきたが、これまでは【ファミリア】のためを思って、ヘスティアは僅かな贅沢も我慢していた筈だ。

主神がようやく口にした願望、顔を真っ赤にしてまで勇気を振り絞ったその願いを、叶えてあげたいとベルは心から思う。それがたとえよくわからないこだわりの望みであっても。

今も期待の眼差しを向けてくるヘスティアを、ベルは裏切れない。

敬愛する主神が望むというのなら、彼は体だって張る。

ヘスティアのために、ベルは覚悟を決めながら、一肌脱ぐことにした。


「……で、説明頂けますか、ヘスティア様」

「……」

魔石灯が消え、暗く静まり返った部屋の中、幼い声が響く。

ベッドに入り込んだヘスティアの隣、傍迷惑そうな声音を出すのはリリだった。魔法でヒューマンに変身しており、まさに女神が望んだ抱き枕にぴったりの存在と化している。

夜遅くに訪ねてきたベルに土下座をされた彼女は、ヘスティアの待つベッドに召喚されていた。ベル本人はというと、定位置であるソファーの上で既にぐーすかと眠りこけている。

ヘスティアはリリと二人、仰向けになりながら、黙って天井を見上げ続ける。

「ベル君のあほぉ……」


翌朝、ソファーに侵入していた幼女二人に、眷族の少年は悲鳴を木霊させるのだった。

ブルートワイライト

「言うの遅れちゃったけど、Lv.2到達おめでとう、ベル……」

購入する商品を吟味（ぎんみ）していると、ナァーザさんにそんなことを言われた。

えっ？　と視線を上げた僕は、すぐ目の前にいる彼女の顔を見つめる。

【ミアハ・ファミリア】の『青の薬舗（やくほ）』。ミアハ様とナァーザさんのホームであると同時に商品を販売するお店でもあるこの建物に、僕は足を運んでいた。今日のダンジョン探索用の道具（アイテム）を揃えるためだ。

今、カウンターの上に置かれている木箱の中には、数ある商品……様々な形状の試験管に注入された色取りどりの回復薬（ポーション）が並んでいる。

「本当に、あっという間だったね、【ランクアップ】するの……気付いたらLv.2になってて、すごく驚いたよ……うん、すごくすごい」

僕とカウンターを挟んで向き合っているナァーザさんはそう言って、僕の頭に手を伸ばしてきた。こちらが赤面するのもお構いなしに、柔らかな手つきで撫（な）でてくる。

うろたえる僕は、依然（いぜん）赤いまま「ど、どうも……」と返すことしかできなかった。

「ベルが有名になって私も鼻が高い……だから、はい、これ」

「え……こ、これって？」

「道具の詰め合わせ……お金は要らないから、もらって」

ひょい、ひょい、と木箱から何本もの試験管を取り出し、ナァーザさんはそれを差し出してくる。目を剝いて慌てた僕が受け取れないと、そう言い返す前に、犬人の彼女は腰から伸びる尻尾を器用に回し、ニヤリと笑った。

「ベル、勘違いしないでほしい。これは投資」

「と、投資？」

「そう。上級冒険者が私達の商品を使ってくれれば、お店への客足が増えるかもしれない……つまり、宣伝」

上級冒険者──【ランクアップ】を経た冒険者は、その実力や評判も相まって周囲の注目を集めやすい。成り立てとは言え、『第三級冒険者』に相当するLv.2へ到達した僕に、ナァーザさんは自分達のためにも広告塔代わりになってほしいと、つまりはそう依頼しているらしい。

瞼が半分下りた瞳で不敵な笑みを浮かべる彼女に、僕はしばらく固まった後、思わず苦笑を浮かべてしまった。

「私からも頼もう。もらってくれ、ベル」

「ミアハ様……」

「突然のことで祝ってやることもできなかったからな。今の話の後ではあまり誉められたものではないかもしれんが……祝いの品として、どうか受け取ってほしい」

店内に並ぶ戸棚を整理していたミアハ様が、僕達の方を見てそうおっしゃった。優しげな神様の眼差しが向けられる。

そこまで言われてしまうと、断る方が逆に申し訳なくなってしまう。僕はどっさりなんて音が聞こえてきそうな山ほどの道具を抱え、「ありがとうございます」と頭を下げた。

ミアハ様達に見送られ、お店を後にする。

「えーっと、回復薬に解毒薬……うわっ、高等回復薬まで……」

道を歩く傍ら、受け取った道具を確認しては整理し、優先度の高いものを――ダンジョン内でもすぐ取り出せるよう――左腿に装着したレッグホルスターへと挿入していく。すぐにホルスター内は埋まり、残った道具はリリに預けるための予備の鞄にしまい込んだ。

(ちょっと前じゃあ、考えられなかったなぁ……)

武具を購入しようとした時も思ったけど……冒険者になったばかりの頃とは比べものにならない道具の充実具合に、どうにも現実感がないように感じられてしまう。

恵まれているっていうこの状況は、喜ばしいことこの上ない筈なんだけど……うーん。

自分自身でも今の感情を上手く言い表すことができないまま、何となく頰を指でかいた後、僕はリリ達が待つダンジョンへと歩んでいった。

僕にサポーターのリリ、そして鍛冶師のヴェルフ。

つい先日結成されたばかりの三人組のパーティは、予想よりすんなりと11階層を踏破してしまい、今では『上層』における最深部のフロア、12階層へと足を伸ばしていた。

前衛として活躍するヴェルフの加入は大きく、実質サポーター付きのソロであった僕の負担は軽減し、危うげなく進む階層攻略の一端を担っている（と、言うのは全てリリの談だ）。

今日も無事12階層の探索を終え、僕達は地下迷宮の上にそびえる摩天楼施設へと帰還した。

「それでは、今日の探索の取り分です」

バベルに設けられた換金所で『魔石』や『ドロップアイテム』を売ってお金に換えた後、恒例となっている報酬の分配を行う。簡易食堂に点在するテーブルの一つを占拠して、リリを中心に配分を進めていった。

「本日の換金額は占めて七二〇〇〇ヴァリス……ベル様は三六〇〇〇ヴァリス、ヴェルフ様は一八〇〇〇ヴァリスになります。どうかお収めください」

「おう」

「……あ、あのさぁ、やっぱりこの分け方、止めない？　僕だけ不公平なことになっちゃってるし……」

配分の内容は、僕の取り分が総額の内の半分、そしてリリとヴェルフの分はその更に半分……つまり四分の一ずつということになっている。僕にかかっている負担が一番大きいからっていう理由らしいんだけど……ちょっとなぁ、後ろめたいというか何というか。

やっぱり三人で三分割の方が、という僕の提案は、けれどあっさりと却下されてしまった。

「今のままでもベル様には足りないくらいです。むしろ、サポーターなのにリリがもらい過ぎています」

「まぁ、上級冒険者に金を払うんだしな。俺達と似たようなパーティがあったら、他の隊員(メンバー)と同じ扱いにはまずしない筈だ」

山分けは妥当(フェア)じゃない、とそう諭されてしまう。

迷宮探索やパーティの決まりごとにまだ疎(うと)い僕は、上手く説得するような真似(まね)もできず、

「……」

いいからもらっておけ、と笑うヴェルフ達に、金貨の詰まった袋を手渡されてしまった。


「え、等級(ランク)の変更ですか？」

「うん。【ヘスティア・ファミリア】の等級(ランク)はIからHに正式に格上げ。おめでとう」

夕焼けに染まったギルド本部。

リリやヴェルフとバベルで別れ、エイナさんのもとに訪れた僕は、窓口越しにその決定を伝えられた。

「えっと、でもヘスティア様の【ファミリア】は、まだ僕しか団員はいないんですけど……」

「うーん、それはそうなんだけどね……ベル君、【ランクアップ】しちゃったし」

ギルドが定める【ファミリア】の等級(ランク)は、そのまま派閥の戦力や組織力に直結する。恩恵(ステイタス)と同じくSを最上位とした十段階の評価は、上に行けば行くほど【ファミリア】としての地位と、そして実績を認められることになる……らしい。

例え派閥の構成員が僅(わず)か一名だけであっても、下級冒険者ならいざ知らず、上級冒険者を保有する【ファミリア】をいつまでも底辺に位置付けるわけにもいかないのだと、エイナさんは苦笑いに近い笑みで説明してくれた。

「それで、はい、これ。等級(ランク)昇級の通達書。徴税の額が変わっているから、神へスティアにもちゃんと渡してね？」

差し出される羊皮紙(ようひし)でできた巻物を広げると、そこには確かに、ギルドへ収める税金の上昇など諸項目が明記されている。並んでいる数字を見て、うっ、と僕は思わず呻いてしまった。

エイナさんはそんな僕を見て、とうとう苦笑する。

「……ええっと、それじゃあ、失礼します」

「うん。またね、ベル君」

軽く会釈(えしゃく)して、手を振る彼女に僕は背を向けた。

（月の終わりに、こんなに払うんだ……）

エイナさんに別れを告げギルド本部を出た僕は、『冒険者通り』とも呼ばれる北西のメインストリートを歩んでいく。大小様々な得物を持った多くの同業者達とすれ違いながら、手の中の巻物に視線を落とした。

リリ達との報酬の分配の時もちらりと思ったけれど、得るにしても払うにしても、扱うお金の額が随分と大きくなってきている。少し、身震いするような感覚を味わってしまうほど。

（なんだろう……何だか……）

……その先の言葉は、上手く形にできなかった。

自分でもよくわからない感情をまた持てあましながら、誤魔化すように首筋を手で撫でる。巻物を腰の巾着袋に押し込んで、影が伸びる茜色の大通りに歩を重ねた。

「……久しぶりに、武器の整備、頼みに行こうかな」

気を取り直すように呟いて、うん、それがいい、と心の中で頷く。

その場で止まって半回転、目的地の方角につま先を向ける。

うつむきがちだった顔に軽く笑みを浮かべ、僕はやや強引に、足取りを軽くさせた。

ちょっと色々あったし、気分転換でもしよう！

「――おい、あまり調子に乗るんじゃねえぞ」

……気分転換でも、するつもりだったんだけど。

そのどすの利いた声に、僕の肩は怯える小動物のように震えた。

メインストリートを一つ折れた路地裏の一角。薄暗い小径は人気が少なく、今この場を通りかかる人は皆無だ。

薄汚れた壁を背にしている僕は、取り囲まれていた。

僕なんかより身長も体格も優れた、ヒューマンと獣人の冒険者達。剣呑な雰囲気を纏い鋭い視線も突き刺してくる複数人の彼等に、僕は浮かべている不細工な笑みを引きつらせる。

突然だった。大通りを歩いている際に声をかけられたかと思えば、強引にこの場所まで連れ込まれ、今のような状況に陥ってしまっている。

い、一体、何がっ……？

「てめえみてえな糞ガキが『ミノタウロス』を殺っただと？　バカ抜かしやがって」

「大方話をでっち上げたんだろうがな、名を挙げようっていう腹が見え見えなんだよ」

そんなにチヤホヤされてえのか、と唾棄するように冒険者の一人は吐き捨てた。

――つい先日、神様がおっしゃられた言葉が頭の中で蘇る。『今流れている君の栄誉を面白くないと思う子は少なからずいるだろうから、気を付けるんだぜ？』という、その警告が。

これは、つまり、まさに……そういう場面なのだろうか。

相手方の空気に呑み込まれてしまっている僕は、情けないことにすっかり畏縮してしまい、間抜けな顔を晒しながら、彼等の強面を仰ぐことしかできなかった。

「こちとら何年もあの陰気臭え迷宮にもぐって、汗水垂らしてんだよ、いつか一発当てようってな。それを駆け出しのガキが、世界最速兎(レコードホルダー)だぁ？　……コケにしやがって」

ミノタウロスを倒したのも、【ランクアップ】したことも、その名声も全て偽りだと、冒険者達は静かな怒気とともに言い放った。

呆然と目を見開くことしかできなかった僕に、彼等は更に苛立(いらだ)ったのか、いよいよ摑(つか)みかかろうと手を伸ばし——その指先が触れる寸前、一つの影が間に割って入った。

「俺の仲間(つれ)に何か用か？」

「……ヴェ、ヴェルフ」

いつの間にこの場へやって来たのか、黒い着流しを揺らし乱入してきたヴェルフは、眉を逆立て冒険者達と対峙(たいじ)する。迫力なんかが乏しい僕とは違い、凄(すご)みを利かせてくる大刀(だいとう)装備の鍛冶師(スミス)に、彼等は一瞬気圧(けお)された。

「なっ、何だてめえはっ⁉」

「もういい、こいつごとやるぞ！」

すぐに威勢を取り戻した彼等は、僕を背にするヴェルフごと袋叩きにしようと包囲網を狭め、それぞれの武器を抜く。

「止めておいた方がいい」

薄暗い路地裏に響いたのは、芯のこもった声だった。

襲いかかろうとしていた冒険者達も、迎え撃とうとしていたヴェルフも、そして僕も一斉にそちらへ振り返り、次の瞬間、息を呑んでしまう。

通路の奥から現れるのは黄金色の髪に湖面のような澄んだ碧眼、そして小人族だと悟らせる低い身の丈。その人物は、迷宮都市に身を置く者なら誰もが知る、第一級冒険者の一人。

「フィン・ディムナ⁉」

都市最強派閥とも噂される、あの【ロキ・ファミリア】の首領だ。

「ロ、【ロキ・ファミリア】は、今は『遠征』に出てる筈じゃあ……」

冒険者の一人が喘ぐようにそれだけこぼす。周囲の仲間も一斉に怯み出し、僕とヴェルフだって瞠目していることしかできない。その小人族だけが表情を変えず言葉を続ける。

「君達が束になってかかっても、痛い目に遭うだけだ。――それに、少なくとも、知人を襲われて黙っていられるほど、僕も薄情じゃない」

知り合いだったのか、というヴェルフの視線の問いかけに、ぶんぶんと顔を横に振った。

淡々と警告を告げる第一級冒険者に、男達は引きつった顔を見合わせ、一人、また一人とその場を去り始めた。

複数の足音が遠のき、夕暮れの静けさが路地裏に訪れる。

僕等が未だ呆然としていると、小人族の冒険者は、にこっ、と、見覚えのある笑みを浮かべた。

「【響く十二時のお告げ】」

あ、と僕が呟く中、相手の全身を灰色の光膜が包み込み、すぐに光は音もなく溶ける。

次にそこに立っていたのは、微笑を浮かべるリリだった。

「リリスケ⁉　お、お前だったのか……」

「ふふっ、変身魔法、というやつです。他の方にはばらさないでくださいね」

【シンダー・エラ】。他人に成りすますことのできるリリの稀少魔法だ。

冒険者達の目もすっかり欺いてしまったその変身に、ヴェルフともども僕は驚嘆する。

「リ、リリ。フィン……ディムナさんと、面識あったの？」

「まさか。下界中の小人族の期待を背負う一族の英雄に、リリなんかがお近付きになることはできません」

外見だけでなく雰囲気や口調なども真似ないと人も欺けない筈だ。あんな有名人と触れ合う機会があったのかという僕の問いに、リリは「ただベル様の勇姿を一緒に見守った程度の仲です」と笑ってみせる。

「それより、ベル様？　気を付けてください。ああいったやっかみはこれからも向けられる筈です。もっと毅然とした態度でいてもらわないと」

「今回はたまたま見つけてやれたが、俺もリリスケも、次は手を貸せるかわからないぞ」

「ご、ごめん……」

しっかり注意されてしまった後、僕達は今度こそ別れた。去っていくリリとヴェルフの後ろ姿が消えても、その場で突っ立っていた僕は、時間をかけてようやく歩み出す。

記憶にある道を辿り、路地にぽつんとたたずむ、古ぼけた小さな店に入った。

「いらっしゃい……と、おお、ベル坊。久々じゃな」

「すいません、しばらく顔を見せなくて。今、大丈夫ですか？」

大通りの裏道にある『雛鳥の鉄床』店主、ドワーフのダルドさんに迎え入れられる。作業衣の上にエプロンを着た彼は読んでいた本をカウンターに置き、快く僕を店内に通してくれた。

『雛鳥の鉄床』は迷宮で摩耗した武具を整備してくれるお店だ。冒険者になったばかりの頃、かかる費用など駆け出しにも優しい整備屋として、エイナさんに紹介してもらったのだ。

「この短刀の整備、お願いしてもいいですか？」

「問題ないぞ。……ほほう、えらく上等な得物を持つようになったの。出世したもんじゃ」

「は、はは……」

思うようにお金が溜まらなかった最初の頃は、整備費を払い切れずよくツケにしてもらっていた。当時の情けない僕のことを知るダルドさんは、ヴェルフが作製してくれた《牛若丸》を見て、からかうような笑みを作ってくる。

僕が恥ずかしがる中、彼は奥の作業場に移り、砥石などを使って短刀の整備を始めた。

「最近顔を出さなくなったな。信頼できる鍛冶師でも見つけたか？」

「す、すいません……その、はい、ある鍛冶師の方と、直接契約を……」

「フォフォッ、気にするな。ここはひよっこどもが来る店だ。名が売れるようになったら、別のところに行けばいい……お前さんも卒業じゃ」

直接契約を結んだヴェルフは、武器の整備も担ってくれている。自然とこのお店からは足が遠のいてしまった。そのことに僕が恐縮していると、ダルドさんはあっけらかんと笑う。

無所属（フリー）である自分のこの店は、冒険者の新米が訪れる場所なのだからだと。

「のう、ベル坊。もしよかったら、要らなくなったお前さんの武器を買い取らせてくれんか？」

「はい？」

何でも、この店を巣立っていく有望そうな冒険者の武器をダルドさんはよく買い取るらしい。

その武器を店に飾っておけば、「上級冒険者御用達だった店、ということで少しは客足に繋がるもんじゃ」とのこと。何だかどこもやることは似てるなぁ、とナァーザさんを思い出しながら苦笑しつつ、僕はちょうど使わなくなった《短刀》を、代金は頂かず譲った。

整備を終えたダルドさんは嬉しそうな顔で受け取り、僕を奥の部屋へと案内する。

「わぁ……！」

石材で造られた部屋の、西側に当たる壁面、そこには沢山の武器が飾られていた。

ナイフや片手剣、短槍、ハンドアックス。様々な種類の武器がまるで絵画のように赤い額縁に収められており、壁の一面を埋めつくしている。目を奪われている僕の隣で、空の額縁を運んできたダルドさんは《短刀》を入れて、壁の一角にそれをかける。

【ベル・クラネル】とサインが刻まれ、数ある武器の一つとしてこの場に飾られることが、途端に誇らしくなった。

「こんなに沢山、ダルドさんのお店に通っていた上級冒険者がいるんですね……」

胸をぐっと詰まらせながら、興奮気味にそう口にすると──ダルドさんはぽつりと呟いた。

「もう、おらん」

「──えっ？」

「冒険者は、簡単に逝ってしまうからな。ここに飾られてある武器の持ち主達は、ほとんどがくたばっちまった。十人、残っておるかどうか……」

僕が言葉を失うすぐ横で、ダルドさんは遠くを見るように瞳を細め、その武器達を仰ぐ。

「……ベル坊、死ぬなよ。ああ、くたばるな。お前さんが今よりもっと名を馳せた後も、あの冒険者の世話をしてやったのは儂なんだと……ずっと自慢させてくれ」

僕の顔を見上げるダルドさんは、蓄えられた髭を揺らし、皺を一杯作って、笑った。

夕暮れの光が部屋に差し込む中、僕は小さな声で──はい、と、そう答えた。


西日は市壁の奥に既に沈んで、残照が空の一部を赤く染める。

夜が迫る中、僕はホームへと続く街路を一人歩いていた。蒼い宵闇が辺りを包み出し、道に沿って立つ魔石街灯はうっすらと発光し始めている。

静かに歩を連ね、口を閉ざし、視界の奥で僅かに残る夕陽の光に瞳を細める。

「おーいっ、ベルくーん！」

「……神様？」

背後からの声に振り返れば、こちらを追いかけてくる神様がいた。二つに結わえられた漆黒の髪を揺らし、笑みを浮かべて駆け寄ってくる。

「いや〜、今日のバイトも疲れたよ。でもベル君と帰りが一緒なんてついて……」

機嫌良く喋っていた神様は、そこで気付いたように、僕の顔をじっと見つめてきた。

「何かあったのかい？」

「え……」

「元気、なさそうな顔してるよ。今の君は、何だか迷子みたいだ」

胸に抱える感情は顔に出していないつもりだったのに、神様はあっさりと見抜いてきた。

僕は咄嗟にそんなことないと言おうとして、開きかけていた唇を、閉じる。

こちらを見上げてくる、青みのかかった神様の瞳に、告白するように話し始めた。

「上手く、言えないんですけど……周りで色々なことが変わってきて……怖い、っていうか」

ほんの少しの、それこそ憧憬の足もとにも及ばない僅かな名声を得て、世界が変わったような気がする。少なくとも自分を取り巻く周囲は、変わった。それに酷く戸惑う。

それは物だったり、お金だったり、他人からの反応だったり。

僕は何も変わっていない、その筈なのに、周囲の景色が色を変えて、急激に移ろっている。

「駆け足で、ここまで来ちゃって……今更ですけど、不安になってるんだと、思います」

まとまらない感情の欠片を集めて、口ごもりながら、そう言った。

これまで必死に走ってきて、ふと今になって足を止めてみると、振り返った背後に続いている長い自身の軌跡に、啞然とするような。

歩き始めた場所が一体どこなのかもう見えないくらい、自分は遠い場所に来てしまったのではないかと。

この都市に来てまだ二ヶ月。祖父を失ってもう一年。

ダルドさんの店で触れた冒険者の末路という現実は、未来の不安に繫がり、郷愁にも似た感情を引き起こす。

環境の変化に、明日に対するちょっぴりの怖さ、そして懐郷にも通じるもの寂しさ。

全部が全部合わさって、情緒が少し、不安定になってしまっている。

「……すいません、こんなことで悩んで……情けなくて」

胸中を吐露した僕は、目の前にいる神様に謝った。

たった一人の眷族である僕が塞ぎ込んでいてはいけない。この人を支えるためにも、弱音なんて振り払って、しっかりしなくちゃ。

それまでの情けない様を誤魔化そうと、無理矢理笑みを浮かべ、僕は話を変えようとする。

けれど、神様はそれを遮るように、言葉を紡いだ。

「なに言ってるんだよ、ベル君。そんなの情けないことじゃないさ」

「え？」

目を見開く僕に、神様は明るく語り出す。

「ボクがこの下界に降りてきた時、期待と不安で胸をいっぱいにしたものさ。心細い思いだってね。ちょうど今の君みたいに」

「……」

「君が尊敬してくれている神様だってそうなんだ、ちっとも恥ずかしいことなんかじゃない」

神様の言葉は、魔法のようだった。

語りかけてくれる一言一言が、胸の中に沁み込んで、心の奥で固まっていた何かを溶かしていく。

格好悪くて、みっともない僕の迷いを、許してくれる。

「それにね。君の周りがどんなに変わったって、少なくとも、ボクは変わらないさ」

そして神様は、その顔を綻ばせた。

「君がどんなに寂しい思いをしていても、ボクはずっと、ボク達の家で、君の帰りを待っているよ」

　まるで優しく燃える炉のように、その言葉は温かくて。

　どんな時だって、帰る場所を与えてくれることが……たまらなく、嬉しかった。

「……泣いているのかい、ベル君？」

「あっ、いやっ……」

　眦に浮かんだ涙を、慌てて手で拭う。

　きっと、この涙の理由もわかっている神様は、何も聞かず、ただただ微笑んでくれた。

「全く、ちょっと強くなっても、ベル君はやっぱり泣き虫だなぁ～」

「そ、そんなことっないですよっ！」

　やがて神様はからかうように意地悪く笑い、僕は赤くなって声を出す。

　言葉を交わし合う内に互いの顔には同じ笑みが浮かび、どちらからともなく、帰る家へと向かっていった。


　二人で歩く帰り道。西の空に薄明かりを残す、蒼く染まった夕暮れ。

　隣り合う手と手は、引き寄せ合うように、自然と繋がっていた。

5巻
剣姫親衛隊　～飴と鞭～
アニメイト店舗特典
女神様ご乱心
Amazon店舗特典
男(オトコ)ですから
とらのあな店舗特典
とある酒場の後日談
ゲーマーズ店舗特典
イラスト：ヤスダスズヒト

剣姫親衛隊　～飴(あめ)と鞭(むち)～

「白髪野郎(リトル・ルーキー)がアイズさんの水浴びを覗(のぞ)きやがっただとおおおおおおおおおおおお!?」

「あ・の・クソガキィイイイイイイイイイイイイイイイイイイッ!!」

18階層、【ロキ・ファミリア】野営地では暴動が起きようとしていた。アイズ達の水浴びをベルが覗いたという情報を、【ロキ・ファミリア】の団員達が聞き付け爆発したのである。

男女問わず、【剣姫】親衛隊とでも言うべき彼等は怒りの咆哮(ほうこう)を上げていた。

「許せない、許せない、許せない!!　アイズさんの清く美しい裸身を覗き見るなんてっ——私の魔法であの男を塵(ちり)一つ残さず消滅させますッッ!!」

「お前等ァー!!　レフィーヤを止めろおおおおお——ッ!?」

　立ちつくすアイズの目の前に広がる地獄絵図。普段ならば寝静まろうかという『夜』の時間帯、薄暗い野営地で様々な亜人(デミ・ヒューマン)達が抜剣し、得物(えもの)を振り上げ、アイズが見たことのない獣のような形相で鯨波(げいは)を起こしている。山吹色の魔法円(マジックサークル)を展開し女神(ヘスティア)達もろともベルがいる天幕を吹き飛ばそうとする魔導士の少女など理性を失っており、他の団員達に取り押さえられた。

「アイズさーんッ、罪人(うさぎ)を連れてきましたァ!　やっちゃってください!!」

　そして、ぎょっっ、とするアイズの前に、暴走した信徒達がベルを引っ張り出してくる。

　既に少年はアイズを含めた女性陣(ひがいしゃ)の前で、出血するほど地面に額を振り下ろし土下座(しゃざい)を行なっている。団員達はこれ以上の血を望むというのだろうか。憔悴しているベルはというと、既に観念しているのか、むしろ望んでいるのか、断罪を受け入れようとしていた。

「斬撃、斬撃、斬撃!!」

二人を取り囲み円になる暴徒達。この場にいないティオナ達の助けは期待できない。

死刑を唱和する彼等の大声に、アイズが汗をダラダラと胸中で流していると――閃いた。

フィン達が幼い自分を叱る際にやっていた、あの、『飴と鞭』だ。ベルに体罰を与え、かつ必要以上に傷付けなくて済む。アイズは意を決して右手を振りかぶった。

「おおっ！」と沸く暴徒達。剣姫の張手である、兎など即死間違いなしだ。

ぎゅっと瞼を閉ざす少年の頬を、アイズも両目を瞑って、「えいっ」と叩く。

ぺしんっ、と可愛らしい音が鳴った。

ぽかんとするベルに、鞭を放ったアイズは、仕上げとばかりに素早く飴を差し出す。

「もう、あんなことしちゃ、ダメだよ？」

「あ……はい、ごめんなさい……」

白髪を撫でるアイズ。頭を梳かれるベルは、真っ赤になりながら頷いた。

「「「「――ただの御褒美じゃないですかああああああああああああああっ!?」」」」

血の涙を流す親衛隊の暴動は、結局防ぐことはできなかった。

女神様ご乱心

「ベル君、座るんだ」

「はい……」

ちょいちょい、と正座するヘスティアに命じられ、同じく真正面で正座をするベル。

既に『夜』の時間帯。場所は18階層、【ロキ・ファミリア】野営地だ。

「女の子の水浴びを覗く……これは彼の有名な純潔神が定める大罪に等しいんだぜ？」

「はいっ……」

「もし主神がボクじゃなかったら、今頃君は派閥を追われて矢を射られていただろう」

「すいませんでしたっ……！」

周囲を行き交う者達に眺められながら行われているのは、説教だった。女神達の水浴びを覗いた一件について、重々しい顔付きの主神に厳しい声で諭されているのである。

ベルは言い訳をしようとはしなかった。既に体罰を加えられた男神が全ての元凶だったとはいえ、覗いたものは覗いたのだ、男らしく女神の非難に甘んずる。というか、むしろ言い訳しようものなら更なる責め苦に苛まれる自信がある。

「ボクは悲しいよ、ベル君。自分の眷族が覗きだなんて……ああ、とてもとても悲しい」

これは、地味に、キツイ。

悲しみと失望をない交ぜにした訴えに胸を抉られ、ベルは頬を不細工に痙攣させる。

「悲しくて、悲しくて……悔しくてっ。君は一度だってボクの入浴を見ようだなんてしなかったくせに、今回に限っててっ――くそうッ‼」

「⁉」

　ヘスティアが、吠えた。

「そんなにヴァレン何某の体が見たかったのか、ええ⁉　幼女神なんて覗き見るに値しないだって⁉」

「神様なにを言っているんですか⁉」

「ええいっ、うるさい！　罰として君は今日から一週間、ボクと背中流しっこするんだァ‼」

「リ、リリーッ、ヴェルフー⁉　言動がおかしくなるくらい神様に高熱がーっっ⁉」

「こらあーっ！　話の途中だぞっ、ボクだけを見ろぉおおおおおおおおおおおおおおおおお‼」

「ちょ、うあああああああああああああああああああああああああっ⁉」

「おい、【リトル・ルーキー】がヘスティア様に押し倒されたぞ」

「どうせリリスケ辺りが助けるだろ」

桜花とヴェルフの視線の先、予告通りリリが乱心の女神から少年を救出するのだった。

男ですから

「聞いたぞ、ベル、覗きをしに行ったんだってな？　何で俺達も連れていかなかったんだ」

えっ、とベルはヴェルフのその言葉に固まった。

今は水浴びを覗いた一件に対しヘスティア達へ謝罪を行なった後、天幕に帰る途中でヴェルフに呼び止められている。彼のすぐ後ろでは、腕を組み鷹揚に頷く桜花の姿もあった。

「な、なに言ってるの、ヴェルフ……？」

「何も糞もあるか。俺達も女性陣の水浴びを覗きたかったって言ってるんだ。なぁ？」

「ああ、そうだな。ぜひ見たかった」

ヴェルフの声に、今度は力強く頷く桜花。仲があまり良いように見えなかった筈の二人の意気投合——覗きは男の浪漫だと語るその姿勢——に、ベルは顔を引きつらせる。

「——わかっているじゃないか、ヴェルフ君、桜花君！」

更に、団員の手で私刑にされたヘルメスが、どこからともなく満面の笑みを浮かべ現れる。

「当たり前ですよ、俺達も漢だ。あんな美女揃いの水浴び、ぜひ拝みたかった……」

「うむ」

「フフ、言うじゃないか。ちなみにヴェルフ君達は、どの娘が好みだい？」

「この桜花は断然ティオナ・ヒリュテが……淫らに見えないあの健康的な肢体は眩しい」

「うわ、お前、貧乳趣味かよ。それだったら俺は姉の方だな。あの巨峰と尻は侮れねぇ」

「オレはやはり命ちゃんだぁ！　【剣姫】も捨てがたいが、何といっても黒髪!!　うちの眷族なんて目じゃないくびれた腰と、形のいい美乳は、まさに極東の地が生んだこの世の至宝！」

どうしよう、逃げたい。清々しく笑い合いながら卑猥話で盛り上がる男達の姿に、ベルは真っ赤になって後退する。しかし逃がすわけもなく、彼等はベルに振り返った。

「で、ベル君の一押しは誰だい？　やっぱりヘスティアやリリちゃんみたいな、幼女かい？」

「ベル、言えば楽になるぞ。あと、覗き見た光景も一緒に教えろ」「ああ、詳しくだ」

ニヤニヤと笑うヘルメスとヴェルフ、キリッと真剣な表情を浮かべる桜花。

三人に迫られ「うう～っ!?」と瞳をぐるぐると回すベルだったが——不意に、凍りついた。

「全く反省の色が見られないようですね、ヘルメス様」

三人とも一瞬で凍り付く。

彼等の背中に氷点下の眼差しをそそぐのは、アスフィ・アル・アンドロメダその人である。

「悪かったですねぇ、碌に目も向けられないほど——腰が太くてぇえええええええ！」

「そ、そんなこと言ってっ——ぐぁあああああああああああああああああああ!?」

神を捨て、ベル達は一目散に逃げ散った。

そして、捕まった。ヘスティア達に。

ボコボコだった。

とある酒場の後日談

18階層から帰還し、一夜。ベル達を救出し、リューは『豊穣の女主人』に戻っていた。

「帰ってきて早々仕事なんて、リューもついてないね」

「いえ、ルノア。これが本来の私の仕事です、疎かにするわけにはいかない」

「リューは本当に生真面目ニャー……あ、でもリューが出てった後、母ちゃんの機嫌が悪くニャったから、しばらく近付かない方がいいニャ？」

早朝、店の準備を進めながらルノアとアーニャに話しかけられる中、後で女将のミアにも直接謝らなければ、とリューは思った。ルノア達にも迷惑をかけたことだろう。

帰還した後、リューはベル達の生還をいの一番にシルへ報告した。涙ながら彼女が喜んでくれただけでも、僅かな恩返しとともに、自分のちっぽけな行いは報われたような気がした。

「――で、リューは少年と何か進展があったかニャ〜？」

にゅおっ、という謎の登場音を経て、にやついたクロエが突如として出現する。

「進展、とは？」

「しらばっくれるニャ、しらばっくれるニャ。いくら堅物のリューでも状況が状況ニャ、助けに行った少年が弱っている姿を見て、自分が何とかしなくてはと……間違いが起きたに違いないニャ？　例えば人工呼吸……ニャんだったら人肌で温めるのもありニャ？」

ぺし、ぺし、と尻尾で器用にリューの腰を叩いてくる猫人の少女。呆れ返るルノア達の視線の先で、クロエは神々と比べても遜色のない下品な笑みを深め――次には、言った。

「全裸の一つや二つ、少年に見られてしまったニャ？」

「――何故それを⁉」

勢いよく振り向くリュー。図星とばかりに頬を赤く染める、その彼女の姿に。

ルノアもアーニャも、そしてクロエも、ぽかんと口を半開きにする。

「あ、あれ……本当に大当だったニャ？」

首を傾げ空笑いするクロエに、はっ、とリューは己が墓穴を掘ったことを悟る。

そして――「ひっ⁉」とルノア達がある方向を見て悲鳴を上げた。

「へぇー……ベルさん、リューの裸、見たんだ？」

にこにこと笑みを浮かべるシルが、恒例であるベルの昼食を持って、厨房から現れていた。

その笑みの圧迫感にリューが凍りついていると、やがて同僚がベルの来訪を伝えにくる。

「はぁーい。ベルさーん、ちょっとお話があるんですけどー？」

「――駄目だ、シルッ！　早まってはいけない⁉」

リューは必死に少女の後を追い、事情を説明しようとしたが。

一足遅く、ギャアー、という少年の絶叫が轟いた。

6巻
特訓の裏側で
アニメイト店舗特典
生まれゆく魔剣へ
ゲーマーズ店舗特典
スパイ・ガール
とらのあな店舗特典
女神と眷族の決戦前夜
Amazon店舗特典
Shall We Dance?2
6巻限定版小冊子収録
イラスト：ヤスダスズヒト

特訓の裏側で

「ご飯っ、ご飯っ～」

赤い焚き火の光、グツグツと音を立てる大きな鍋、そしてティオナさんの嬉しそうな声音。

木製の玉杓子で鍋をかき混ぜていた彼女は「はいっ、アルゴノゥト君！　アイズも！」とお肉を器によそってくれる。「ど、どうも」『ありがとう、ティオナ』と僕達は礼を言った。

都市の市壁の上。戦争遊戯に向けて本日の鍛練を終えた僕達は、星空の下で夜食を取っている。鍋で煮込まれているのはぶつ切りにされた肉と魚に、少量の野菜。都市へ下りて食材を調達してきたティオナさんお手製の豪快な女戦士料理は、中々どうして美味しい。旨みが溢れ出る熱々のお肉と、温かな煮汁は、ボロボロに傷ついた全身へ染み入っていくようだった。

「今日はもう、特訓終わりだね。体洗って早く寝よう！　明日も早いんでしょ、アイズ？」

「うん、時間がないから……」

この巨大市壁の内部には、何とシャワーを始めとした生活空間が存在する。人が住んでいた形跡がある隠し部屋は以前誰かが──それこそ教会の隠し部屋を本拠にした僕達のように──内緒で暮らしていたのかもしれない。アイズさん曰く、「秘密基地」だそうだ。

「じゃ、じゃあ、僕……あっちの方で寝ますね」

料理を綺麗に食べつくし、代わり番こに身体を洗った後、僕はそう切り出した。修業中とは言えこんな美少女達と昼夜をともにするのは、やっぱり恥ずかしい。もうとっくに日付は変わり数時間後には鍛錬が再開される。体を休めるためにもそそくさと市壁の隅へ向かおうとした。

「駄目」「だめー！」

が、白い手と褐色の手に左右の腕を掴まれる。「えっ⁉」と僕が振り向くと、笑うティオナさんの隣で、アイズさんが真面目な表情で口を開いた。

「一緒に寝よう」


二人の温もりを側で感じながら寝静まる。勿論一睡もできていなかったけれど、瞼を閉じていた僕は——前触れなく投擲された白刃を知覚し、その場から全力で転がった。

奇襲を回避した僕に、片目を開けたアイズさんとティオナさんは満足そうに頷く。

寝込みを襲われないようにするための……これも、訓練らしい。

「でもさぁアイズ、これ迷宮用の訓練じゃない？　戦争遊戯じゃ寝込みの心配要らないよ」

「……！」

不穏な会話が交わされる中、僕は不安に襲われた。

色々な意味で大変だとはわかっていたけれど……本当に持つだろうか。身も心も。

（僕、大丈夫かな……）

まだ、特訓が始まって一日目のことだった。

生まれゆく魔剣へ

鎚を何度も振り下ろしていく。

返ってくるのは高い金属の叫び声だった。鎚を叩きつける度に声音は全て違って聞こえる。鉄の語りかけに耳を貸し、鎚を振るうようになったのはいつだっただろうか。長剣の形状を描きつつある金属塊を見つめ、ヴェルフはひたすら鍛錬の作業に勤しんでいく。

自派閥の中であてがわれた工房。路地裏に建つ自分だけの鍛冶場はヴェルフの静かな戦場となっている。闇が落ちた真夜中、不眠不休で武器の作製が行われていた。

戦争遊戯の戦いは既に始まっていた。ベルを守るため、ベル達を勝利に導くため、鍛冶師のヴェルフは誰よりも早く武器の作製に取りかかった。工房の隅には作製済みだった牛若丸弐式、そして短期間で作り上げてみせた高性能の兎鎧――相棒の装備一式が置かれている。現在取りかかっているのは女神から依頼されていた品、そしてヴェルフ自身も打つことを決めていた魔の剣である。

手拭いを巻いた頭から大量の汗が滴り落ちていく。燃え滾る炉から発せられる熱気は殺人的だった。鎚と金属の間から舞い散る火花は、黒の着流しに当たっては消え、あるいは首筋を始めとした肌を火傷させる。鍛錬に臨むヴェルフの形相はどんなモンスターと戦う時よりも、どんな相手と対峙するよりも、鋭く激しい。

――許せとはもう言わねえ。俺の仲間を助けろ。

強大無比の『クロッゾの魔剣』を作り上げながら、ヴェルフは心中で念じた。

工房の中で炉の光(ひかり)以外にも舞う僅(わず)かな輝き。鉄床(アンビル)の上の金属塊に美しい光粒(こうりゅう)が渦を巻くように吸い込まれていく。魔剣血統(スキル)が発動している時はいつもこうだ。まるでヴェルフの血に誘われるように、ヴェルフを慕(した)うように、何もない空中から光の精は握り締めた鎚を取り巻いて、打ちつける金属へ宿っていく。『鍛冶』のアビリティを習得した今、ヴェルフの手はうっすらとした赤い光幕に縁取られていた。

やがて鍛錬は終わった。鎚の旋律は途絶え、仕上げを済ませた一振りの長剣がヴェルフの目の前で光沢を放つ。

「お前は……『紫雷姫(しらひめ)』だ」

『魔剣』を作り上げた時、ヴェルフはいつもいい加減に名前を決める。砕け散る宿命(さだめ)の彼等、彼女等に情を移さないためだ。同時に、それはヴェルフから送られる手向(たむ)けの名でもある。

既に完成しているもう一振りの『魔剣』の隣に並べる。

戦争遊戯(ウォーゲーム)に用意された急造の『魔剣』は、図らずとも姉妹剣となった。

『火影(ほかげ)』、そして『紫雷姫(しらひめ)』。

夜が明ける中、朝の空気を浴びる紅(くれない)と紫の長剣は、ヴェルフに向かって輝いた。

スパイ・ガール

「ちくしょう、あいつ等、オイラに雑用ばかり押し付けて……」

【アポロン・ファミリア】団員、小人族のルアン・エスペルは大量の覚書に悪態をついた。

戦争遊戯開催日が五日後に迫る中、彼は早朝から城に運搬する物資、馬車への手配等に駆り出されている。まだ昇華を経ていない下級冒険者、更に弱小種族として侮られがちな小人族ということで、ルアンは派閥の中でも都合のいい使いっ走りという位置付けだった。

「今に見てろよ……オイラが憧憬のようになったら、絶対にぎゃふんと言わせてやる」

ルアンには小人族の希望――【勇者】フィン・ディムナのようになって、成り上がるという野望がある。いつか、きっといつかその日が来る。そしてその『いつか』が訪れないままもう何年も経っていた。未だ口だけの願望――既に諦念になりかけている思い――は芽が出る気配はない。精一杯の虚勢を口にしながら、ルアンは人気のない路地裏を進んでいく。

「あぁ、こんなに一杯面倒くさい。誰かオイラと代わってくれよ――」

「――じゃあ、オイラが代わってやろうか？」

突如、ひょいと横道からルアンの眼前に現れる小男。瓜二つ、いや姿も声も自分と全く同じ『ルアン・エスペル』その人に、「え――」とルアンは動きを止め、凍りついた。

眼前の自分が笑みを浮かべると、ゴンッ、という衝撃を後ろから頂き、ルアンは気絶した。

「――終わったのかい、サポーター君？」

「はい、ヘスティア様。必要な情報は全て聞き出しました」

街外れの倉庫。ルアンを閉じ込めたリリは外にいるヘスティア達にことの首尾を話す。

戦争遊戯（ウォーゲーム）は既に始まっている。攻城戦に勝利するため――間諜（スパイ）を行うためリリは変身魔法（シンダー・エラ）で入れ替われるルアンをナァーザとともに連れ去ったのだ。今は彼に完璧に化けるため、派閥内での立ち位置や他団員との関係、呼び名など必須情報を本人から聞き出したところである。

「それにしても聞き出すのがえらい早かったね……ま、まさか拷問（ごうもん）なんかしたんじゃあっ」

「似たようなものですね。この強臭袋（モルブル）を鼻に押し付けたら泣き叫びながら教えてくれました」

「使いこなしているようで何よりだよ……」

ナァーザの薄い笑みの後ろで強臭袋（モルブル）製作に関わったミアハが乾いた笑みを浮かべる。

自白剤と化している強烈な臭い袋のアイテムを置いて、リリは目を瞑（つむ）った。

「――【貴方（あなた）の刻印（きず）は私のもの。私の刻印（きず）は私のもの】」

詠唱を唱え、瞬く間に『ルアン・エスペル』となった彼女（かれ）は笑った。

「それじゃあ、行ってくるぜ」

そこから彼女（かれ）は、誰にも不審がられることなく、敵陣へ一人潜入を果たすのだった。

女神と眷族の決戦前夜

Lv.2
力：SS1088　耐久：SS1029　器用：SS1094　敏捷：SSS1302　魔力：A883

(めちゃくちゃ上がってる……)

ベッドに寝そべったベルの背に腰かけるヘスティアは、更新した【ステイタス】を見下ろしながら複雑な表情を浮かべた。戦争遊戯二日前。明日の移動時間を視野に入れ、ベルは特訓を終え主神のもとに——アポロンの屋敷で別れる前に拠点にすると伝えておいたミアハ達のホームに——戻ってきた。

事前に聞きはしなかったが、凄まじい能力値の伸びを見てやはり憧憬に教えを請うたのだと悟る。約一ヶ月前、宿敵撃破後のLv.1最終更新値と似たり寄ったりだ。というかSSSより上の能力値評価は存在しないのか、とおかしくなっている『敏捷』の数値を見てヘスティアは思った。ややこしくなるから本人には伝えないでおこう、とも。

「……じゃあ、ベル君、このままこのベッドで寝ようか。二人で」

「あ、はい——って、二人⁉」

「ああ、もうこれしかベッドは残っていないのさ」

真っ赤な嘘である。アイズと過ごしただろう濃厚な日々を妬んでの謀略だ。ベルは最初こそ己が床に寝ると言っていたが、戦争遊戯に疲れを残してはいけないとヘスティアが力業で説得した。ミアハ達も気を利かせてくれたのか、邪魔をすることはなかった。

魔石灯の明かりを消した一室で、狭いベッドの中、二人は体を寄せ合う。

「……ベル君、ボクを恨んでいるかい？」

興奮と緊張は最初だけだった。横向きの体勢で、ヘスティアはベルにそう問いかける。

戦争遊戯を勝手に受けたのは自分だ。負ける気は毛頭ないが、リリ達を含め、ベルには全ての責任と負担を押し付けてしまっている。もしかしたら、これがオラリオで過ごす最後の夜になってしまうかもしれない。

仰向けになっているベルは、ややあって、「いえ」とはっきりと答えた。

「僕は、あの人に勝ちたいです」

毅然とした眼差しを天井に向ける少年の横顔に、ヘスティアは動きを止めた後、微笑んだ。

「君は、どんどん格好良くなっていくなぁ……」

「えっ？」

何でもないよと言った後、ヘスティアはベルの肩に顔を寄せた。頬を染めながら「頑張って」と少年の耳朶へ囁く。彼もまた、「はい」と頷いた。

眠りに落ちる際、お互いの指と指を絡めながら、二人は決戦前夜を過ごした。

Shall We Dance? 2

ドレスやスーツ、絢爛たる衣装で着飾った人々が、周囲には溢れていた。

いくつものテーブルに豪勢な料理が準備された大広間。シャンデリア型の魔石灯の下で沢山の給仕が葡萄酒を配り、受け取ったヒューマンや亜人は歓談に興じている。

都市が蒼闇に包まれる月夜の晩、華々しい社交界が始まっていた。

「ふっふっふっ、社交界よ、ボクは帰ってきたぞ!!」

目の前に広がる光景に、ヘスティア様が腰に両手を当てて、声高にのたまった。

すっかり有頂天になっているドレス姿の神様の背後で、僕は落ち着かない体を持てあます。

「本当に、また来ちゃった……」

高級住宅街――オラリオ北区画に建つ宮殿と見紛う大きな建物。アポロン様が開いた『神の宴』と場所を同じくする、ギルドが管理している会場施設。

飛び込むのはこれで二回目となる夜の世界に、思わず言葉が漏れ落ちてしまった。

「もうっ、何故リリ達がこんなところに連れ出されなければいけないのですか!」

「主神様からの指示なんだ、従うしかないだろ」

「うぅ～。まさか再びこのような場所に……このような格好で～」

僕の更に後ろでは、リリ、ヴェルフ、命さんが不満や悟り、羞恥の言葉をこぼしている。

勿論、三人とも僕やヘスティア様と同様、綺麗なドレスや礼服を身に着けていた。

戦争遊戯から四日後の夜。結成された新【ヘスティア・ファミリア】の構成員達は、神様に促されるまま正装し、率いられながら、眼前の社交界に参加する羽目になっていた。

「ヘスティア様、説明してください！　どうしてこのような夜会に出席しているのか！」

「決まっているだろう、踊るためさ！　前回の『宴』じゃあ一曲も踊れないまま終わってしまったんだ——これは、再戦さ！」

つまり、そういうことらしい。

『神の宴』でせっかく綺麗なドレスまで着込んだのに踊れなかったことが、神様は相当悔しかったようだ。舞踏への執念というか、熱意がリリに答える口振りからは伝わってくる。僕達を連れてきたのも、ひとえに眷族と楽しみを分かち合いたいというお気持ちからだろう。

「ヴァレン何某君に遅れを取ったままでいられるものかっ……！　今度こそベル君と……！」

入り口前に突っ立っているわけにもいかず、神様を先頭にぞろぞろと移動を開始する中……獲物を狙う肉食獣のような眼差しを向けられ、僕は思わず悪寒を感じてしまった。

「確か、商業系【ファミリア】の主催だったか、この夜会は」

「ええ。定期的に開かれているとは聞いていましたが……やはり商人の方が多いようですね」

ヴェルフとリリの会話通り、周囲には僕達のような【ファミリア】の団員以外にも、都市内外の商人が多いようだ。

世界に一つしかない迷宮の資源は言わずもがな貴重だ。中でも『下層』や『深層』の鉱物、怪物の宝なら大陸中の商人達が金に糸目をつけず仕入れていくほどらしい。本日のパーティーは、迷宮奥深くまでもぐれる上位派閥と商人が繋がりを設ける場だそうだ。【ファミリア】も商人という後援者を得れば探索の費用を出資してもらえるので、どちらにも見返りがある。

僕達【ヘスティア・ファミリア】は少し強引だったけど、先日の戦争遊戯で知名度と、そして派閥の地位――等級を上げたことで、この夜会に参加することが許されていた。

「おや？　ヘスティア、来ていたのかい？」

「ヘルメス！」

派閥の主神様や代表者を囲んで、既に沢山の商人が交渉を行なっている中。

僕達は、アスフィさんを引き連れるヘルメス様とばったり出くわした。アスフィさんの『どうも』という視線に、会釈を返しておく。

「ヘスティア達がこのパーティーにいるなんて、驚いたよ。商人と関係を持つなんて、そういう柄じゃあないと思っていたけど」

「ふふん、勿論お金だけの利害関係なんてこれっぽっちも興味はないさ。ボクは今日、踊るために来ているんだ！」

珍しいものを見たような表情をするヘルメス様に、ヘスティア様は不敵な笑みを浮かべる。

社交界の趣旨を堂々と無視するその発言にヘルメス様が苦笑いをしていると、機を見計らったかのように、楽隊による流麗な音楽が流れ始めた。

「時は来たぜ、ベル君！　さぁ踊ろうじゃないか、このボクと!!」

円舞曲の旋律に包まれる大広間に、ヘスティア様の興奮が最高潮に達する。

目を輝かせながら差し出される神様の手。リリが眉を吊り上げ、ヴェルフは苦笑し、命さんは未だに赤らんで目をぐるぐる回す中、汗をかく僕は、おずおずと手を取ろうとすると――。

『ベル？』『【リトル・ルーキー】……【ヘスティア・ファミリア】？』『あれは――ロリ神様!!』

周りにいた商人達から、一気にざわめきが広がる。

次の瞬間、ものすごい勢いで、神様のもとに人の波が押し寄せた。

『ヘスティア様、この私どもに未来の投資をさせて頂きたい!!』『ロリ神殿、どうかうちの商品を――!』『今なら黄金のジャガ丸くんも差し上げます!!』

「ちょ、何なんだ君達はっ、おいっ止め――ぐ、ぐあぁぁーっ!?」

目の前で、そして一瞬で、神様が商人の波へ呑み込まれていった。

僕とリリ達が目を点にしていると、ヘルメス様が肩を竦めてくる。

「力をつけた【ファミリア】は王侯貴族とさして変わらないからね。大抵が贅沢好きな主神は王様ってわけさ。商人は契約を結ぶ以外にも、贅をつくした嗜好品なんかを売りつけてくる」

要は、名を上げたばかりの【ヘスティア・ファミリア】は『いい鴨』なのだと、ヘルメス様はそう教えてくれた。商人の波に神様の小さな体はずんずんと奥の方へ追いやられていく。

ベルくーんっっ、という虚しい悲鳴だけが、僕達のもとに届いてきた。

「……助け出すのもあれじゃあ無理だな。腹も減ったし、飯をあさらせてもらうか」

「リリもそうさせてもらいます。神様の気紛れに振り回されるだけなんてご免ですから」

「ああっ、置いていかないでくださいっ、リリ殿、ヴェルフ殿！」

「あ、みんな、ちょっと……」

この場から離れ出す仲間に、いいのかなぁ、と僕は頭の後ろに手をやった。


結局、蜜に群がる蟻のごとく商人達に包囲される神様を助け出す術はなく、僕も諦めるしかなかった。心の中で謝りながら、一人だと心細いので、リリ達の姿を探しに行く。

うーん、この人込みで、どうやらみんな散り散りになっちゃったみたいだけど……。

「あ、アスフィさん……」

「ああ……また会いましたね」

アポロン様の『宴』よりずっと多い参加者に四苦八苦して歩いていると、青色のドレスを着たアスフィさんと会った。リリ達のことを聞いてみると、あれから見ていないと返される。

「アスフィさんは、ここで何を？　というか、お一人ですか……？」

「……主神に放り出されているところです」

溜息をつく彼女の視線を追うと、何人もの商人と話を交わしているヘルメス様がいた。

商談だろうか。男神様は優男の笑みを浮かべながら、いくつもの交渉を捌き、その度に握手を交わしている。商人達の満足気な表情を見る限り、良好な関係を築いているらしい。

「……ああもうっ、暇ですっ！【リトル・ルーキー】、付き合いなさい」

「へっ？」と固まる僕の手を、アスフィさんは摑んだ。

強引に腕を組まれ瞬く間に赤面すると、彼女はダンスホールとなっている広間の中央へ引っ張っていく。二の句が継げられないまま、僕は、アスフィさんと踊ることになった。

「好き放題に連れ回した挙句、いつも顧みもしないで。付き合わされるこちらの身になってもらいたいものです」

「あの、その……は、ははは」

ダンスをしながら、愚痴に付き合わされる。

腰や肩に触れながら、左に右に。柔らかい体の感触も含め、突然のことに赤くなりながら愛想笑いしかできない僕を、アスフィさんは自然体で見事に操ってしまう。

素人でもわかる、すごくダンスが上手い。

ぎこちない動きをひょいと修正してくれて、僕の方が先導されてしまっている。愚痴を漏らし続けているのに、彼女の体はとても滑らかで綺麗なステップを踏んでいた。

無意識でやっちゃう辺り……何ていうか、踊り慣れている？

「派閥に有益な交渉をまとめてくるのは結構ですが、本当にあの主神はいつも自分勝手で……

全くっ」

「え、えーと……いつもこんな風に、振り回されてしまうんですか？」

目と鼻の先にある、美しい相貌と桜色の唇（くちびる）にどぎまぎしながら、何とか言葉を投げ返す。

両目を瞑（つむ）って不満気な顔をしているアスフィさんは「ええ、その通りですっ」と答えた。

「出会った時からいつも振り回して、嫌（いや）と言っているのに引っ張り出してっ……でも」

「……？」

「あの城から、連れ出してくれました……感謝はしています」

ともに踊る亜人（デミ・ヒューマン）達に囲まれながら、アスフィさんは、何かを思い出すように微笑（ほほえ）んだ。

いつもは疲れた顔をして、その、ちょっと老（ふ）け込（こ）んで見えるけど……顔を綻（ほころ）ばせた今のアスフィさんは、とても若々しく、綺麗だった。

年齢は、エイナさんと同じか、あるいは少し上くらいなのかもしれない。

「愚痴に付き合わせて、申し訳ありません。ですが気が楽になりました、礼を言います」

「い、いえ……」

ダンスを終え、アスフィさんがすっと離れる。

まだうろたえている僕に、彼女は眼鏡（めがね）の奥の碧眼（へきがん）を細め、主神のもとへ戻っていった。

「【万能者（ペルセウス）】も、どこぞの王族（おうぞく）かもな」

「あ、ヴェルフ……」

僕もダンスホールから戻ると、テーブルの側で料理を口にしていたヴェルフが出迎えた。

アスフィさんとの一部始終を見ていたのか、果汁の入ったグラスを手渡してくれる。

「わかるの？」

「たたずまいと、仕草と……後は、そうだな、『匂い』でわかる。ガキの頃にそういう連中はごまんと見てきたからな」

あ、そうか……ヴェルフは鍛冶貴族、王国の出身なんだ。

今は没落しているとはいえ、高貴の身分の人達と交流があったのかもしれない。

仲間の経歴を思い出した僕は、少し過去を掘り返すようだけど、思い切って尋ねてみる。

「小さい頃は、こういうパーティーにも出てたりしていたの？」

「まぁ、な。婆や母親が教養を学べだの何だの……夜会にも出されたし、堅苦しい作法やわけのわからん楽器の演奏まで……鍛冶屋なんだ、鉄臭い工房にこもっていた方がマシだった」

曲がりなりにも貴族を名乗っていた『クロッゾ』には、色々な苦労譚があったようだ。

その言い草に僕が苦笑していると、ヴェルフは苦いものを食べたような表情を作る。

「主神様を悪く言うつもりはないが……こういう社交界の雰囲気は、どうも気乗りしないな」

息苦しそうに胸もとに手をやって、礼服を着崩すヴェルフ。苦い経験を振り返るように、もしくは美辞麗句が飛び交う広間を嫌うように、口をへの字にした。

「なぁ、ベル。このまま二人で抜け出さないか？　酒場に行って安酒でもあおりたい気分だ」

「あ、あははは……神様達を置いていくのは、ちょっと」

本気なのか冗談なのか、気楽そうに笑いかけてくるヴェルフに、僕は笑みを引きつらせた。

そもそもこんな礼服で冒険者達が賑わう酒場に突っ込む真似は、ちょっと勇気が……。

「ん？」

と、ヴェルフがそこで何かに気付いたように、目を僕の背後に向けた。

視線を追うと、やけに色めき立つ人集りが、一人の女の子を囲んでいて……。

「……って、み、命さん⁉」

「絡まれてる、わけじゃなさそうだな……ダンスを申し込まれてるのか？」

僕が仰天する中、ヴェルフは命さんの前に差し出される多くの手を見て推測する。

人集りは全員男の人で、ドレスで着飾った彼女に熱い視線を送っている。かたや命さんは、次々と投げかけられるお誘いの文句に、真っ赤になって立ちつくし……泣きそうだった。

傍目に見ても混乱に陥っているのがわかる。

「あれは……助けてやった方がよさそうだな」

「ぼ、僕っ、行ってくる！」

持っていたグラスをヴェルフに押し付け、一目散に駆け出す。

仲間の危機と、後は女の人の涙を見て、半ば条件反射的な動きだった。夜会の場では行儀違反の行動だと自覚しつつも、慌てふためく兎のように大広間を突っ切る。

そして、人込みを縫って急行する僕の姿に気付いたのか、命さんは。

はっと目を見開いて、泣きつくように、ドレスの裾を持って——自らも突っ込んできた。

「も、申し訳ありません！　自分はっ、この殿方と踊る予定があるので‼」

「え——えええええっ⁉」

がしっっ‼　と片腕を捕縛され、いきなり宣言される。

その言葉に、男性陣も『何ィ——⁉』と一様に衝撃を受けた顔をした。

命さんは彼等に言及を許さず、僕を伴って、そそくさとダンスホールに向かい始める。

「うぅ、申し訳ありません、ベル殿ぉ～……ですが、助かりましたぁ～」

「いや、まぁ、何となく事情はわかりますけど……」

詳しい話を聞くと、神会でも散々話題になったらしい命さんの美しい容貌と、何より中々お目にかかれない極東生まれの珍しい顔立ちに目を付けられて、多くの男性が押し寄せてきたようだ。ごく僅かに出席している諸外国の要人に惹かれてしまったのが始まりらしい。いや、男神様達が命さんの反応を面白がって、悪乗りしたのも大きく関係しているんだろうけど……。

あんなに沢山の男性に迫られたことはないのか、命さんは今も目尻に涙を溜めていた。ドレス姿の自分を一層気にしているらしく、剝き出しの肩や首筋が薄紅色に火照っている。

恥じらっているその姿に、僕も思わず赤面してしまいそうだった。

「と、とりあえず、自分とこのまま踊って頂けないでしょうか⁉　どうか、何卒……！」

「わ、わかりましたから、命(ミコト)さん、落ち着いてください」

男性達のお誘いから逃れるため、止むなく僕は命(ミコト)さんとダンスを踊ることになった。

視界の隅で笑いを堪(こら)える仲間(ヴェルフ)の姿がちらつく中、二人して赤くなりながら手を取り合う。

が、命(ミコト)さんは動揺が抜け切っていないのか——開始(かいし)間もなく、僕の足を踏みつけた。

(うっっ⁉)

命(ミコト)さんの靴の踵(ヒール)が足の甲を盛大に踏み抜く。

「ああっ⁉」

次いで、平衡(バランス)を失った彼女は踏みとどまろうとするこちらを勢いよく押し倒し、

「がはぁっ⁉」

僕の鳩尾(みぞおち)に、肘鉄(ひじてつ)を叩き込んだ。

——肘⁉

胴体の中心に炸裂(さくれつ)する第三級冒険者の必殺。体の内側まで貫通する、恐ろしい衝撃。

体に突き刺さった命(ミコト)さんの肘に、僕はあっさりと意識を刈り取られた。

……僕が気絶していた時間は長かったようで、夜会は佳境に差しかかりつつあった。

命(ミコト)さんに何度も謝られた後、まだ見つかっていないリリの姿を探す。

「あ、いた……リリ！」

命さんの件もあって心配していただけに、壁際でたたずむリリを見つけてほっと安堵する。声をかけようとしたけれど……優雅な円舞曲をぼんやり眺めるその姿に――まるで薄い硝子が隔たった夢の世界を見つめるような眼差しに――僕は動きを止める。

「……リリは、踊らないの？」

気付けばそう尋ねていた僕を、リリはそっと見上げた後、冗談めかすように小さく笑った。

「ちんちくりんで、場違いなリリには、あんな場所へは行けません」

場違い、という響きがやけに心に残る中、リリは眩しそうな表情を浮かべる。

「リリにまでこんなドレスを用意して、無駄遣いするヘスティア様に怒っていましたが……本当はちょっと、嬉しかったんです。少し前のリリなら考えられない、こんなきらびやかな夜会に参加させてもらえるなんて。……でもやっぱり、リリはリリなんです」

その小さい体にあつらえられた小人族用のドレスを見下ろしながら、切なそうに呟く。

派閥の呪縛に囚われ、盗賊業にまで手を染めていたリリ。作法も礼儀も知らず、夜会に相応しくない自分を――灰を頭から被ったように汚れている己を恥じるように、リリは壁の花となっていた。その栗色の瞳に、憧れの光を僅かに宿しながら。

迷っていた僕は、リリのその瞳を見て、思い切って声をかける。

「じゃあ、僕と踊る？」

そんな僕の誘いの言葉に、リリは両方の目を尖らせた。

「ベル様とリリの身長差で、どうやって踊るのですかっ！」

「ご、ごめんっ」

むきーっ、と怒られてすぐ謝ってしまう。リリは神様より背が低いから、確かに僕と踊ろうとしたら無理があるというか……うん、ちょっと子供のお遊戯（ゆうぎ）みたいにはなってしまうかも。

僕が申し訳なく思っていると、怒っていたリリは……顔を赤らめ、うつむきながら言った。

「で、でも、気分だけは味わってみたいです……ベル様、リリをダンスに誘ってください」

自分（リリ）が幸せになれるほど、お伽噺（とぎばなし）の王子（じゅうにん）のように——とぼそぼそと注文を重ねられる。

あまりの難題に困った笑みを浮かべながら、それでもリリの願いを叶えてあげようと、いや叶えてあげたいと、僕は思った。

お伽噺の王子（じゅうにん）のように……そうだ、あの『宴』の時のミアハ様を思い出して。

リリの正面に移動して、跪（ひざまず）き、僕はその小さな手を優しく取った。

「——私と一曲踊って頂けますか、淑女（レディ）？」

そっくりそのまま、神様（ミアハ）の動きをなぞる。

表情も意識して、あの貴公子然とした微笑みを浮かべて。

目を見開いて固まってしまったリリに、僕は「駄目だったかな？」と言うように苦笑して、首を横に傾けた。

「……ろ、六十点です！」

厳しい。思わず苦笑を深めてしまう。

やっぱりミアハ様のようにはいかないみたいだ。目の前で立ち上がると、リリは頬を紅潮させたまま僕をちらちらと見上げてくる。

繋ぎっぱなしの手を握り返してくるそんな姿を見て、少しは願いを叶えてあげられたのかもしれないと、僕はちょっぴり嬉しくなった。

「……もう、お開きのようですね」

しばらく手を握り合っていると、主催者側からパーティーの閉会が告げられる。

来賓が徐々に退場していく中、ヴェルフと命さんがやって来た。

「ベル殿、ヘスティア様は……」

「えーと……まだ色んな人に囲まれているみたいです」

命さんの問いを受け、広間の奥へ目を向けると、未だ商人達が包囲網を形成していた。

「あれは解放されるまで……まだしばらくかかりそうだな」

「結局、ヘスティア様の野望は潰えてしまいましたね……」

ヴェルフとリリも、ぐあぁー、と人集りの中心から苦しげに伸びる黒髪を見て、気の毒そうにこぼす。気絶したりやら何やらあったとはいえ、神様にまで意識を回せなかった罪悪感から、僕も気まずい思いを抱いてしまう。

「ベル君達、まだ帰らないのかい？」

そんな立ちつくす僕達を見つけて、ヘルメス様とアスフィさんが帰り際に近寄ってくる。

僕は悩んだ末……全て事情を話し、何とかならないでしょうかと相談してみた。

「――よし、わかった。オレに全て任せてくれ」

迷える子羊を導く羊飼いのように、ニヤリと、ヘルメス様は僕に向かって笑ってみせた。


「うう、また踊れなかった……」

ベルく～ん、と涙(なみだ)交じりの声を漏らしながら、ヘスティアはうなだれた。

ようやく商人達から解放され、今や大広間からは光が消え失せている。誰かが魔石灯を全て消灯させたのか、会場施設全体は暗闇に包まれていた。

夜会(パーティー)は終わり、楽隊もとうにいない。会場には祭りが終わった後のようなもの寂しさだけが残っている。着飾った衣装が窓から差し込む蒼い夜の光を浴び、哀愁(あいしゅう)を帯びていた。

念願(ねんがん)叶わずとぼとぼと歩き出すヘスティアだったが、彼女の前に、一つの人影が歩み出る。

「ベル君……？」

「神様、付いてきてください」

燕尾服(えんびふく)を着るベルは、ヘスティアの手を取ってバルコニーへ向かった。

動揺する彼女が何か尋ねるより先に、窓の外の階段を下り、芝生が広がる夜の庭へ出た。

「べ、ベル君、一体……」

噴水の水飛沫が月の光に照らされきらきらと輝く中、ベルはヘスティアに向き直る。

「見てください、神様」

言われるまま、少年の視線を追って背後の方角を見上げると──高い会場施設の屋根の上にたたずむ、いくつもの影があった。

「さぁみんな、好きな楽器を取れ！　いたいけな女神に捧げる、今夜限りの楽隊だ！」

指揮者の位置に立つのは、橙黄色の髪を揺らすヘルメスだ。

彼の芝居がかった言葉を受け、全ての影が屋根の上に置かれた様々な楽器を手にする。

「ヴェ、ヴェルフ様……弦楽器が弾けるのですか？」

「真似事だけだ。名前だけだが元貴族だからな。しょーもない腕だから、安心しろ」

「じ、自分に、このような楽器が使えるでしょうか……」

「その魔道具はどんなに下手でも独りでに演奏するので、大丈夫ですよ。では、私は横笛を」

リリが、ヴェルフが、命が、アスフィが、弦に弓や指を添え、笛に唇を当てる。やがて指揮者の手の動きに合わせて、静かな演奏は始まった。

ばらばらの楽器から様々な音色が上がっているにもかかわらず、それは確かに円舞曲を奏でていた。蒼い星空と月を背に、五人だけの楽隊は美しい旋律を紡いでいく。

耳に届いてくる優しげな音色に、呆然と建物の屋根を仰いでいたヘスティアは、少年の方を振り返った。

ベルはベルで、緊張した面差しを浮かべている。『女神(ヘスティア)が喜ぶよう、思いっ切り気取った文句で決めるんだ』とヘルメスに言い含められている彼は、ぐっと顔を上げ、ヘスティアの目の前で片膝(かたひざ)をつく。

「今宵(こよい)、どうかこの私と踊って頂けないでしょうか――僕の女神様(ディア・アンジェ)」

幼い頃から読み耽(ふけ)った英雄譚の記憶を総動員して、精一杯の台詞を幼い女神に送る。

気障(きざ)な台詞を言った当人(ベル)の方が真っ赤になる中、ヘスティアは、その瞳に水面(みなも)を張った後――花が咲いたように満面の笑みを湛(たた)えた。

「うんっ」

見上げてくる深紅(ルベライト)の瞳と視線を絡めながら、その手を取る。

美しい旋律に促され、たった二人の舞踏が始まった。

宮殿のような建物の片隅、花と緑に囲まれた庭の中。

噴水の水の音とともに、ささやかなダンスが交わされる。

頭上から送られる演奏が鳴り止(や)むまで。

女神と眷族の少年は、笑みを分かち合いながら、月夜の下で円舞曲(ワルツ)を踊り続けた。

7巻
お祝い？
アニメイト店舗特典
エレジー
哀願
ゲーマーズ店舗特典
ファミリア入団契約書
とらのあな店舗特典
ミカヅチ
円月投
Amazon店舗特典
イラスト：ヤスダスズヒト

お祝い？

「あれ、どうしたのー、アイズ？」

ホームの応接間で何事かを考えていたアイズは、通りかかったティオナに声をかけられた。

「えっと、戦争遊戯(ウォーゲーム)に勝って、【ファミリア】が大きくなったから、うんと……」

「あー、アルゴノゥト君にお祝いの品を渡したいんだ！」

口下手の少女が何を言いたいのかあっさり理解したティオナは、得心いったように笑う。

「そうだよね、あたし達も鍛練に付き合ったんだし、戦争遊戯(ウォーゲーム)に勝ったアルゴノゥト君を祝ってあげたいよね。でも何がいいのかなぁ。冒険者なんだし武器か……それとも食べ物？」

贈る品物を考えていたアイズの隣で、ティオナも肩(かた)を並べ考え出す。祝いの品など用意したことのない第一級冒険者の二人は、うーん、と両腕を組んだ。

「んん？　なんや、二人とも難しい顔して？」

「あ、ロキ」とティオナが応接間に現れた主神に顔を上げる。事情を話すと、懇意にしている派閥ならともかく怨敵(ヘスティア)への祝いなど論外なのか、ロキは凄(すさ)まじく嫌そうな表情をした。やめておけと叱るように口を開きかけたロキは——ニヤリ、と何やら笑みを浮かべる。

「アイズたん、教えたる。そういう場合のお祝いの品はなぁ——」

「――お花、ですか？　う、うわぁ、ありがとうございます！」

翌日、ベルはホームを訪れたアイズからお祝いの品を頂戴(ちょうだい)した。

彼女は少年の髪(かみ)と同じ純白の花を手渡す。

「戦争遊戯(ウォーゲーム)、おめでとう……【ファミリア】も大きくなって、良かったね」

淡く微笑(ほほえ)むアイズに赤面するベルは何度も頭を下げた。帰っていく彼女を見送った後、有頂天になりながら花束を抱え、ヘスティア達がくつろいでいるホームの居室(リビング)に戻った。

「神様、みんな、見てください！　今アイズさんが来て、こんな綺麗な花束を――」

そしてベルの持つ花束を見た瞬間、ヘスティア達は――阿鼻叫喚(あびきょうかん)の声を上げた。

「べべべべべべベル君っっ⁉　それは雪落花(スノードロップ)じゃないか⁉」

「は、花言葉は『お前達の死を望む』……おいベルッ、本当に【剣姫】が持ってきたのか⁉」

「これは、【ロキ・ファミリア】からの……事実上の宣戦布告⁉」

「【ヘスティア・ファミリア】はもう終わりです‼」

「え、えええええええええええええええええええええええええええぇっ⁉」

主神、ヴェルフ、命(ミコト)、リリ、そしてベルの順で絶叫が轟(ひび)き渡る。

【剣姫】がもたらした死神のごとく白い花束は、ホームを混乱に陥れた。

――後日、恐怖するベルからことの顛末(てんまつ)を聞かされたアイズは、涙目でロキをしばき倒した。

哀願(エレジー)

「～♪」

酒場『豊穣(ほうじょう)の女主人』の厨房で、シルが鼻歌交じりに料理を作っている。

店の休憩時間。ベルに手作りの昼食(ランチ)を手渡すことを日課にしているシルは、このような時間を利用して料理の腕(うで)の向上に励んでいた。真意はさておき、少年の前では背伸びをしたい彼女は洒落(しゃれ)た料理を作ろうとして——見栄を張ろうとして——迷走し、微妙な味わいで時には少年を涙目にする料理をよく作り出すのである。未だ少女は修行中の身なのだ。

最近楽しくなってきたのか、機嫌(きげん)良く緑色の卵焼きを作っているシルのその後ろ姿に、猫人(クロエ)達と見守っていたリューはためらいがちに声をかけた。

「……シル。こんなことは言いたくないのですが」

「なぁに、リュー？」

「もう、クラネルさんに昼食(ちゅうしょく)を渡す必要は……ないのではないでしょうか」

「!?」と驚愕して振り返る少女に、リューは非常に言いにくそうに告げる。

「戦争遊戯(ウォーゲーム)も終わり、彼には派閥(ファミリア)ができた。その、昼食も作ってくれる仲間が……」

「聞く話によると、あのヤマト・命(ミコト)とかいう極東少女(きょくとうガール)、相当な料理の腕らしいニャ」

いい嫁になれると神が称(たた)えたほどだと補足するクロエに、シルは愕然(がくぜん)とした。美味い飯(メシ)を作れる少女が少年達（ファミリア）の昼食を用意する……確かに微妙な飯（メシ）しか作れないシルは用済みだ。

「そういえば冒険者君この頃顔（かお）出さないよねー」『シルはポイされたニャ⁉』と店員（ルノア）と猫人達（アーニャ）が好き勝手に騒ぐ中——引っ越し作業や歓楽街の騒動に巻き込まれているだけだが——シルは衝撃を受ける。焼き焦げて煙を上げる緑色の卵焼きが変色し、赤黒い無残な姿に変わり果てた。

少女は絶望か悲しみか、ぷるぷると震え出し——次にはがばっと顔を振り上げる。

「わ、私っ！　もっと料理が上手くなってみせる‼」

そして昼食担当の座を取り戻す！　と宣言するシルは、決然とした顔で言い放った。

「みんな、手伝って‼」


「ク、クラネルさん……ぐぅっ」

「リューさん⁉　ど、どうしたんですか、そんな苦しそうな顔して⁉」

後日、ホームに押しかけベルを呼び出すリュー達『豊穣の女主人』店員一同。

仰天する彼を目の前に、青白い顔をしたリューは腹部を片手で押さえながら告げる。

「シルを止めてっ……いえっ、シルの昼食を受け取ってください……！」

少女の奇抜な料理の数々を試食する羽目になった店員達は泣き叫びながら、そしてあの元第二級冒険者（リュー）でさえも、汗を流す少年に何度も哀願（あいがん）するのだった。

ファミリア入団契約書

「それじゃあ、ボクの【ファミリア】について説明するよ」

腰に手を当てて、どこか主神らしく気取った態度でヘスティアはそうのたまった。

戦争遊戯(ウォーゲーム)からまだ三日目の朝。新しく手に入れた館(ホーム)の居室(リビング)には、様々な報告のためギルドに赴いている団長(ベル)を除いた、【ヘスティア・ファミリア】の全構成員が揃っている。引っ越しの作業がまだ始まっていない中、ヘスティアは改宗(コンバージョン)して新しく加わったリリ、ヴェルフ、命(ミコト)に己の派閥の決まり事——入団するにあたっての注意事項について話し始めた。

「門限は非常時を除いて十時まで。何か用事がある場合は必ずボクに一報しておくこと。ダンジョンに向かう際は、目的地の階層を出発する前に教えてくれ」

「ダンジョンについての報告はわかりますが……門限も定めているのですか、ヘスティア様?」

「当たり前だろ、サポーター君。ボクのベル君に夜遊びなんて許さないし、酒場で羽目を外して朝帰り～ぃ、なんてのも駄目だ。派閥の風紀のためにもしっかり決めておかなくちゃ」

「誰のベル様ですか」とリリがジロリと見る中、ヘスティアは続ける。

「あとは朝食と夕食はみんなで取る。昼は全員バイトや迷宮探索なんかがあるだろうから仕方ないけど、それ以外は全員で食事をするんだ。ボク達はもう家族(ファミリア)なんだからね」

「俺はそれで構いません。むしろ、賛同します」

「ええ。食卓を囲むことも、団欒（だんらん）の時間を過ごすことも、絆（きずな）を深めていく中で大切ですから」

ヴェルフと命（ミコト）が笑顔で主神の言い付けに頷（うなず）く。ありがとう、と言うヘスティアはそれから派閥の規約をすらすらと語った後、どこから取り出したのか三枚の紙を差し出した。

「最後に、この契約書に自署（サイン）してくれ。ボクの『恩恵』はみんなに刻んであるけど、紙面でも君達の契約の証を残させてもらうよ。これが終われば、晴れてボクの派閥の仲間入りだ」

「て、徹底していますね……」

まさかの契約書に汗をかく命（ミコト）に続いて、ヴェルフとリリもそれを受け取る。紙一面を埋める大量の共通語（コイネー）の羅列に命（ミコト）はうろたえ、ヴェルフは適当に読み飛ばし自署（サイン）を書こうとする中――

――リリは穴があくほど紙を見つめ、一字一句を目で追った。

そしてその栗色の瞳（ひとみ）が契約書の一番下、めちゃくちゃ小さな一文を発見する。

『【ファミリア】内での男女交際、特に団長との接触は一切禁止。手を繋ぐのも駄目。』

リリは渾身（こんしん）の力で契約書を破った。

「アァーッ⁉　何をするんだサポーター君ッッ‼」

「それはこっちの台詞です‼　騙すような真似（まね）して何に自署（サイン）させようとしているんですか⁉」

ギャーギャーと言い争う幼女二人に、契約書を片手に持つ命（ミコト）とヴェルフは、一筋の汗と溜息（ためいき）をつくのだった。

円月投(ミカヅチ)

「はあっ！」

「うぐっ⁉」

裂帛(れっぱく)の声とともに、命(ミコト)に投げ飛ばされたベルは豪快に芝生の上を転がった。

とある昼下がり、館(ホーム)の中庭。ベルと命(ミコト)、そしてヴェルフは訓練——組手を行っていた。

「何度見ても見事なもんだな、極東の『技』っていうのは。すごいな、お前」

「い、いえっ、これは武神(タケミカヅチ)様の指導の賜物(たまもの)であって、決して自分がすごいわけでは……⁉」

休憩中のヴェルフがベルを起き上がらせながら誉めると、命(ミコト)は赤くなって必死に否定する。

照れているそんな彼女に苦笑するベルは、話題を変えるように質問をした。

「あの、命(ミコト)さんができる技の中で、一番すごい……一番強い技って、なんなんですか？」

「一番強い、ですか。状況にもよるので断定はし辛いですが……やはり、円月投(ミカヅチ)でしょうか」

円月投(ミカヅチ)？　とベルがおうむ返しすると「ええ」と命(ミコト)は説明する。

「あの武神(タケミカヅチ)様が庭で何度も特訓して編み出した、異邦の技を改良した必殺……その威力や雷(いかずち)が落ちるがごとし。故に、武神(タケミカヅチ)様ご自身の名も合わせて円月投(ミカヅチ)と、そう名付けられました」

「す、すごくすごそうですね……」「できるのか？」

「ええ。一応、武神(タケミカヅチ)に教わった者の中では自分だけが体得できました。……ですが円月投(ミカヅチ)を自分達に教えた武神様は『なんてものを教えるんだ！』と女神様に手酷く叱られ……」

折檻された武神の姿を思い出しているのか、震える命は封印されるほどの技だと語る。

「面白そうだな、少し実演してみてくれ。ベルも見たいだろ？」「えーと……う、うん」

「ええっ⁉」と驚く命は派閥の実力向上のためだと言う青年に押し切られ、件の技を行うことになった。非常に危険だから、という理由で何枚も重ねた寝具が中庭の一角に用意される。

「で、では……行きますっ、ベル殿」

「なんで僕が受ける羽目に……」

正対する命を前に汗をかくベルは、怯えながら身構える。

次の瞬間、高く跳躍した命は凄まじい早業で——ベルの顔を両の太腿で挟み込んだ。

「⁉」

柔らかい太腿に顔面を包まれたベルの真正面、視界が命の股で、いや下着で塞がれる。

そして次の瞬間、「いやぁッ！」という掛け声とともに頭から寝具に叩き付けられた。

「どうですベル殿、これが円月投……ってわわわわっ⁉　て、手加減した筈なのに⁉」

「あー……これを女に教えた武神様が、折檻されるわけだな」

寝具に沈み、真っ赤になった顔面から煙を吐くベルに、慌てて駆け寄り介抱する命。一部始終を見守っていたヴェルフは全てを悟ったように、嘆息した。

武神が改良した異邦の投げ技『円月投』——別名、幸せ投げ。

8巻
世界最速兎、再び
Amazon店舗特典
狐の夜嫁入り
ゲーマーズ店舗特典
全ての元凶
とらのあな店舗特典
愉快な鼓動
アニメイト店舗特典
イラスト：ヤスダスズヒト

世界最速兎(うさぎ)、再び

「エイナ、エイナ、冒険者達の間で【リトル・ルーキー】がまた話題になってるみたいだよ！」

隣にやって来た同僚(ミイシャ)の声に、「うん、らしいね……」とエイナは生返事をする。

夜のギルド本部、事務室。周囲にいる職員達と同じようにエイナが作業机(デスク)につき、羽根ペンを動かしている中、学生来の友人であるミィシャは興奮した口振りで頻(しき)りに話しかけていた。

「一ヶ月でLv.3に到達！　前回の【ランクアップ】の時とは違ってもうインチキなんかじゃないってみんな言ってるよ！　認めるしかないって！」

「だろうねー……」

「面白くないって思う冒険者はやっぱりいるらしいけど、あの戦争遊戯(ウォーゲーム)の戦いっ振りを見せつけられちゃって何もできないみたい！　はしゃぎ回ってる神様達みたいに、あいつは本物だ～、ってきちんと評価もされてる！　エイナの弟君、ようやく認められたんだよ！」

「そっかぁー……」

「って、もう～っ！　エイナってば聞いてない～、さっきから何(なに)書いているの？」

生返事しか返さないエイナに、話好きのミィシャは頬(ほほ)を膨らませる。

音を立てて動いている羽根ペンは、先程からずっと羊皮紙(ようひし)に何事かを書き進めていた。

「ベル君の、冒険者としての活動記録……」

「それって、冒険者達に公開する昇格（ランクアップ）参考の成長模範（モデル）？」

うん、と羊皮紙を覗（のぞ）き込んでくるミィシャにエイナは頷（うなず）く。

ギルドは昇格（ランクアップ）を遂げた冒険者の活動記録を参考情報として度々（たびたび）公開する。派閥（ファミリア）に支障がない範囲で発信されるそれを能力水準の上昇に役立たせ、冒険者の質の向上に繋げるのだ。

エイナは羽根ペンを置き、完成した報告書を見下ろす。

『Lv.2到達から十日で中層に進出し、進出初日に18階層まで踏破、同業者達の洗礼を乗り越え階層主と二度の交戦を経た上で勝利する。地上では上位派閥の襲撃を切り抜けた後、数の多寡（たか）に屈さず戦争遊戯（ウォーゲーム）を制し、最後はLv.3の冒険者を一対一で真っ向から撃破する』

（うん、無理だね）

自分が作成した成長模範（モデル）を眺め、エイナは悟った顔で頷いた。

少年の軌跡、というより被ったド修羅場の数々は、『短期間でLv.3に昇格したければ死んでこい』と冒険者達に告げる宣告書と同義であった。Lv.2の報告書と丸っきり同じ代物である。

頭を痛めるエイナはダメもとで、上司にベルの活動記録書を提出した。

案の定、少年（ベル・クラネル）の情報公開は却下され、彼の成長模範（モデル）は二度目のお蔵入りとなった。

狐（きつね）の夜嫁（よめ）入り

「……？」

ベルは、違和感を覚えた。

真夜中である。館の自室は暗く、カーテンの引かれた窓の外が青白く染まっている。寝台（ベッド）で眠っていたベルは体に密着する温もりと、首筋を犯す吐息のくすぐったさに瞼（まぶた）を開ける。

次第に鮮明になる視界に映ったのは、まるで夫婦のように己の体へ寄り添う狐人（ルナール）だった。

「なっ――」

「申し訳ありません、ベル様……」

狐人（ルナール）の少女、春姫（ハルヒメ）の格好は襦袢（したぎ）一枚だった。床には紅（くれない）の着物と腰帯が脱ぎ捨てられている。

胸へもたれかかるように密着する体の柔らかさ、肌を通じて伝わるどこか卑猥（ひわい）な温もりに切なそうな鼓動（こどう）の音。瞳（ひとみ）を潤（うる）ませて見つめてくる少女にベルは悲鳴も上げられず硬直してしまう。

「今日は、お疲れだったようなので……夜伽（よとぎ）に、やってまいりました」

「……!?」

すっと上半身を起こし自分を見下ろしてくる春姫（ハルヒメ）。頬（ほほ）を紅潮（こうちょう）し、照れ恥じているものの、今の少女には娼婦（しょうふ）のごとき妖艶な雰囲気があった。カーテンの隙間から差し込む月明かりが彼女のほっそりとした首筋を濡らし、美しい金の長髪（ちょうはつ）がさらと音を立ててうなじからこぼれる。

細い指が襦袢をはだけさせ、豊かな膨らみを有する胸もとがあらわになる。

その驚くべき肌の白さはベルの瞳を焼き、全身を赤熱させる彼の視線を釘付けにした。

「私にできることは……私はこのようなはしたないことでしか、御恩を返せないので……」

顔を赤らめながら目を伏せる春姫は、ベルの衣服もはだけさせる。

瞳を揺らし、動けない兎に狐は瞳を細め、ゆっくりと体を前に倒した。

やがて女は男の顔に唇を落とし、二つの影は折り重なって——。


「——という夢を見てしまったのでございます……！」

「夢の中で惚れた男になって、自分に襲われるって、アホかいアンタは」

街中のある喫茶店。卓を挟んで真っ赤になる春姫に、女戦士のアイシャは呆れ顔を作る。

春姫の様子を見に館を訪ね、気分転換がてらお茶を飲みに誘ったのが小一時間前。深刻そうな顔でうつむく狐人の少女は神に懺悔するがごとく、昨夜見たという夢の内容をアイシャに告白した。狐の耳と尻尾を忙しなく揺らし、全身を羞恥でプルプルと震わせながら。

少年視点で少女に夜這いをかまされるというたくましき妄想のごとき夢の内容に、アイシャは「このエロ狐」と容赦なく告げ、対する春姫は熟した林檎のようになった頭部を両手で押さえ、「あう〜⁉」とテーブルの上に突っ伏した。

全ての元凶

「それじゃあ、あんたの【ファミリア】の拡大を祝って……」

「乾杯！」

カチン、という音の後、長台の席に座るヘスティアとヘファイストスはグラスに口付けた。

瀟洒な高級酒場である。ようやく暇ができたという鍛冶神の誘いから、それぞれの眷族達に連絡した上で二人はこの場に足を運んでいた。ヘスティアの、もとい派閥の出世祝いである。

「あれだけグータラだったあんたがよくもまぁ、ここまで……呆れるくらい感心しちゃうわ」

「ふふんっ、これがボクの実力さ！　……と言いたいところだけど、全部ベル君や、他の子達のおかげだよ。ボクは、大したことを何もしちゃいない」

最初は得意げに胸を張って、すぐに殊勝な顔付きでヘスティアは瞳を細める。どこか誇らしげに微笑をこぼす彼女の横顔に、ヘファイストスも一笑した。

「あ、そういえばヴェルフ君の件、ありがとうヘファイストス。王国から助けてくれて」

「褒められるようなことはしてないわ。ヴェルフ達を囮にしたようなものなんだから」

それから女神達は、旧知の雰囲気を窺わせながら、恒例とばかりに飲み明かしていった。

「それでさぁ～、ベル君がもう可愛くって、可愛くってぇ～」

数時間後。顔を上気させ、ヘスティアはにへらにへらと笑っていた。

ヘファイストスもすっかり酒で顔を赤くさせ、俗に言うできあがった状態となっている。

「神様に悲しい想いをさせたくないから、求愛には応えられないんです～、でも一緒にいた～い、本当は神様のことを愛してます～、って。もう堪んないよォもうッ！　ベルく～ん!!」

「あ、愛してる云々はっ、どうせアンタの妄想でしょう？」

神友がひたすら披露する惚気話に、グラスの果実酒をあおるヘファイストス。どこか遺憾そうに見える彼女に対し、ヘスティアは「ははーん？」と赤い顔でにやける。

「ヘファイストスはそーいう浮ついた話はないだろう？」

「し、失礼ねっ、私にだってそれくらい……！」

「君は子供達の前じゃあ、乙女っていうより親方（笑）って感じだからなぁ～。勿論ボクはヘファイストスの可愛いところも知っているけどね～！」

みなまで言わせずニヤニヤと笑うヘスティア。そんな幼女神の態度にカチンと来たヘファイストスは、酔った勢いも手伝って、自重していた己の惚気話を言い放った。

「私だってねぇ！　ちょっと前にヴェルフから――!!」

後日、とある鍛冶師の【不冷】の起源となる黒歴史もといネタ満載の惚気話が、幼女神の口から音速で都市中の神へと伝わることとなる。

愉快な鼓動

市壁から朝日が届き始める時刻。本拠の中庭でアイズは一人、剣の素振りを行なっていた。

【剣姫】の二つ名に相応しい剣筋をもって、風切り音を鳴らし、自主訓練に励んでいる。

王国軍の完全撤退からもう数日が経とうとしている。『ベオル山地』で遭難し『エダスの村』で過ごした出来事は大分前のことだ。

胸に切なさをもたらした、あの夜の別離と神への愛歌も、過去の記憶になりつつある。

「村祭り……楽しかった」

動きを止め青空を見上げるアイズは、当時の光景を一つ一つ思い出し、ぽつりと呟いた。

幼い女神との踊り、膨らむ村娘の衣装、村人達の手拍子と歌声、温かな笑い声。今までアイズが経験したことのなかった事柄は今思い出しても胸の中を安らかにする。

何故か隙あらば自分を振り回そうとした女神との踊りは楽しかった――楽しかったが。

少し、残念でもあったような気がした。

「……残念？」

心の隅に過ぎった自分のふとした思いに、アイズは小首を傾げる。

（どうして……？）

自己への問いかけ。

そして、その疑問に答えるより先に、アイズの足は動いていた。

夜の村の記憶をなぞるように軽いステップを踏む。温かな焚（た）き火の炎を側にしながら、女神ではない誰かと——あわてんぼうの白兎（しろうさぎ）と愉快に踊れていたなら、と想像する。

「……」

アイズは、くるり、と回ってまた一つステップを踏んだ。

「笑ってるね」「笑っているわね」「笑っているな」

館の塔と塔の間を繋ぐ空中回廊。中庭を見渡すことのできる石造の渡り廊下で、アマゾネスのティオナ、ティオネ、エルフのリヴェリアは眼下の光景に呟きを落とした。

律動的（リズミカル）な軽い足捌（あしさば）き。まるで郷土舞踏（フォークダンス）でも踊っているかのような少女の動きに、ティオナ達は顔を見合わせる。アイズの唇（くちびる）には見慣れた者しかわからない程度の、小さな笑みが咲いていた。

「何かいいことでもあったのかしら？」「皆目（かいもく）見当がつかん」

「でも……アイズのあーいう表情（かお）見れて、あたし、嬉しいかも」

ティオネとリヴェリアが首を傾げ、ティオナがにししっと笑みを浮かべる。彼女の笑顔を見てティオネ達も釣られるように笑った。

冒険者の少女は、まるで子供に戻ったように、微笑（ほほえ）みながら踊り続けるのだった。

9巻
追跡者T型
ゲーマーズ店舗特典
剣姫VS街娘
とらのあな店舗特典
妖精ロマンチカ
一般店舗共通特典
過ぎ去ったとある日の一幕
アニメイト店舗特典
イラスト：ヤスダスズヒト

追跡者T型

――まただ。

また何者かに付けられている。お使いに一人で出ているリリは、汗とともにそう思った。

夕刻のオラリオ。茜色の空に見下ろされる狭く薄暗い路地である。

あれはいつ頃だっただろうか。確か【勇者】もとい小人族の求婚があって数日ほど経った後だった気がする。謎の影がリリの周囲でちらつき始めたのだ。

影、いや謎の追跡者は決まって自分一人でいる時に現れ、執拗に追いかけ回してきた。

完璧な尾行術。恐ろしい重圧。人なのか本当に。夕暮れの空が血の色に染まっている。

そして、リリは見た。

咄嗟に振り向いた先、民家の屋上に立っていた――怒蛇のごとき長髪を揺らす女の姿を。

「ひっ」と漏らすリリは全力で駆け出した。路地裏には人っ子一人いない、どうして自分はこんな道を、いや違う、誘導されたのだ、とうとう仕掛けてくる気か。リリの全身が発汗する。

(じょ、冗談じゃ――!?)

例の武装エルフより強いだとかなんだとかそういう次元ではなく発散される威圧というか殺気というか嫉妬というか怨念というか怨讐というかとにかくヤバイ、この敵はヤバイ!!

「あうっ!?」

恐怖で足をもつれさせ転倒する。そして自分を罵倒する前に、黒い影が間近に迫った。

「ひっ――」

「あなた、なに？」

意味不明意味不明意味不明。

夕日の逆光によって顔が見えない相手に、リリは震え上がり何も答えられない。

「だんちょ――フィン・ディムナについてどうおもう？」

「全くっ興味ありませんリリには心に決めた相手がいますのでベル様一筋ベル様大好きベル様助けてデスカラもう好意の欠片なんて全くありませんありえませんありえません存在しませんッ!?」

絶叫するように泣き叫ぶと、黒い影は沈黙した後、「そう」と言って身を翻した。

去っていった追跡者に、リリは腰を抜かし、しばらくその場から動くことができなかった。


「――ベル様ぁー!?」

「えっ、なにっ、どうしたの!?」

びえ～!!　と涙を流しベルの腹にタックルをかますリリ。圧倒的恐怖から解放された反動で幼児退行し、屋敷に帰還すると同時に愛しい人に泣きつく。

ヘスティア達に見つかるまで、ぐすぐすと泣くリリは少年の胸の中で慰めてもらった。

剣姫VS街娘

「あ……」

「……？」

前から聞こえてきた声にアイズが顔を上げると、目の前には薄鈍色の髪の少女がいた。

ある日の昼過ぎ。『ジャガ丸くんの新店ができた』という知らせを聞きつけ、これはぜひ確かめておこうと街中を移動している時だった。

髪と同色の瞳を見開き驚いている相手に、小首を傾げていると……アイズも気付いた。

自派閥が度々使用する酒場『豊穣の女主人』、そこに務める店員の娘だ。確か、名前はシル。

服装は麦わら帽子に清潔な白いワンピース、大きめな籐籠と、普段とは装いが違うので気が付くのが遅れた。どこかへ足を運んでいたのか、彼女は店の常連客に微笑みかける。

「こんにちは、【剣姫】様。お散歩ですか？」

「こん、にちは……えっと、その……はい」

新しくできたジャガ丸くんの店を探していた、と素直には言えず若干赤くなるアイズ。

互いに私服姿の美少女達は挨拶を交わしていると――シルの瞳が確かに光った。

「そういえば、【剣姫】様はベル・クラネルさんに膝枕をしたことがあるんですよね？」

「⁉」

アイズは驚愕した。何故知っているのかと。

酒場で何か話してしまったのかと動揺していると、畳みかけるように、シルは頬を染める。

「実は私も……ベルさんに膝枕をされてしまって」

「⁉」

アイズは二度目の驚愕を叩きつけられた。

えっ、うそっ、しかもされたって——アイズの動揺に拍車がかかっていると、更に、酒場の看板娘は恥ずかしそうに自分の体を抱き締める。

「しかもベルさんったら、激しく、情熱的に膝枕をしてきて……！」

「⁉　⁉　⁉」

激しく⁉　情熱的に⁉　そんな膝枕のやり方が⁉　アイズは混乱している！

魔女的な少女による多分な脚色が入っているのだが、わかる筈もなく。

アイズは目を見開き、顔色を目まぐるしく変えながら立ちつくした。

「おい、【剣姫】が赤くなったり青くなったり繰り返しているぞ！」「ゴクリッ、あの『戦姫』がやり込められてやがる……！」『良質街娘シル・フローヴァちゃん……一体何者なんだ」

　第一級冒険者と酒場の看板娘を見守る一般市民、冒険者、神々。

周囲の取り巻きは固唾を呑み、少女達に戦慄と衝撃の眼差しをそそぐのだった。

妖精ロマンチカ

「夜の営業に間に合ったからいいものの、休むんなら先に言っときな。迷惑さ」

「すいません、ミア母さん」と女将に頭を下げ、賑わう夜の酒場『豊穣の女主人』に入る。

ベル達の依頼を受け半休を取り、ダンジョンから帰還してきたリューは迷惑をかけた分精を出そうと、忙しく動き回るシル達とともに仕事に務めた。

「やぁ、エルフ。今日は世話になったね」

接客をしていたリューは、入店してきたばかりの客に「貴方は……」と瞳を細める。

【麗傑】アイシャ・ベルカ。今日リューとともにベルの依頼を受けた女戦士の女傑だ。

「安心しなよ、飲みに来ただけさ。あんたの正体云々について話をするつもりはないよ」

手を振りながら二人がけの丸卓を占領するアイシャに嘆息し、「……ご注文は」と尋ねる。

注文を取ってジョッキのエールを運ぶと、彼女はにやつきながら声をかけた。

「ベル・クラネルに、随分入れ込んでるじゃないか」

「何が言いたいのですか」

「臭いでわかるよ、あんたは筋金入りの妖精だ。でも、にしては坊やに心を許している。興味が湧くじゃないか。あんたの目にはあの雄がどう映っているのか、色々聞きたくてね」

リューは再び嘆息し、すぐにその場を去った。だがアイシャは彼女が付近を通りかかる度に注文を出し「あの雄のどこが気に入ったんだい？」「やっぱり腕っ節か？」と質問し、挙句「もう押し倒したのかい？」「唇くらい奪っただろう？」「味はどうだった？」「せっかくのヒューマンだ、子種だって欲しい筈さ」と下品な話を振ってきた。リューは徹底的に無視をする。

そんな生真面目な妖精に対し、アイシャは大袈裟に溜息をついた。

「かー、本当に枯れてるね、エルフは。まだむさ苦しいドワーフの方がマシだよ」

その物言いに、カチン、と。

流石に腹をすえかねたリューは、足を止めて言い返した。

「私は倒錯した趣味を持ち合わせていなければ、肉欲に溺れるつもりもない。そもそも、いきなり同衾などありえない」

そして空色の瞳を吊り上げ、言った。

「まずは、誰もいない夜の森で、二人の永遠の愛を月に誓うべきだ」

その言葉に、アイシャは動きを止め、目を点にする。

「……驚いた。あんた、意外と夢想家なんだね」

リューはアイシャのテーブルから足早に去った。その尖った耳を赤く染めながら。

「……」

その後、彼女はニヤニヤと笑う女傑にしつこく注文を取られ、からかわれる羽目となった。

過ぎ去ったとある日の一幕

「あ……ウィーネ、寝ちゃいました？」

「うん、はしゃぎ疲れたんだろうね……」

涼しげな木陰の下、ベルが戻ってくると、女神の脚の上で眠っている竜の少女がいた。

異形の少女を保護して四日目、暑く感じる日差しが照る昼下がり。先程までヘスティアとウィーネはこの館の中庭で笑声を上げきゃっきゃとじゃれ合っていた。

バイト等により時間が中々取れないにもかかわらず、流石女神といったところか、ヘスティアはベルと春姫の次にウィーネに懐かれていた。狐人の娘への対抗意識、女神の切り札ジャガ丸くんを投入した餌付け作戦などが功を奏した結果である。

今日は、事情を知る鍛冶神に大目に見てもらい休暇中だ。

「すいません、手を焼かせてしまって……」

「なぁに、構わないさ。ボクもこの娘と触れ合うことができて、楽しい」

夏の木漏れ日に照らされながら、ヘスティアはウィーネを愛おしげに撫でる。少女はくすぐったそうにほのかな笑みを浮かべ、まるで心を許した竜のように女神の膝の上で眠りこける。

その穏やかな一つの絵に目を奪われていたベルは、おもむろに主神の隣に腰を下ろす。

「神様……ごめんなさい。勝手にウィーネを連れてきて、【ファミリア】にも迷惑を……」

ずっと謝らなければいけないと思っていた。少女を助け出したことに後悔はない。だが己の独断で主神と彼女の派閥に負担をかけることになってしまった。少女への想いと自責の念に板挟みに遭いながら詫びようとすると――「ベル君」とヘスティアは言葉の続きを遮る。

「ボクは竈の女神だぜ？　人だろうと動物だろうと……怪物だって、その子が寄る辺のない迷子だったなら、手を差し伸べるよ」

慈愛に満ちた笑顔を湛えるヘスティアは、そっと目を伏せる。

「それにボクも……この娘を愛してあげたい」

どこか切望するようにこぼし、もう一度少女の青銀の髪を撫でた。

瞳を見開いていたベルは、胸に迫る何かを感じながら、静かに彼女に倣い手を重ねる。

「んっ……」

「あ、起こしちゃったかな？」

うっすらと瞼を開くウィーネは、自分の頭に手を置く女神と少年を見上げる。

少女は、ベル、かみさま、と言いかけて……寝惚け眼で、穏やかな笑みを浮かべた。

「父親、母親……」

とある日の出来事を思い出すように呟かれたその呼び名に、少年も、女神も真っ赤になる。

やがて顔を見合わせた二人は、くしゃっと破顔し、少女とともに家族のように笑い合った。

10巻	長続きしない空気(シリアス) アニメイト店舗特典 狐娘の冤罪 ゲーマーズ店舗特典 家族の形 一般店舗共通特典 異端児達の一幕 とらのあな店舗特典 とある魔術師の観察日誌 10巻限定版小冊子収録

イラスト：ヤスダスズヒト

長続きしない空気（シリアス）

「そうか……そんなことが」

　リリとヴェルフから話を聞いたヘスティアは、悲しそうな表情で息を吐き出す。

　館の一室である。ギルドの強制任務（ミッション）からベル達が帰ってきた翌日。派閥の中でも参謀（ブレーン）やご意見番（いけんばん）に位置するリリとヴェルフを呼び出したヘスティアは、眷族達が目にした『異端児（ゼノス）』や隠れ里について話を聞いていた。

　自分が老神（ウラノス）と対峙（たいじ）して神意を明かされたことも含め、情報交換を行なっている。

　ベルを始め眷族達に漂う重苦しい空気に心を痛めながら、ヘスティアは質問を重ねた。

「その『異端児（ゼノス）』君達は、君達の目から見て、どう映った？」

「こういう言い方もおかしいですが、皆さん、気さくな怪物（モンスター）でした」

「大体が好意的だったな。ベルなんて何度も握手をせがまれていたし」

「——あ、握手？」

　物憂げだったヘスティアの表情が、『好意的』『ベルと握手』というヴェルフの台詞を聞いた途端、緊張を帯びたものへと変わる。

「あ、あー……その、『異端児（ゼノス）』君達は、雌（めす）というか女の子というか、ウィーネ君みたいな……その、なんだ、可愛かったり綺麗だったりというのは……」

「レイ様……歌人鳥（セイレーン）の『異端児（ゼノス）』は、エルフにも劣らぬ美しさだったと個人的には」

「綺麗所なら半人半蛇（ラミア）や半人半鳥（ハーピィ）も……あぁ、一角兎（アルミラージ）なんかもそういえばいたか」

「──ア、一角兎（アルミラージ）ぃ⁉　兎（うさぎ）のモンスター⁉」

ぎょっとするヘスティアは、とうとう危機感を剝（む）き出しにする。

「そ、それはあれなのかい⁉　兎人（ヒュームバニー）的な長い耳で肢体（からだ）が柔らかそうな……！」

「……まぁ、毛深くはありましたけど、抱き心地は良さそうでしたね」

「ベルは気に入られて抱きつかれてたか。顔も何度も舐（な）められていたしな」

「──ぐぁあああああああああああああああああああああああああああああああ⁉」

完全に誤解しているヘスティアから咆哮（ほうこう）が迸（ほとばし）る。

「またベル君に魔の手がぁ〜〜〜〜〜〜〜〜〜⁉　しかも今度はモンスター⁉　異類婚姻譚（こんいんたん）なんて認めないぞぉおおおおおおおおおおおおおおおおおおおおおおおッ⁉」

神と人もそうだ、というリリの突っ込みはヴェルフの手が咄嗟（とっさ）に遮ったことで回避された。

「どうして、ヘスティア様はいつも真剣な空気が長続きしないんですか……」

「……俺達の空気を和ませようとしているんだろう？」

「ありえません」

両手で頭を抱え仰（の）け反（ぞ）る女神（めがみ）を前に、リリは半眼でヴェルフに断言するのだった。

狐娘（きつねむすめ）の冤罪（えんざい）

「ウィーネ、様……」

　メイド服姿の春姫（ハルヒメ）は、館の廊下を歩いていた。

『異端児（ゼノス）』達と別離し、地上に帰還した翌日。【ヘスティア・ファミリア】本拠（ホーム）『竈火（かまど）の館』は竜の少女がいなくなった寂しさと虚（むな）しさに包まれている。ベルも、ヘスティア達も、そして春姫（ハルヒメ）も言いようのない寂寥感（せきりょうかん）と戦っていた。

　妹のようだった。

　春姫（ハルヒメ）、春姫（ハルヒメ）、と。

　何度も自分の名を呼び、後を付いてきて、戯（たわむ）れ合い、抱き締めては温もりを分かち合った。たとえ少女が怪物（モンスター）であろうと、あの時間は本物で、春姫（ハルヒメ）は大切な妹ができたようだった。彼女のいないこの館で当時の情景を思い出すだけで涙が出てくる。自分以上にベルを慕（した）って、中庭で一時（ひととき）を過ごす三人は、それはまるで家族のように……あれ、妹じゃなくて、娘（むすめ）？

　常ならば己の妄想によって自爆するところだが、今の春姫（ハルヒメ）にはその余裕すらない。夕焼けに染まる廊下を歩いていた彼女は一つの扉の前で足を止め、ノックをし、躊躇（ちゅうちょ）して中に入った。

　ベルの自室である。ウィーネが頻繁（ひんぱん）に出入りをし、彼と寝ることをよくねだっていた。引き寄せられるように純白の敷布（シーツ）が敷かれた寝台（ベッド）に近付いた。

腰かけて、横になる。ウィーネの匂いと温もりが残っているような気がして、春姫《ハルヒメ》はベルの寝台《ベッド》の上でとうとう泣き出してしまう。

「ウィーネさまっ……ウィーネさまぁ……！」

狐の尻尾《しっぽ》を震わせながら、白い敷布《シーツ》に顔を押し付け、春姫《ハルヒメ》は嗚咽《おえつ》を堪《こら》えようとした。

（は、発情している……⁉）

（発情しています……‼）

（ベルの寝台《ベッド》で……！）

（春姫《ハルヒメ》殿ぉー⁉）

体を小刻みに揺らし、寝台《ベッド》にうつ伏せて「うぅ……ぁ、ふぅ……！」と悩ましい嗚咽《こえ》を漏らす元娼婦《もとしょうふ》もとい狐人《ルナール》の姿をドアの隙間から見てしまった女神《めがみ》達は、盛大な勘違いをした。

「あれ、どうしたんですか……？」

「来ちゃ駄目だベル君ッッ‼」「見てはいけません‼」

「お前にはまだ早い‼」「お願いですから帰ってくださいベル殿ォ⁉」

「ここ僕の部屋ー⁉」

騒がしくなる部屋の外に、当の狐娘はきょとんとした。

家族の形

「命……？」

『異端児』の隠れ里から地上に帰還し一日。命は【タケミカヅチ・ファミリア】本拠『仮住居の長屋』に訪れていた。武術の稽古をしていたのか、桜花が彼女に気付き、千草や他三名のヒューマンも振り向く。千草はすぐに尋ねてきた。

「どうしたの……？」

「あ、いや、その……皆さんの顔が、急に見たくなって……」

命は咄嗟に嘘も付けず、言葉を濁してそんなことを言っていた。「変なやつだな」と桜花に笑われてしまうが、彼も、千草達も命が何か思い悩んでいることに気付いているようだった。

『異端児』と出会って、竜の少女と別離してしまい、命は情緒が不安定になっていた。言葉通り、大切な家族であり帰る場所でもある彼等のもとに、足が向かってしまった程度には。

地面に視線を落としていた命は、おもむろに唇を開いた。

「桜花殿達は……もし自分が皆さんと一緒にいられなくなったら……何か罪を犯したとして、離れ離れになったとしたら、どうしますか？」

言い終えてから、命はしまったと思った。要領を得ない質問だし、これでは何かがあったと言っているようなものだ。慌てふためき忘れてくれと発言を取り消そうとしたが、

「会いに行くよ」

「えっ……」

「命が悩んでて、苦しんでいても……誰かが私達を引き離そうとしていても、絶対に、見つけに行くよ。お別れなんかしない」

揺れる前髪から美しい双眸を片目だけ覗かせながら、幼馴染の少女は微笑む。

「お前は春姫を見つけて取り返してきた。なら俺達もそれくらいのことはやらないとな」

千草の言葉に命が青紫の瞳を見開いていると、桜花も笑いかけた。

自分が、春姫が、ベル達が抱えている問題はもっと複雑で、現実に押し潰されそうになるけれど、それぞれが抱いている本当の想いは、今千草達が言ってくれたことと同じで――。

何も聞かず、淀みなく答えた桜花達に、命は自分の瞳が潤むのを感じた。

「――お前等、もう昼だ！　飯にするぞ！」

いつから見守っていたのか、本拠の玄関で腕を組んで立っていた男神は声を張る。

口もとに笑みを浮かべていたタケミカヅチは、命にも言った。

「命、お前も食っていけ！」

「……はいっ」

こぼれる涙を必死に隠しながら、少女は、今だけは家族の優しさに甘えることにした。

異端児達の一幕

「うぅ～～～～～っ、ベルぅぅ……！」

竜女(ヴィーヴル)が、めそめそと泣いている。ダンジョン20階層、『異端児(ゼノス)』の隠れ里。ベル達と離れ離れにされてからというもの、竜の少女ウィーネはずっとこんな調子であった。

「やべぇ、ウィーネのやつ、すげえ泣いてる……」

「リドガ、ツヨク言ウカラ……」

地面に座り込む少女を見守る『異端児(ゼノス)』達の中で、ラミアに非難された蜥蜴人(リザードマン)のリドが「オレっちのせいかよ⁉」と悲鳴を上げた。

下層域の隠れ里に移動しなくてはならない『異端児(ゼノス)』達は、泣き続ける新しき同胞(どうほう)を前に途方に暮れていた。このような事例(ケース)は初めてであるだけに彼等も状況を持てあましているのだ。

「甘やかすからああなるんだ。私が異端児(ここ)の規則(ルール)を教えてこよう」

「ラーニエ、お前はまだ待て！」

どこぞの軍人張りの威圧感をもって不穏(ふおん)な発言をする人蜘蛛(アラクネ)に、「また新入りに『洗礼』する気か⁉」とリドは割と本気で焦りの声を上げた。

「ウィーネ、あれガ最後ではありませン。また会えるとベルさんモ言っていたでしょウ？」

近寄って、優しく語りかけてくる歌人鳥(セイレーン)のレイに、ウィーネは涙を溜めつつ一度泣き止む。

「フンッ、冒険者ナド欲(ヨク)ニ目ガ眩(クラ)ミ早死ニスル連中ダ。期待スルダケ無駄ダロウ……」

と、人間嫌いの石竜(ガーゴイル)のグロスはそう言ってから、はっとした。

見れば、再び涙腺を決壊させたウィーネが「ベルぅ～～～～!!」と勢いよく泣き始める。

「アホ！」「馬鹿！」「石頭!!」と『異端児(ゼノス)』中から非難轟々(ひなんごうごう)の嵐を浴びる石竜(ガーゴイル)は「ヌウゥウ……!?」と呻(うめ)き声を上げる。

「こうなったら……」

「フィア！」『何か手があるのか!?」

収拾のつかない事態に、半人半鳥(ハーピィ)の少女が身を乗り出す。彼女は器用に同胞の一人を抱き上げ、ウィーネにそっと差し出した。一角兎(アルミラージ)を。

「ウィーネ、どうです？　このアル……あの地上のお方とそっくりじゃないですか？」

『キュ!?』

「……」

ぎょっとする一角兎(アルミラージ)を、ウィーネは受け取った。激しく嫌がるモコモコをまるでぬいぐるみのように抱きしめ、泣き止む。その光景に「よし」『しばらくはあれで凌(しの)ごう」と『異端児(ゼノス)』達の間で満場一致する。

『キュー!?』と悲鳴を上げる一角兎(アルミラージ)の抗議を受け、ウィーネと彼女が別々の小隊(パーティ)に振り分けられるのは、また別の話である。

とある魔術師の観察日誌

『ベル・クラネル達、そして異端児（ゼノス）の娘（むすめ）を監視しろ』

ウラノスに言われ、私ことフェルズは竜女（ヴィーヴル）を保護する【ヘスティア・ファミリア】を監視することになった。理知を持つモンスターの一匹が地上に進出したのだ。是非もない。

しかし『異端児（ゼノス）』の悲願を思うウラノスの気持ちはわからなくはないが、あえて放置し経過を見守るとは……一歩間違（まちが）えれば大事になるだけに、気が気ではないというのが正直な気持ちだ。まぁ、他ならない彼の神意だ、拾われた身である私は粛々（しゅくしゅく）と命（めい）を全うしよう。

今日から使い魔、梟（ふくろう）のガフィールを飛ばして【ヘスティア・ファミリア】を観察する。同時に眼晶（オクルス）から得る情報をもとに日記という形で記録を残すことにしよう。私も常にウラノスの側にいるわけではない。逐一（ちくいち）報告せずとも、これを提出すれば十分だろう。

さて、本当に【ヘスティア・ファミリア】は『異端児（ゼノス）』の希望となりえるか……今回もあまり期待せず、見守らせてもらおう。

観察一日目。

日中は本拠（ホーム）から神ヘスティアや団員達が出払う中、当の竜の少女はあの新人冒険者（リトル・ルーキー）ともう一人、狐人(ルナール)の少女と館に残った。彼女達が三人で過ごす光景は、そこが館の中庭という小さな箱庭に過ぎずとも、平和と言える光景だった。

今も都市を賑わす新人冒険者(リトル・ルーキー)……ベル・クラネルは竜の少女に随分(ずいぶん)と懐(なつ)かれているようだった。言動を窺(うかが)う限りあの竜女(ヴィーヴル)は迷宮(ダンジョン)から産まれたばかりだと予想できるが、ああまで『異端児(ゼノス)』が冒険者に心を許す姿を私は目にしたことがない。

前述した予想を踏まえるなら、刷り込みに類する現象だろうか。これはベル・クラネルの対応が前提条件ではあるが、それからすぐに起こった一悶着(ひともんちゃく)は、私の考察を裏付けるような光景だった。無意識の内に他者を傷付け泣き崩れる竜の少女に笑いかけ、受け入れる。彼の眼差(まなざ)しと行いは、傍(はた)から見ても情に溢(あふ)れるものだった。

飛んだ笑い種(ぐさ)だが、この日記の一頁(ページ)目から『あの少年ならば』と希望を抱きかけている私が確かにいる。筆を走らせるこの感情は興奮にも近いものだろう。内心でウラノスの判断を危ぶんでおきながら、本当に現金なものだ。あの少年が忌避(きひ)せず、ましてや竜女(ヴィーヴル)という稀少種(レアモンスター)を私利私欲のために利用しなかったことも含め、彼等の出会いには大いに興味が湧(わ)いた。機会があるならば、いつか聞いてみたいものだ。

一方で、観察を続ける上での留意点も浮上した。

ベル・クラネルが使い魔(ガフィール)の監視を察知した素振りを見せたのだ。いや、あれは十中八九気付(きづ)いていただろう。どうやら彼は自分自身に向けられる視線にめっぽう敏感らしい。使い魔(ガフィール)が帰ってきたら観察の方法を見直さなくては。

日が暮れてからは神ヘスティア達も館に戻り、団欒(だんらん)の時間を過ごしていた。ベル・クラネルと、それ以上に狐人(ルナール)の少女サンジョウノ・春姫(ハルヒメ)が世話を焼いた結果か、竜の少女は【ヘスティア・ファミリア】の面々に懐くようになっていた。風呂の後に起こった騒動も含め、随分と打ち解けたものだ。ちなみに、全裸の竜の少女と半裸の神ヘスティア達を目の当たりにしたベル・クラネルは、絶叫を上げて昏倒した。

しかし、風呂か……私が最後に浴場を利用したのはいつだっただろうか？

骨の分際で湯に浸かるなど虚しいどころか滑稽(こっけい)なので避けてきたが、一度でいいからまたあの肉と皮を抱き締める熱湯の感覚を楽しみたいものだ。叶わぬ願いだがね。

日記にこのような独白を綴(つづ)るとは、存外に私も乗り乗りらしい。観察とは名ばかりで盗み見に違いなく、趣味が悪いのだが、いやはや八百年の時を過ごした今でも童心と呼べるものが残っていたようだ。神々から言わせれば、やはりまだ『子供』だということか。

だがまぁ、ここは役得だと思って楽しむべきところはそれなりに享受(きょうじゅ)させてもらおう。えてしてこういった時は神々を見習うものだ。事象を遊びつくす上で、彼等の右に出るものは存在しないのだから。

少し、楽しみになってきた。

さて明日はどうなるだろうか。

観察二日目。

いきなり事件が起きた。

経緯を綴るのが面倒なので彼女達の台詞をそのまま書き記すが、

「どうして朝っぱらからウィーネ様と一緒にヘスティア様がベル様の部屋から出てきたんですか⁉　抜け駆けはしてはいけないと、入団時の秘密協定で約束したではないですか‼」

「そ、それはウィーネ君のためを思って、ベル君と一緒に寝てあげようと……！　人の温もりを伝えたかっただけで、決して疚しい気持ちがあったわけじゃあ……⁉」

「そそそそそそそそそそそれよりヘスティア様っ、ベル様達と同衾ということはっ、ウィ、ウィ、ウィーネ様も巻き込んでっ、いいいいいいいいいいいいいいい致してしまってっ……はううっ⁉」

「処女神であるボクを侮辱する気かァ春姫君ッッ‼　しかもウィーネ君を巻き込んでってなんだよ⁉」


らしい。

なんなのだ、この【ファミリア】は……。

いわゆる女の修羅場なのだが、ベル・クラネルは情けなく右往左往するばかり、おろおろするヤマト・命に抱き着く竜の少女は神ヘスティア達の形相を見て泣き喚くという地獄絵図だ。溜息しかついていなかったヴェルフ・クロッゾに積もる心労が他人事ながら心配になってきた。

どうやら【ヘスティア・ファミリア】は、ヤマト・命を除いた約八割もの女性陣がベル・クラネルに好意を寄せているようだ。……なんなのだ、この【ファミリア】は。

彼の女神フレイヤや男神アポロンなど、主神がいわゆるハーレムの状態を形成する様式は数多く見受けられるが……この派閥は竜の少女どうこう以前にベル・クラネルを囲い込むために結成されたのだろうか？　私の目にはあの少年が女泣かせや気が多い男、あるいは『ハーレムを求めてなんちゃら～』などと抜かす俗物には見えない……ふっ、我ながら自分の想像に笑ってしまう。

ともかく、彼女達のあの鬼気迫る光景は、生後間もない『異端児』を保護するに当たって教育上非常によろしくない。昨日とは打って変わって猛烈に不安になってきた。

これは、ベル・クラネルを中心に人間関係を洗い出す必要があるようだ……。

観察三日目　朝。

ベル・クラネルを軸に観察を続けていくと、色々わかることがあった。それは彼が古参であるが故の名ばかりの団長ではなく、主神や団員達から信頼を寄せられているということである。

派閥最年少であり、時折目を塞ぎたくなるほど滑稽な姿を晒しているにもかかわらず、だ。

　その信頼も団員達からすれば弟を見る兄や姉のような感情なのかもしれない。しかし少年の言動は愚かで、同時に周囲を引き付ける。彼の言うことならばと信じ、支えようとしている。中でも神ヘスティアはその姿勢がより顕著のように感じられる。

　竜の少女はもとより、少年との出会いの縁が今の【ヘスティア・ファミリア】を形作ったのかもしれない。

　今日、こんな一幕があった。

「春姫は、ベルとどんなふうに会ったの？」

「私は……この都市の場末にある、夜の街の中でございます。ウィーネ様の時と同じように……あの方が、命様と一緒に助け出してくださったのです」

「ふふっ、あの時のベル殿は都市を出る覚悟もしていましたよ、春姫殿。貴方を守るために駆け落ちし、強くなって必ずまたここへ帰ってくると、自分に啖呵を切ってみせたのです」

「ええっ⁉　ほ、本当でございますか⁉」

「はい、自分もそれに応じました。心を揺らされたのです。苦しみながら、それでも貴方のことを想い続けていた彼の言葉が……とても、嬉しかった」

「……いいなぁ、春姫」

ベル・クラネルのいない、中庭での出来事だ。

狐人（ルナール）の少女は「はぅ〜」と奇声を上げ真っ赤になって身悶（みもだ）えていたが、その毛並みのいい尻尾（しっぽ）は犬のようにぱたぱたと揺れていた。彼女は非常にわかりやすい。

サンジョウノ・春姫（ハルヒメ）。

初日から察していたが、彼女はベル・クラネルにはっきりと慕情（ぼじょう）を抱いている。新入団員としてギルドに登録された派閥資料の元大派閥（イシュタル・ファミリア）所属という一文、そして件（くだん）の会話から顧みるに、あの【フレイヤ・ファミリア】が勃発（ぼっぱつ）させた大抗争の中で、ベル・クラネルとの間に何かがあったのだろう。元娼婦（もとしょうふ）の身売り、いや身請け……あの少女にとっては相応の恋愛譚（ロマンス）であろうものが。全くもって羨ましい限りだ。

少年に助け出されたと言う彼女は、【ファミリア】の中でも特に竜の少女を可愛がっている。それが似た境遇から来る哀れみなのか共感なのか、あるいは慈愛なのかは判然としない。ただ確かなのは、『怪物』に対する忌避と嫌悪（けんお）、偏見に負けない感情だということだ。竜の少女もベル・クラネルといない時は大抵（たいてい）サンジョウノ・春姫（ハルヒメ）と行動をともにしている。率先して歩み寄った彼女に心を開いているのだ。ウラノスと『異端児（ゼノス）』達が求める一種の理想だろう。あの狐人（ルナール）の少女は得難いものを持っている。

ヤマト・命（ミコト）は、そんな彼女に仕える極東の侍（さむらい）、あるいは忍（しのび）のような少女だった。

きっと同郷なのだろう、その間柄は旧知の仲を感じさせる。当初はうろたえていたものの、サンジョウノ・春姫（ハルヒメ）の説得もあって竜の少女を受け入れようと努力しているようだ。まだ心のどこかで少女の怪物性を警戒し、常に目を光らせているが、サンジョウノ・春姫(ハルヒメ)と戯(たわむ)れる光景を眺める瞳(ひとみ)は、優しさにも染まっている。

私見ではあるが、【ヘスティア・ファミリア】での彼女の立ち位置はヴェルフ・クロッゾと同様に中庸(ちゅうよう)だ。甘くもなく、非情にも徹し切れない。生真面目(きまじめ)で義理堅いのだろう、何より家族想いのように思える。派閥移籍の経緯からもわかる通り、彼女は誰よりも潔白だ。

サンジョウノ・春姫(ハルヒメ)も、ヤマト・命(ミコト)も、竜の少女に対する姿勢はベル・クラネルから派生している。全て、あの少年への信頼と表裏なのだ。

ベル・クラネルが介在していなければ、恐らく、彼女達の今の姿は存在しなかった。

何度も切り捨てられてきたリド達……多くの『異端児(ゼノス)』と同じように、分かり合う機会すら設けられず、迫害されていた筈(はず)だ。

過大評価が入っているだろうか？　しかし、何かがなければ私が目にしている光景はとてもではないが叶わなかったのは事実だ。それほど人類と『怪物』の存在は隔たっている。

底抜けのお人好しと言ってしまえばそれまでだが……ベル・クラネルの愚かな行いと、彼を信じた少女達の眼差しが、一匹の『異端児(ゼノス)』を今も笑わせているのだと、私はそう信じたい。

観察三日目　昼。

リリルカ・アーデは現実主義者だ。

それを今日、確信した。

館の一室に集まった際、竜の少女を中心にベル・クラネル達が歓談していたのだが、彼女だけがその輪に交ざっていなかった。いや、この表現は正しくないだろう。数日前と比べて輪をかけて距離を置くようになったのだ。あたかも距離を縮めていくサンジョウノ・春姫達と反比例するかのように。己を戒めるかのように。

【ヘスティア・ファミリア】の中で、誰よりも竜の少女と接点を持っていないのは彼女である。私が監視を始めてからというもの、極力自ら関わろうとしていない。竜の少女を遠くから見つめる視線は通常のモンスターに向けられるものと何ら変わらないものであり、その双眸はまるで薄い氷の膜が張られているかのようだった。だがまぁ、今日に限っては、ヴェルフ・クロッゾの差し金で少女の方から寄ってきては抱き着かれ、烈火のごとく叫び散らしていのだが。

小人族という種族が災いしたか。

我々の事情からすれば、最も注意すべきは彼女かもしれない。

彼女は秤にかけられる人物だ。同時に切り捨てることのできる小人族でもある。

リリルカ・アーデはその時がくれば、躊躇なく【ファミリア】を優先し、竜の少女を突き放すだろう。

残酷、とは言わない。

それは彼女がそうならざるをえなかった歴史であり、身に付けた強さであるからだ。

人物情報(プロフィール)によれば移籍前の所属は【ソーマ・ファミリア】。底辺の世界を知っている彼女だからこそ現実から決して目を逸らさず、楽観も犯さないのだろう。彼女は常に状況というものを客観的に俯瞰(ふかん)する癖を得ている。

実質、団長であるベル・クラネルを差し置いて、神ヘスティアとリリルカ・アーデが【ファミリア】の中核だろう。神ヘスティアがダンジョン等(とう)に同行できない以上、戦場の指揮や判断は彼女に一任される可能性が高い。参謀(ブレーン)と呼ぶに相応しいだろうか。

この【ファミリア】の中で私と一番近いのは彼女かもしれない。ウラノスに拾われる前から人の闇(やみ)と言えるものに身を投じてきた覚えがあるが、リリルカ・アーデが時折見せる横顔には共感を抱く瞬間がある。こちらの手札を切る折には、まず彼女と話を交わしてみるのも一つの手だろう。

ただ面白いのは、そんな彼女もベル・クラネルに好意を寄せ、献身的に尽くしているということだ。彼女の場合はより少年を害意から守ろうと、矢面に立とうとしている節があるが。こういっては何だが忠誠を誓った騎士——いや騎士の小姓(ペイジ)と言った方がいいか。その容姿も相まって微笑(ほほえ)ましくもあり可愛らしくもある。ああいった愛嬌(あいきょう)だけは私にはないものだから。

……不味(まず)いな、血迷った。私は何を書いているのだ。これをウラノスに見せるのか？

彼に提出したらしたで顔色一つ変えず淡々と読み進める光景が目に浮かぶようだが……私が耐えられそうにない。

もう一冊、真面目な日誌を用意するべきだろうか？　だが、しかし……

（何度も書き直した跡、一部の頁を丁寧に切り取った痕跡が残されている）

閑話休題。

一方で、ヴェルフ・クロッゾ。

リリルカ・アーデとは異なり、彼が最も私と対極の位置にいる。あの青年の胸中を推し量ることが一番難しい。

一介の魔術師である私に対し、彼は鍛冶師。

この時点で私達の住む世界の隔絶がわかるというものだろう。

ベル・クラネルを支えるヒューマンの一人であることは間違いないが、彼は彼なりの判断基準を持っている。職人気質とも言われるであろうものだ。彼は己の意志にそぐうことならば名誉も富も擲ち、他者からの糾弾も厭わないだろう。一度是としたものは唾棄されるものであっても、泥ごと飲み干すに違いない。逆もまた然り、なのだが。

早い話、竜の少女の如何によっては彼女の味方にも敵にもなるということだ。その見通しが私にはできない。

理論と分析に基づきがちな私達魔術師と比べ、生粋の『職人』は信念と呼ぶものに従って動く。彼等は信じた道に即した行動理念を持っているのだ。往々にしてその行いは魔術師の予想など歯牙にもかけない方向へ行きがちとなる。分析できない、ということは理論派の魔術師が恐れる最たる例だ。

　前述の頁で彼の立ち位置を中庸と称したが、何てことはない、私は未だに彼の扱いを持てあましているだけである。

　あえてヴェルフ・クロッゾの立場を定義するというのなら、派閥の『ご意見番』だろうか。

　ベル・クラネルは勿論(もちろん)のこと、時折迷(まよ)った表情を垣間見せるリリルカ・アーデも、憎まれ口を叩きながらヴェルフ・クロッゾに意見を仰ぐことがある。彼の忌憚(きたん)のない発言は現実主義者(リアリスト)の彼女をして指針の一つになるのだろう。

　これは今日の会話の一つだが、

「ヴェルフ様……先日したお話を忘れたんですか？　彼女は怪物(モンスター)です、あんなに接してヴェルフ様まで情にほだされてしまったら、この【ファミリア】は……」

「そう何でも目くじらを立てるな。これは鍛錬(たんれん)でも同じだけどな、いい刀剣を打つ時、どうしたって鉄は硬いだけじゃ駄目なんだ、柔軟性ってやつも必要になる」

「……リリは、融通が利かないと？」

「そこまでは言ってないぞ。ただ、相手のことを知らないで何もかも決めつけるのは早合点(はやがてん)だろう？　迂闊(うかつ)に踏み込みたくないのはわかるけどな。何かわかれば、変えられることもある。俺はそうして武器を打ってきた」

「……」

「リリスケも一度あいつらのところに加わってきたらどうだ？　俺がお前の代わりに肩肘を張っておいてやるぞ？」

「……知りませんっ」


彼等の関係性を如実に物語っているように思える。

歴史という点からしても若過ぎる【ヘスティア・ファミリア】であるが、その中でもヴェルフ・クロッゾは最年長。鍛冶大派閥に身を置いていた経験を活かし、さながら家族を手助けする長兄のような役割を自らに課しているのかもしれない。

何だかんだと言いながら、彼等はさり気ないやり取りの中でも互いを補完し合っている。

いい【ファミリア】だ。お人好しが多いきらいはあるが、均衡が取れている。

ベル・クラネルの人徳、もしくは神ヘスティアの神徳か。

これでベル・クラネル以外の者は他派閥からの改宗だというのだから驚きである。オラリオの中でも珍しい【ファミリア】の一つには違いない。

観察四日目　朝。
今日の【ヘスティア・ファミリア】は朝から賑やかだった。神ヘスティアがバイトを休んでいたことが大いに起因している。

　これまで日中は主神自(みずか)らバイトに勤しみ、館を空ける時間が多かった。数日観察を続けてきて、主神が働かなければならないほどの極貧派閥には見えないが……やはり数億ヴァリスの借金があるというのは本当だったか。全くもって話題に困らない【ファミリア】だ。

　神ヘスティアは竜の少女に懐かれているサンジョウノ・春姫(ハルヒメ)に女神なりの対抗意識を燃やしているのか、ことある事によく少女の面倒を見ていた。というより、あれは単純に子供が——たとえ怪物(モンスター)であったとしても——好きなのかもしれないが。

　太陽の光の下、青々とした中庭で戯れる女神とモンスターの姿は言いようのない情緒をもたらしてくるものだった。深くは語らないが、いがみ合っていたエルフとドワーフが手を取り合って仲良くダンスを踊る以上に不可思議な光景のように感じられたのだ。

　涼し気な木陰で、遊び疲れた竜の少女を膝(ひざ)の上に寝かしつけていた神ヘスティアの神意は私にはわからない。だが彼女が司(つかさど)る事物の一つに慈愛が含まれているだろうことは、少女の寝顔を優しく見下ろす眼差しが教えてくれた。普段の騒がしい振る舞いが霞(かす)むほど、彼女は女神の静謐(せいひつ)を纏(まと)っていた。

　その後は、寝ぼけ眼の竜の少女が様子を見に戻ってきたベル・クラネルと神ヘスティアのことを「父親(パパ)」「母親(ママ)」と呼ぶなど、一体何を教え込んだのか小一時間問(と)い詰めたい事案が発生した。二人は真っ赤にした顔を見合わせ、すぐに家族のように笑い出したが、危機(なに)感(か)を察知したリリルカ・アーデが介入してくるなど、いつも以上のドタバタが巻き起こることとなった。柄にもなく感慨に浸っていた私の感動を返してくれ。

行き場のない小言は置いておくとして、私は神ヘスティアが竜の少女と最初に会った神で良かったと安堵（あんど）している。感情論を抜きにしてしまえば、ベル・クラネルが少女を見つけ出してくれた以上に。

事情に精通した者がいたとして、今の神ヘスティアの姿勢を見て楽観的と言うだろうか？　私はそうは思わない。この状況に一番うろたえているのは他でもない全知零能の彼女であり、その上で世界から弾き出された異端の少女を受け入れている。

種そのものではなく少女を、『怪物』の威容ではなく心を感じ取り、手を差し伸べているのだ。

ウラノスの言う通り、彼女は神格者（じんかくしゃ）だ。

慈愛の女神であり、嘆願者を庇護（ひご）する炉の光だ。

彼女を欠片（かけら）も疑っていなかったウラノスの気持ちがわかったような気がする。

寄る辺のない子を守る庇護者の名は彼女にこそ相応しい。

ただ一点……重度のジャガ丸くん信奉者（シンパ）、あるいはジャガ丸くん中毒者（ジャンキー）であることは認めざるをえない。「ほらウィーネ君、ジャガ丸くんだぜ！」「わーい！」というのは今日もあった事柄だが、見事に竜の少女は神ヘスティアに飼い慣らされている。

『異端児（ゼノス）』をジャガ丸くんで餌付（えづ）けするとは……やはり彼女も神の一柱ということか。

いかん、割と深刻に動揺している。

ペンを持つ手が震え、上手く共通語（コイネー）が書けない。

観察四日目　夜。

いつの間にか人間観察の様相を呈しているこの帳面だが、この際なので肝心のベル・クラネルのことについても触れようと思う。

まず率直に記しておくと、彼の身の回りを観察することが最も困難であった。

ベル・クラネルの察知能力には目を見張るものがある。その点に限って言えば上級冒険者の中でも秀でていると言わざるをえないだろう。何度怪しまれ、監視を中断することになったことか。

まさに臆病な兎のごとく……とは言い過ぎだろうか。

素直に賛辞を送るならば、流石第二級冒険者といったところだろうか。【リトル・ルーキー】、世界最速兎の名声は誇張でもなければ粉飾でもないということだ。

話が逸れたが、とにかく苦労した。私ではなく使い魔が、だが。

ベル・クラネルに決して視線を向けないよう、正視を避けるように教え込み、距離も自然に取るように命じた。羽根の音を鳴らさないようにするのは当たり前で、隠密も徹底したほどだ。

この仕事が終わった後は、好物の鼠を山ほどあげて労わらなければ拗ねられてしまう……。

この四日間、ベル・クラネルはほぼ竜の少女とともにあった。彼女が滅多にベル・クラネルの側から離れようとしないからである。風呂等に付いてこようとするのは当たり前、就寝の際は同じ寝台にもぐり込み、便乗しようとする神へスティアがリリルカ・アーデ他と幾度となく衝突するのを脇に抱き枕にする。様々な意味で気苦労が絶えないベル・クラネルに対し、ヴェルフ・クロッゾ曰く、

「初めてできた娘に悪戦苦闘する父親みたいだな」

とのことだ。中々に的を射ているように思える。

今でこそ慣れたように苦笑を浮かべながら対応するようになったが、当初ベル・クラネルは竜の少女に抱き着かれては何度も赤面していた。彼女の行動に驚いては走り回り、悲鳴を上げては対処に奔走し……振り回されてばかりだった。

少年の幼さと未熟さが先行する滑稽な姿はとてもではないが上級冒険者には見えず、賑わう世間の評価とはことごとく乖離していた。事実、『鏡』によって街に映し出された戦争遊戯の中で、熱戦を繰り広げた姿と今の彼は似ても似つかない。

後は……これは愚者を名乗る私のただの予感だが、彼には女難の相があるように思える。それは決定付けられた運命ではなく、もっとこう、知らずの内に植え付けられた宿命というか少年を少年たらしめる由縁というか彼を育てた親の責任というか……上手く言えない。

女神の寵愛を受ける下界の者は高い確率で災難──女神本人に悪気はなくとも移り気な他神が面白がってかき回す真似や横恋慕をしてくる場合が多い──もとい退屈な人生を送らないという。ご多分に漏れず、かはわからないが、あの少年はどうなるだろうか。

ただ私は、彼が竜の少女に向ける真心に関しては、神ヘスティアのものと同等なほど信頼している。ことあるごとに仲間に対し申し訳なさそうな顔を浮かべながら、それでも身を砕き続ける姿は打算とは無縁のものだ。絆(ほだ)されたと言えばそれまでだが、彼の純然な誠意は好感を通り越して今の私には眩(まぶ)し過ぎるくらいだった。

それと同時に、彼はやはりまだ子供だ。

竜の少女から解放された時に見せる、その不安と戸惑(とまど)いの表情が物語っている。

何の答えも見出せていない、彼の心の内を。

就寝間際のことだ。

使い魔(ガフィール)の目が届かない館の奥へ引っ込む【ヘスティア・ファミリア】を見て、今日の観察も終わりかと思っていた時、ベル・クラネルと竜の少女が二人でこそこそと、寝室から館の廊下、そして窓を通って館の外へと出た。

何事かと警戒する私の心配を他所(よそ)に、彼等は中庭側に面する屋根の一角に腰を下ろし、空を見上げた。眼晶(オクルス)を持って観察を続けていた私も、屋外に出て納得した。

頭上には美しい星々が瞬いていた。満天の星という言葉がまさに当てはまるほどの。

恐らく、竜の少女が空を見たいと言ったのだろう。瞳を輝かせる彼女を見て、ベル・クラネルも私も苦笑してしまった。だがすぐに引き込まれんばかりの雄大(ゆうだい)な空の世界に、私達の視線もまた釘付(くぎづ)けとなった。

同じ夏の夜空を、同じ街から同じ時間で私達が眺めていると、不意に蒼い闇夜を一条の光が横断した。流星だった。走り抜ける星の輝きに竜の少女は息を止め、すぐに興奮した様子でベル・クラネルにあれは何と頻りに尋ねていた。思わず目を奪われていたベル・クラネルは説明し、星が消えぬ内に願い事を唱えればその願いが叶う、という子供によく聞かせる言い伝えを教えた。

やがて竜の少女は目を瞑り、その小さな唇を動かし始めた。

流星は消え失せたにもかかわらず願いを捧げるその姿に、ベル・クラネルが「何をお願いしたの？」と問うと、少女は満面の笑みを浮かべた。

「ベルと、みんなと……ずっといっしょにいられるように、って」

その言葉を聞いたベル・クラネルの顔を、私は今でも思い出すことができる。

彼はしばらく沈黙を保った後、普段とは異なった笑みで「ずっと一緒にいられるよ」と、そう答えた。

その時の私が抱いたものは、はっきりとした失望だった。

ベル・クラネルは何の覚悟もなく、安易な気休めに走ったのだ。

安息の未来を疑い続けている自分すら偽って。

何の答えも出せないまま、現実から目を背けた。

顔を綻ばせる竜の少女に抱き着かれ、胸に抱きながら、ともに夜空を見上げる少年の横顔の何と儚（はかな）かったことか。

遠からず破綻（はたん）は訪れる。

私は確信してしまった。

彼等【ヘスティア・ファミリア】の有り様（ありよう）は美しい。だが、待ち受けている未来はリリルカ・アーデが危惧（きぐ）しているものに違いない。そして彼等に、ベル・クラネルにそれに立ち向かう力はない。いつか我々が介入する日が来るだろう。

やはり、いち【ファミリア】に、一人の冒険者に『異端児（ゼノス）』達の希望を求めるなど酷だったのだ。少年の同情から派生した現状は今も少年自身を苦しめ、良心と懊悩（おうのう）の狭間（はざま）に身をたゆたわせている。だが彼の葛藤（かっとう）など顧みることなく、世界は決断の瞬間を迫ってくる筈だ。

彼の選択する答えは、何なのだろうか。

これまで何度も見てきたように、竜の少女を切り捨てるのだろうか。

人類の総意に屈し、救いを求める声に背を向けるのだろうか。

あるいは第三の答えを出すのだろうか。

いや、希望的観測は止そう。私の願いなどあの流星に届く筈もないのだから。

今の彼等の時間も空を駆け抜けた星の輝きと同様、閃光のような一瞬に過ぎないのだ。

彼等も、いずれは他の冒険者達と同じように——

「……止めだ」

私は、文字を連ねていた手の動きを止めた。

陰気臭い自室の中で一人、開かれている帳面の頁を見下ろし、持っていた羽根ペンを机に放り出す。

こんな私意と悲嘆にまみれた調書など、報告にもならない。やはりこの帳面は提出せず、私個人の秘匿の日記にするとしよう。彼等の言動を勝手に解釈した挙句、その心の内を邪推した報告書など無粋なだけだ。

ウラノスにはこう言えばいい。

彼等は大丈夫だと。竜の少女を傷付けることはないと。

ほんの僅かな星屑の光に過ぎずとも、我々が望む希望の兆しに違いないのだと。

愚かでも、今も無様にあがき続けていたとしても、彼等の在り方は尊い。

「……」

私の考えは変わらない。

彼等は遠くない将来、非情な現実と直面する。

その時はまだ傍観者として見守っているだろう私達の視線の先で、【ヘスティア・ファミリア】は――ベル・クラネルはどのような答えを出すのか。

願わくは、彼等の道に幸があらんことを。

あの小さな箱庭の中で少年と少女が浮かべていた笑顔は、きっと何よりも、かけがえのないものであるのだから。

「……お前もそう思うだろう、ガフィール？」

古い蔵書で溢れた、薄暗い『賢者』の部屋。

語りかけられた梟の使い魔は目を瞑り、頷くようにホーと鳴いた。

11巻
隣はリリの特等席
アニメイト店舗特典
女神インターミッション
一般店舗共通特典
無法者達の恩返し
ゲーマーズ店舗特典
怪物は恋い焦がれ、そして賢者は新たな悟りを開く
とらのあな店舗特典
イラスト：ヤスダスズヒト

隣はリリの特等席

「ベル様、このままでよろしいんですか？」

バックパックを揺らしながら夜の道を歩くリリは、隣にいるベルに問いかけた。

使い魔の梟から愚者の密書を受け取った【ヘスティア・ファミリア】は、賢者の魔道具を入手するため『魔女の隠れ家』にリリとベルを派遣していた。今も彼女達を多くの『目』が追跡している中、さも道具の買い出しを装って魔道具の隠し倉庫を目指している最中である。

「このまま、って？」

「街の方々に誤解されたままではありませんか。意地汚い兎とか、挙句の果てには『怪物趣味』なんて言われて……ずっとこのままで、苦しくないんですか？」

尾行の目を気にしつつ、世間話のつもりで尋ねるリリだが、これは気になっていたことだ。

心配する彼女に対し、一度視線を逸らしたベルは、指で頬をかいた。

「正直に言えば、すごい苦しい、と思う。そうじゃないんですって本当は言い訳もしたいし、街の人達が笑いかけてくれてたあの時に戻れたら……そんなこともやっぱり考えちゃう」

神妙な顔で聞き入るリリに、ベルは胸中を吐露した。

もしかしたら挫けてしまうかもしれない、割り切れる日は来ないかもしれない、と。

「でも、今だけは……少女達のために、頑張りたいんだ」

　弁明も弁解もきっと後でできる。手遅れになるかもしれないけれど、それでも今は『異端児（ゼノス）』を助けたいと、ベルは曇（くも）りのない瞳（ひとみ）で言った。夜空を見上げるその姿が悲壮感溢（あふ）れるものとして映ってしまい、リリは眉尻（まゆじり）を下げてしまう。——だが、そこで。

「それに、さ。僕にはリリ達がいてくれるから」

「えっ？」

「リリ達が手を貸してくれるから、挫けずに頑張れるって……そう思ってるんだ」

　本当にありがとう、とベルは照れ臭そうに、けれどはっきりと告げた。

　瞠目（どうもく）するリリは頬に熱が集まるのがわかった。次いで、嬉しさから微笑（びしょう）が滲（にじ）み出るのも。

　しかしそこで彼女はあることを思いつき、小悪魔めいた笑みを浮かべ、告げた。

「——いつでも私を頼ってくださいね、ベル。ずっと、貴方（あなた）を助けます」

　大人びて艶めかしい『姉』の声で囁（ささや）くと、びくっ、とベルは肩（かた）を上下させる。

　少年はじわじわと頬を赤らめたかと思うと、情けない声音（こわね）を出した。

「ず、ずるいよぉ……」

「ふふっ」

　リリ自身、頬と胸を温かくさせながら笑う。

　一つだけ年上の少女は、守るように、支えるように、彼の右手に指を絡めるのだった。

女神インターミッション

Lv.3
力：D577→A812　耐久：D508→A855　器用：D582→A814　敏捷：A807→S998
魔力：D531→B777
幸運：H　耐異常：H

「わーお……」

能力値が激上した少年の背中を見て、ヘスティアは口を開いて驚嘆した。

『異端児』の救出作戦当日。本拠から『ダイダロス通り』へと向かう直前、夕刻に【ヘスティア・ファミリア】は女神のもとで全員【ステイタス】更新を行っていた。あまり能力値が上昇しておらず唸るヴェルフ達と比べて、やはり少年の成長は抜きん出たものだった。

「ベル君、確か狩猟者達と激しくやり合ったんだっけ？」

「あ、は、はい……まぁ」

言葉を濁しながらいそいそと服を着るベルを尻目に、ヘスティアは共通語で書き写した更新用紙を見下ろす。前回の更新が約一週間前——都市の失意に晒された直後は流石に更新作業をやろうとは言えなかったので——その間にベルは異端児討伐の強制任務から狩猟者達との交戦、更に暴走した竜娘(ウィーネ)との追走劇と、いわゆる修羅場と言えるほどの場数を目まぐるしく踏んできた。久方ぶりの能力値(アビリティ)の激上も頷(うなず)ける。

(流石(さすが)に【ランクアップ】はできなかったか……)

Ｌｖ．２よりＬｖ．３、Ｌｖ．３よりＬｖ．４と、高い階位であるほど求められる上位の【経験値(エクセリア)】の質と量が高くなるのは道理だ。能力値(アビリティ)の上昇傾向から言って、もしかしたら、と僅(わず)かな希望を抱いていたヘスティアだが、そう上手くはいかないらしい。

「……ベル君、ごめんよ。やっぱり君に負担をかけることになる」

「大丈夫……かはわからないですけど、平気です、神様。できる限りのことはやります」

いつもはついつい不機嫌(ふきげん)になりそうになる規格外の成長力も、今ばかりは心強い。

だが、【ロキ・ファミリア】を相手取るにはあまりにも頼りない。

椅子に腰かけるヘスティアが悄然(しょうぜん)としながら言うと、立って服を着たベルは笑ってみせた。

更新用紙を受け取って仲間が待つ居室(リビング)に戻るベルを見送った後、彼女もまた立ち上がる。

「あの子が成長する度に散々文句を言っておいて、期待に添わなかった途端残念(ざんねん)がるっていうのも虫のいい話か……よしっ、ボクもあの子達のサポートを務めなきゃ！」

たった一夜で少年の能力(ステイタス)が再び限界突破することを、女神はまだ知らない。

無法者達の恩返し

「てめえが知ってること……洗いざらい吐いてもらうぜ？」

「冒険者達(オレ)を撃ったんだからよぉ、こうなっても文句は言えねえな？」

「てめえは今、『悪者』だからなぁ～」

「最初からこうしてりゃ良かったんだ」

　ぞろぞろ、と現れる柄の悪い冒険者達と僕の間で、一悶着が起ころうとしていた。

『異端児(ゼノス)』救出作戦が始まる直前、僕が夜の『ダイダロス通り』に入ってからしばらく経った後のことだった。迷宮街南区に進路を取っていた僕を、同業者達が取り囲んだのである。

　これから最大派閥(ロキ・ファミリア)の陽動を務めなくてはいけないのに……悪い時機(タイミング)で冒険者から『手荒な真似(まね)』を受けようとしていた。いや、もしかしたらずっと窺(うかが)っていたのかもしれない。こうして私刑(リンチ)する好機を。『ダイダロス通り』は貧民街(スラム)でもある。住民も避難して人目にもつかない今、私刑(リンチ)を執行するには格好の環境だ。

「Lv.3だろうと、上級冒険者をこれだけ揃えりゃ敵わねえだろう」

　数は三十人ほどといったところ。確かに相手方の言う通りだ。手の内を知られるかもしれないけど、僕が魔道具(マジックアイテム)でこの場を切り抜けるしかないと決断しようとした——その時。

「俺は【リトル・ルーキー】の側につくぜ！」

「なっ……モルド、てめえ!? 裏切るのか！」

一団の中から歩み出てくる冒険者に、「えっ？」と僕は呆けてしまった。一人だけじゃない、彼の後に集団の半数が僕のもとまでやって来て、うろたえる冒険者達と対峙する。

「モ、モルドさん、いたんですか？ いやっそうじゃなくてっ、どうして……？」

「そりゃ勿論、ここでてめえに恩を売って、賞金首の懸賞金を山分けしようっていう腹よ！」

思いもよらない答えに、僕の目は点になる。

「俺達は下水道で蜥蜴人一匹にやられちまったからな、あんなのと何匹も戦うなんてまっぴら御免だ。だから相棒、何も聞かねえでやるからお前がブッ倒してこい。そんで金をよこせ」

僕の首に太い腕を回し、血走った金の亡者の目で笑いかけてくるモルドさんに、笑みを引きつらせる。「せけぇ」「汚ぇ」と仲間のスコットさんとガイルさんの言葉が更に汗を誘った。

けれど、そこで僕は気付く。モルドさん以外にもいるこの人達は、みんな……18階層で僕に冒険者の『洗礼』を与えようとした、あのならず者達であるということを。

無法者達の宴を開こうとした彼等が、今はそれを阻んで守ろうとしてくれている。

……とんだ皮肉だ。でも胸が震えるくらいには、僕はどうしようもなく、嬉しかった。

「――すいません、お願いします！」

「おう、行け！ モンスターどもをブッ倒してこい！」

乱闘騒ぎを背で聞きながら走り出す僕は、目もとを拭い、笑みをこぼしていた。

怪物は恋い焦がれ、そして賢者は新たな悟りを開く

『エイナさん勘弁してくださぁああああああああああああああああああああい⁉』

すっかり夜の帳（とばり）が下りた『ダイダロス通り』。怪物達の命運を握る作戦開始間近というところで、発光する眼晶（オクルス）から少年の悲鳴が響き渡った。

女神（ヘスティア）と春姫（ハルヒメ）がいる指揮所、ではなく、『異端児（ゼノス）』達がひそんでいる下水道に。

「すげぇ、ベルっち。人間の雌（めす）にもてるんだなぁ……」

「コレハ、モテテイルト言ウノカ……?」

「……むー、です」

感心する蜥蜴人（リザードマン）のリド、不審げな石竜（ガーゴイル）のグロス、何故（なぜ）か口を尖（とが）らせる歌人鳥（セイレーン）のレイ。

女神（ヘスティア）達がベルの双子水晶をフェルズの眼晶（オクルス）の近くに置いているせいか、今（いま）少年がどんな状況にあるのか『異端児（ゼノス）』側にも筒抜けであった。代わる代わる聞こえてくる犬人（ナァーザ）、妖精（リュー）、女戦士（アイシャ）、半妖精（エイナ）の声に、モンスター達は銘々（めいめい）の反応を示している。

「レイモ、少年（ベル）ノ事（コト）ガスッカリ気（キ）ニ入（イ）ッチャッタンダネー」

「……何ガ言いたいのですカ、ラウラ」

「まぁレイの『夢』は地上の空を飛ぶことと、好きな人間（だれか）に抱きしめられることだもんな」

「い、今ハ関係ないでしょウ、リド！」

美しいラミアをじろりと睨(にら)むレイは、リドの能天気な発言に顔を真っ赤にして慌てた。

少年の色恋沙汰(いろこいざた)（？）を巡って、主に雌の『異端児(ゼノス)』達がざわめき出す。

「アー、ワタシモ少年(ベル)ト一緒ニ寝ターイ。交尾シターイ」

「なっ、何ヲ言っているのですか貴女ハ⁉　こここここ交尾などっ、人間達ハ愛する者としか行いませン‼　それにっ、私達トあの人ガ交尾してもッ、こ、こ、子供ガできる筈(はず)……！」

「レイ堅(カタ)ーイ、ソンナコト言ッテタラ半人半鳥(フィア)カ一角兎(アルル)辺リニ奪ワレチャウヨ？」

「なっ、なっ、なぁ……⁉」

「わたしはベルと一緒にいっつも寝てたよ！　ぴたってくっついて、ぎゅーって！」

「「「「ええぇ————っっ⁉」」」」

無垢(むく)な少女(ウィーネ)が投下した爆弾に、雌と雄(おす)が入り交じった本日最大の悲鳴と黄色い声が上がる。

続けて「ダカラ静(シズ)マレト言ッテイルダロウガアアアァ‼」とグロスの大憤激の声が放たれた。

「英雄色を好む……いや愚者は色を拒めず、か」

青年(ヴェルフ)と少女(ミコト)が合流するまでの間、フェルズは怪物達の宴(さわぎ)に一人で耐えねばならなかった。

そして元賢者は、真っ当な肉体があれば遠い眼差(まなざ)しをしていたであろう声音(こわね)で、ひっそりと新たな格言を生み出すのだった。

12巻

女神の衝撃
アニメイト店舗特典

恋するエルフ
メロンブックス店舗特典

冒険者は見た
とらのあな店舗特典

水都の花嫁は白兎がお好き
ゲーマーズ店舗特典

イラスト：ヤスダスズヒト

「【闘牛本能】……ベル様の新しい『スキル』」

ベルが【ランクアップ】を遂げたその日。ヘスティアは【ファミリア】の者達に少年の新たな能力を話した。迷宮探索を役立てる上での情報共有である。

居室にベルを除いた全構成員が集まる中、メイド姿の春姫がほえーと感嘆する。

「例の急成長の『スキル』も含めて、これで三つ目か。ベルのやつ」

「戦闘に関わる『スキル』が三つというと、冒険者としてはかなり優秀な【ステイタス】になりますね。ベル殿の場合、『発展アビリティ』も順調に発現していますし……」

昇格はもとより、少年の目覚ましい成長に唸るのはヴェルフと命だ。確実に新たな力が身に付いていっていることに喜ぶ半面、このまま置いていかれるわけにはいかないという悔しさと、後は仲間としての自覚と想いを新たにする。

「まぁ、『スキル』の方は限定した状態じゃない発動しないんだけどね。それにしても【闘牛本能】だなんて……ベル君らしいというか、何というか」

「はは、そうですね。あいつは相当猛牛と因縁があるみたいです」

「『異端児』の武人、アステリオス殿はそれほどベル殿に影響を与えたのでしょう」

やれやれと苦笑するヘスティアにヴェルフも命も笑い返す。都市を今も興奮させている好

敵手との一戦を拝めなかったのが悔やまれる、と冗談交じりに言っていると、

「【憧憬一途(リアリス・フレーゼ)】……【闘牛本能(オックス・スレイヤー)】……」

春姫(ハルヒメ)がやけに深刻そうな声音(こわね)で、『スキル』の名を並べた。

「どうしたんだい、春姫(ハルヒメ)君？」

「あ、いえ、その……【英雄願望(アルゴノゥト)】はともかく……ええっと、なんと言いますか……」

妙に歯切れが悪い狐人(ルナール)の少女に首を傾(かし)げるヘスティアの真隣で、それまで一言も喋らず黙っていたリリが、ぼそっと呟いた。

「ヘスティア様に関係する『スキル』が、一つもありませんね……」

居室(リビング)が凍りつく。

その事実に気付いてしまった女神の顔に、衝撃が走った。

「そ、そういえば……⁉　憎きヴァレン何某(なにがし)、あまつさえ牛(ミノタウロス)にも反応しているというのに、ボク由来の『想いの結晶(スキル)』が一つも……う、うわぁああああああああああああああああああああああああ⁉　どういうことだッベルくーんっっ⁉」

頭を抱えて絶叫を上げたかと思えば、正気を失った表情で勢いよく部屋を飛び出す幼女神に、ヴェルフ達は手で顔を覆いながらうつむいた。

間もなく、女神にタックルをかまされた少年の悲鳴が、館に木霊(こだま)するのだった。

恋するエルフ

「べ、ベル君！　今夜……ご飯、一緒にどうかな？」

　エイナは意を決して、少年を食事に誘った。

【ヘスティア・ファミリア】が予定している『下層』への遠征前、ギルド本部で取り組んでいるダンジョンの座学が終わった時間帯。本を片付けているその背中に、エイナが上擦った声を投げかけると、ベルは不思議そうに振り向いた。

「今から、ですか？　もう結構遅いですけど……」

「えっと、その、だからっていうか！　このままだと今日は私、一人でご飯食べるようだなって思って……う、うんっ、それだけだよっ？　他意とかはべべべ、別にないからね⁉」

　言い訳がましい己の文句に悶え死にそうになりながら、エイナは頬を紅潮させる。

　本当に、別にやましい気持ちがあるわけではない。ただ、そう、今日は座学が長引いてしまって、せっかくだしベルとご飯をともにできたら、それはとても嬉しいことで……何よりここ最近、ずっと落ち着かない胸の音も『デート』の真似事をすれば少しは和らぐ気がして――。

　緑玉色の瞳をぐるぐると回しながら心の中で言葉を重ねていると、ベルは首に手を置いた。

「すいません、エイナさん、気が利かなくて。じゃあ、行きましょうか？」

「え……ほ、本当？」

「はい。長引いたのは僕のせいですし……今日までのお礼も兼ねて、ご馳走させてください」

申し訳なさそうに、けれどくすぐったそうに笑いかけてくるベルを見て、「う、うん！」とエイナは一気に舞い上がった。


「――いやぁ、こうしてギルドの人間と飲むのは初めてだな？」

「そうですねー。ベル様がお世話になっているのに、こういう機会はなかったですしねー」

「うふふ、いつもお店を使ってくれてありがとうございます、ベルさん」

酒場『豊穣の女主人』。一人寂しい夜を過ごすエイナのために、ベルは予定が空いていたヴェルフとリリを呼んで楽しく賑やかに大勢で食卓を囲んでいた。注文を運んでくるのはにこやかな笑みを浮かべるウエイトレスのシルである。

「そうだよね、ベル君だもんね……君はとっても優しいもんね……」

「エ、エイナさん？」

ぐすん、と涙を浮かべながら力なく笑うエイナに、ベルは戸惑うばかりだった。

「『それで、お二人で何をするつもりだったんですか？』」

そして、満面の笑みで問い詰めてくるリリとシルに、エイナは赤面した顔を背けながらしらばっくれるしかなかった。

冒険者は見た

「ああああああああああああああああああああああああッッ!!」

25階層『巨蒼の滝(グレート・フォール)』直下、巨大な湖めいた滝壺。ベルは輝白のナイフで無数の斬閃を描いていた。斬撃の結界に突撃するのは凄まじい速度で飛び交う燕(つばめ)のモンスター『イグアス』の群れである。迷宮の水流によってリリ達パーティから分断された少年はただ一人、下層最速と謳(うた)われる閃燕(イグアス)と真っ向勝負に臨んでいた。

冒険者とモンスターの、命を賭した戦いが繰り広げられている。


「…………なんだ、ありゃあ」

——その裏側で。

とある上級冒険者達は、その一部始終を目撃していた。

「白い髪(かみ)の少年(ヒューマン)……【リトル・ルーキー】……いや、【白兎の脚(ラビット・フット)】」

24階層と繋がる連絡路前、25階層の入り口。階層中央に広がる大空洞を一望できる断崖(だんがい)で、その冒険者達は、何百M(メドル)も離れた視界奥の光景に口を半開きにする。

彼等は宿場街(リヴィラ)を拠点にして『下層』に進攻(アタック)を仕掛けるLv.3の上級冒険者達、言わばベテラン勢であった。今もこの25階層に辿り着いたばかりで、さぁ今日こそは到達階層を増やしてやろうと挑もうとしていたのだが……閃燕（イグアス）と格闘している少年を見つけてしまい、放心していた。

『閃燕（イグアス）と会ったなら荷物を放り出して逃げろ』。上級冒険者達の間では有名な文句である。

　それを無視して真っ向勝負という名の奇行を繰り広げているベルに、遠い目をしてしまう。

「閃燕（イグアス）相手に、盾も装備しないで、得物（えもの）一本……」

「変態だ……」「変態がいる……」

「俺、【剣姫】があんな風に修行してたの見たことがある……」

「ド変態だ……」

　同業者の間では化物扱いされている『戦姫』が引き合いに出された瞬間、冒険者達は認識を等しくした。

「今日は、帰るか……」

「ああ、なんかやる気なくした……ていうか自信なくした……」

　来たばかりだというのにすごすご来た道を逆戻りし始める冒険者達。

　幸いにも、前代未聞の『強化種（きょうかしゅ）』のいるこの場所に彼等は立ち寄らずに済んだ。

　当然、この後すぐ少年と人魚（マーメイド）が繰り広げる喜劇も目にすることもなかった。

　後日、ベルは『閃燕（イグアス）相手に祭りを繰り広げていた変態』と噂（うわさ）される羽目になる。

水都（みと）の花嫁は白兎（しろうさぎ）がお好き

「帰りましたヨ、マリィ」

「オカエリ、レイ！」

『異端児（ゼノス）』の一団が27階層の『隠れ里』に到着する。美しい歌人鳥（セイレーン）のレイ達を出迎えるのは人魚（マーメイド）のマリィだ。複数存在する里には『番人』の役割を果たす『異端児（ゼノス）』がそれぞれいる。20階層の里には木竜（グリーンドラゴン）、27階層にはこのマリィが。

フェルズの『依頼』を終えて帰ってきたレイ達は、27階層に立ち寄っていた。

「マタ、歌ヲ一緒ニ歌オウ！」

「冒険者ニ聞かれてしまうかラ、そーっとですヨ？」

ともに『歌』に関わる種族（モンスター）というだけあって、レイは特にマリィから懐かれている。『迷宮に響く歌』と呼ばれる現象の源は、一方は無邪気に笑い、もう一方は苦笑した。

「何カ変わったことはありましたカ、マリィ？」

「ウン、アッタヨ！　少年（ベル）ニ会ッタ！」

頬（ほほ）を喜びの色に染めて破顔するマリィに、レイは「!?」と顔色を変える。

「ベル、とは……人間（ヒューマン）ノ、ベルさんですカ？」

「ソウ！　可愛クテ、柔ラカクテ……格好イイ、私ノ少年（ベル）！　大好キナ英雄（ベル）！」

マリィに話していない筈(はず)の人物の名が挙がり、というか聞き捨てならない言葉が付属して衝撃を被(こうむ)りまくるレイ。そんな彼女を他所(よそ)に、『キャア！』と甲高(かんだか)い声で突如(とつじょ)盛り上がるのはラミアや半人半鳥(ハーピィ)といった雌(めす)の『異端児(ゼノス)』達である。

「少年(ベル)ト何ヲシタノ、マリィ⁉　柔ラカイッテ、触ッタノ⁉　ナニヲ⁉」

「『らぶ・ろまんす』ですか、『らぶ・ろまんす』なのですか⁉　あの地上のお方と！」

「詳シク！」『クワシクー‼』『フォオオオオオオーーッ！』

「ラウラ、フィア！　他ノみんなモ落ち着きなさイ！　ベルさんガそんなコト、すすすすすするわケっ……！」

目を輝かせて興奮する同胞達(どうほうたち)に、レイが動揺を隠せない声を荒げるが、

「少年(ベル)ガ私ノ指(アレ)ヲ食ベテ……温(アッタ)カカッタヨ！」

『どえええええええええええええええええええええええ⁉』

誤解しか呼ばない発言を投じられ、雌の『異端児(ゼノス)』達の歓喜と悲鳴が爆散した。

「ねぇリド、グロス？　いま、ベルって聞こえたよ？」

「幻聴ダ、ウィーネ……」「お前はあっちに行くな……もっとややこしくなる」

同胞(マリィ)をちらちらと窺(うかが)う竜の少女を止めながら、その耳を塞ぐ石竜(ガーゴイル)と蜥蜴人(リザードマン)は、疲れた顔で重い息を吐くのだった。

13巻 | 予言者の奮闘
本書にて初公開

イラスト：ヤスダスズヒト

「あ、あのっ、リリさん！　先に進むと……や、『厄災』が現れるんです！」

「厄災ぃ？　何なのですか。それは？」

「そ、それは、私にもよくわからないんですが……ベルさん以外の人達を死に追いやってしまう、恐ろしい何かが現れるらしくて……!!」

「なーにバカなこと言ってるんですか！　何もわかってないくせに、そんなことが起きるなんて証明できる筈ありません！　それよりも、急ぎますよ！　他の冒険者より早くリュー様と接触しなければならないんですから！」


「クロッゾ……ヴェ、ヴェルフさんっ！　下の階層に行くと、貴方の体がバラバラになってしまうんです！」

「おいおい、縁起でもないこと言うな。俺はまだヘファイストス様に追いついてもないんだ。至高の領域に辿り着くまで、死んでなんかいられない」

「わ、私もこんなこと言いたくないんですけどぉ……！」

「冗談を言ってないで、先に進むぞ。ベル達に置いていかれる」

「み、命さん！　実は私の占いは百発百中で、このまま進むと最悪の結末を迎えるって占い結果が……！」

「なんと、そうだったのですか⁉　ですがご安心ください！　占いが導く運命さえ乗り越えるのが冒険者！　自分がカサンドラ様のこともお守りします！」

「あ、いえっ、私じゃなくて……皆さんとか、【疾風】とか……！」

「確かに、今のまま討伐隊がリュー殿と出くわせば危険な目に遭うでしょう。ですが、自分はあの方の潔白を信じています！　今は先を急ぎ、彼女の無罪を証明しましょう！」

「ち、千草さんっ！　この先の階層に強化種よりも危険なモンスターが沢山ひそんでるって、ギルドの掲示板にあった情報を思い出してしまって……！」

「ええっ⁉　大変、早くダフネさん達に伝えなきゃ！」

「あああああっ、ちょっと待ってくださいっ、ダフネちゃんには言わないでくださっ——いたぁぁぁぁぁいっ！　たたかないで、叩かないでダフネちゃ〜〜〜んっ！　嘘じゃないのぉ！　モンスターの話は嘘だけど、予知夢は嘘じゃないのぉ〜〜〜！」

「お、桜花さんっ！　わ、私には実はっ！　未来を知ることができる特殊能力があって！」

「いや……嘘だろ」

「……」

「そんな反則能力があったらお前の前派閥も負けていないし、お前もここにいない」

「……はい」

「何をしたいか知らないが、俺くらいなら騙せると思ったなら……少し傷付いたぞ」

「違うんです……!!」

「アイシャさんっっ！　もう本当に本当のありのままのことを言うんですけど絶対現実になってしまう不吉な悪夢を見てしまってっ――」

「夢にビビって冒険者が務まるか!!　それより仕事をしな、治療師！」

「ううぅ～。やっぱりダメ～～～……」

ダンジョン中層域『大樹の迷宮』を移動しながら、杖を胸の前で握るカサンドラは、さめざめと涙を流した。

迷宮の宿場街の住人達で構成された【疾風】の討伐隊とともに、『下層』を目指している最中、勇気を出してダフネを除く『派閥連合』の全員に『予知夢のお告げ』を訴えても、やはり結果は全滅だった。

『未来を知れる』にもかかわらず何を言っても『誰にも信じてもらえない』という、カサンドラの予知夢の『呪い』は依然健在。もう討伐隊は宿場街(リヴィラ)を出発しているものの、今回の『悪夢』だけは絶対に回避しなければならないと決意し、もはやなりふり構わず手段を尽くしているが、この程度で『呪い』を覆せるようならば、カサンドラはまだ十八という短い人生の中で諦念の奴隷にはなっていない。あの手この手でリリ達や討伐隊の歩みを止めようとしても、ダフネのように真に受けてもらえないどころか叱責が飛んで、カサンドラを萎縮させる。

（ベルさんだけは、私の言うことを笑ったり怒ったりしないで、真剣に聞いてくれるかもしれないけど……あの人はもう、【疾風】を助けるために意志を固めてる。危険が待ち受けていても……いえ危険があるとわかったら、尚更助けに行こうとするに決まってる）

何度も味わった痛みと絶望に苦しみ、唯一の白い光にも祈りが届かず悄然(しょうぜん)とするカサンドラは、そこで残された『最後の一人(トライ)』を見た。

パーティの中でまだ説得を挑戦していない、どことなく雰囲気とか性格とかもカサンドラと似ている狐人(ルナール)の妖術師が……！

（春姫(ハルヒメ)さん……！　私の言うことはダメでも、あの人の言葉なら、パーティの中核を務めるアイシャさんも考えてくれるかも……！）

諦めない。奮闘せよ！

がんばれ、私(カサンドラ)──!!

「は、春姫さんっ！　お話があるんですが！」

「……？　いかがされました、カサンドラ様？」

こちらを見つめ返す、ベルと同じくらい無垢な瞳に、うぐっと決意が揺らぎかけるが、それでもカサンドラは謝罪をしながら『手管』を用いた。

「あ、あのっ、春姫さんって『正夢』を見たことがありませんか……⁉」

カサンドラが用いた『手管』とは『共感』。

いきなり恐ろしい予知夢を見たと言っても胡乱な目で見られて取り合ってもらえないのが関の山。ならば少しでも自分にも覚えがある事柄を想起させ、妄言にしか聞こえない話にも興味を持ってもらう算段……！　というかこれがカサンドラの精一杯……‼

「ま、正夢っ⁉」

そして春姫は、面白いくらい動揺もとい反応を示してくれた。

（こ、これはまさか……いける⁉）

カサンドラは早口で夢の話を掘り下げ始めた。

「私っ、実は『正夢』をよく見てしまう性質で、春姫さんも実はそうなんじゃないかなって思っていて！　私達っ、雰囲気が似ているというか魔力とか魂とか根源的なものが双子レベルというか、神様達が言うズッ友みたいだなって……！」

「私とカサンドラ様が双子で、ズッ友……⁉」

「え、ええっ、ズッ友です！　だから春姫(ハルヒメ)さんも『正夢』を見て苦しんでいるんじゃないかって……！」

「あ、当たっています！　実は私(わたくし)も、つい先日『正夢』を……！」

キタ―――!!

一筋の希望の光を目にし、悲劇の予言者は身を乗り出す。

「ど、どんな正夢を見たんですか⁉　良ければ私の予知夢(まさゆめ)の話も聞いてほしくてっ――」

「そっ、それがっっ……朝のお風呂で寝ぼけて男性と女性の浴場を間違えて入ってしまい早朝鍛錬を終えたベル様と一緒に混浴した挙句わたくしは足を滑らせてベル様の胸に飛び込み真裸同士で抱き合ってドッボーンしてしまい片や不詳の狐人(きつね)は目に飛び込んできた殿方の鎖骨と瑞々(みずみず)しいち、ち、ちっ……お胸の桜色の部分に昏倒して意識を断ってしまい片やお兎(うさぎ)様は抱きとめた反動で湯船の角(かど)に頭を打って意識が朦朧(もうろう)として更にそれまで入浴していたせいもあってか一瞬でのぼせてしまいヘスティア達が探しに来られるまで湯船の中で二人抱きしめ合って……!!」

「えええ⁉　そ、そんなことがあったんですかぁ⁉」

「す、す、全て正夢のせいなのでございますぅ！　夢か現(うつつ)か判断できずぅ……！　あっ、あわよくば夢の続きのように溶けるまで抱きしめてほしいなんて邪(よこしま)なことは決して欠片もぉ――!!」

「ま、待ってくださいっ、詳しくっ！　その正夢詳しくぅっ――!!」

共感を引き出す筈が特大の爆弾を投下されて超絶混乱状態に陥るカサンドラ。

悲劇の予言者が用意したチョコザイ『正夢』共感作戦など卑猥狐の『淫夢』の前に粉微塵に破壊される。顔を真っ赤にして詳細を聞き出そうとする予言者の少女に、無垢淫乱女狐は頬を両手で押さえて耳の先まで赤熱するのだった。

「何やってるんだ、ヘッポコどもぉ!!」

「似た者同士はしゃいで、足を引っ張らないでください！」

「「ごめんなさい!!」」

間もなく女戦士と小人族から落ちる特大の雷。

謝罪の叫びを響かせる正夢シスターズ。

奮闘虚しく、カサンドラの努力はエロ狐の前に潰え、『下層』を目前とする24階層へと到達してしまうのだった。

顔からしばらく熱が引かなかったカサンドラはベルと春姫をちらちらと窺ってしまい、はっと再起動するまで集中力を乱していたとかいなかったとか。

14巻
風の言葉
電子書籍版購入特典
深層サバイバル
アニメイト・ゲーマーズ・とらのあな・メロンブックス共通店舗特典
イラスト：ヤスダスズヒト

風の言葉

「アイズさん、『深層』ってどんな場所なんですか?」

多分、軽い気持ちだったんだと思う。

でも、確かに聞きたかったことなんだと思う。

鍛練を繰り返すほどわかってしまう隔たりに焦って、見上げることしかできない高みに呆然として。けれど何もしないでいることは一番怖くて。

知ったって憧憬との距離は縮まりっこないのに、僕は彼女に尋ねていた。

「深層? ……怖い場所、かな」

周囲を包み込む青空。迷宮都市を囲む巨大市壁、その上部。

訓練を行ってぼろぼろになった僕を一瞥して、アイズさんはそう答えた。

「あそこに行った時、私は初めてモンスターが……ダンジョンが怖い、って思った」

「怖い、ですか?」

「そう」

今思えば、あの時のアイズさんは、ちょっと言いにくそうにしていた。

でもちゃんと答えようと、言葉を探してくれていた。

透明な眼差しで、真剣に。

「口で言っても、わからないと思う……でも行けば、わかる」

「……」

「もし……ずっと、ずっと先、君があそこに行けるようになったら、その時は――」

そうだ。

あの時は風が吹いていた。

あの人の綺麗(きれい)な髪が、舞い上がるように広がったのを覚えている。

それがどうしても思い出せなかった、風の記憶の続き。

「――『希望』を捨てないで」

その『希望』という言葉に、僕は首を傾(かし)げた。

「『希望』、ですか?」

「そう。地上に帰った後のことや、ジャガ丸くんを食べることでもいい。なんでもいいから、『希望』を持つ」

抽象的(ちゅうしょうてき)な表現に疑問を覚える僕に、アイズさんは説明してくれた。

「あそこのモンスターと、あそこの闇は、簡単に冒険者を追い込むから」

「……」

「本当に追い詰められた時、冒険者を生かすのは『魔法』とか、『技』じゃなくて……『希望』。諦(あきら)めない、意志」

「諦めない、意志……」

「……私は、フィン達にそう教わった」

最後の言葉は少し目線を逸して、こっそりと呟かれていた。

頬をうっすらと恥ずかしそうに染めるアイズさんに、僕は苦笑を浮かべた。

「私も……それを感じたことがある。敵を倒す、っていう気持ちじゃ駄目で……みんなに会いたい、とか、そんな気持ちが、『深層』を乗り越える力になる」

過去に思いを馳せるように、アイズさんはそこで頭上を見上げた。

まるで広がっている蒼穹を尊ぶように、あるいはお礼を言うように目を細めて。

アイズさんは、『深層』を乗り越えるためにそんな些細な『希望』を持つことが必要なのだと、僕に教えてくれた。

どこまでも広がる闇の中、光を灯すことができるのは自分の心しかないのだと。

あるいは、ともに肩を並べる頼もしい仲間しか。

「私が、『深層』でベルとパーティを組んでたら……私は、ベルに『希望』をもらう気がする」

「ええっ⁉」

「ベルは私を励ましてくれて……それでわちゃわちゃして、危なっかしい君を見て……あ、私も頑張らなきゃ、って」

僕は一瞬で舞い上がって、一瞬でがっくりと項垂れた。

そんな僕を見て、アイズさんは両の脚を抱えて、首を傾けながら、くすりと微笑んだ。

悪戯なんかしたつもりもなくて、ただ優しい目で、僕のことを見つめて。

本当に、本当に不本意だったけれど、落ち込んでいた僕はそれだけで、胸が温かくなってしまった。

自分でも単純だなぁって思うけど、この笑顔を見られて、すごく嬉しいって。

貴方の笑顔を、もう一度見たいだなんて。

そんなことが、今の僕の『希望』でもいいと思いますか、アイズさん――。


「……」

目を開ける。

美しい青空に包まれていた風の記憶から目を覚ますと、そこには茫漠の闇が広がっていた。

「クラネルさん、大丈夫ですか？」

「はい、リューさん……モンスターは？」

「周囲にはいないようです」

広間（ルーム）とも呼べない、奥まった壁の凹（へこ）みに小さな呟きの声が響く。

肩を寄せ合って壁に寄りかかっているリューさんに告（つ）げられ、僕はすぐに思考を回復させた。

37階層で行われた三度目の休憩（レスト）。

たった五分の睡眠（すいみん）は、一滴の雫（しずく）となって痛苦に喘（あえ）ぐ体を潤（うるお）してくれる。体の重みは消えないまま、けれど頭にかかっていた靄（もや）が晴れる。

まだ、まだ戦える。

これでまた、闇の中を進むことができる。

（アイズさん――ありがとうございます）

夢を見た。ずっと思い出せなかった、あの人の言葉の続き。

それを思い出せたことが、今の僕には何よりの収穫――かけがえのない『光』だった。

そうだ、『希望』を捨てるな。

『希望』を諦めるな。

神様のところに帰る。

みんなと一緒に。

シルさん達が待つ『豊穣（ほうじょう）の女主人』に帰る。

リューさんと一緒に。

アイズさんの笑顔も含めて、僕には沢山（たくさん）の『希望』がある。

それを全てかき集めて、この闇を照らす光に変える。

「行きましょう、クラネルさん。私が辺りを警戒する。交戦するその時まで、貴方は体力を温存してください」

隣で立ち上がろうとするリューさんに手を貸して、歩み出す。

肩を貸し、密着しながら、互いの息を溶かし、二人でかきわけていく果(は)てしない闇。そんな中で、僕はリューさんの声にアイズさんの言葉を重ねた。

この人の言葉も、全部『希望』に繋(つな)がっている。

この人の色褪(いろあ)せない『正義』が、僕に勇気をくれる。

アイズさんが教えてくれたこと。

リューさんが示してくれているもの。

それはきっと同じものだ。

(リューさんと一緒に……帰ろう)

この『希望』だけは手放さない。

どんな時も、これだけを捨てない。僕だけは。

そんな誓いを胸に刻みながら、僕はリューさんとともに『深層』を進んでいった。

深層サバイバル

これは、『水源』にありつく前にあった一幕。


「まずいですね……」

希望を求め、『深層』をさまよっている最中。

僕の肩に支えられるリューさんが、そう呟いた。

「何がですか、リューさん……？」

「冒険者の亡骸から装備を頂戴し、道具も、僅かですが食料も手に入りましたが……」

派手に変色した回復薬を服用した後、カビが生え渡った黒パンを我慢して食べ合ったばかり。

周囲を警戒しつつ尋ねると、リューさんは一度言葉を切った後、重々しく答えた。

「問題なのは……水分」

その単語に、ちょうど喉の渇きを覚えていた僕は黙りこくるしかなかった。

いくら昇華を重ねた超人的な上級冒険者だって空腹にもなれば舌も干上がる。人体の観点から見れば食糧より水分の方が重要、ともエイナさんに教わった。

この極限状態の生存闘争の中、水分不足は致命的だった。

モンスターとの連戦も重なり、首の中身をひりつかせる不快感が僕達を確かに苛んでいた。

「このまま水分を取らなければ、モンスター達と戦う前にどこかで力つきてしまう」

「37階層に、泉みたいなものは……？」

「存在しません。『岩窟の迷宮』と同じように、この層域には水源が存在しない。あったとしても、それは食料庫くらい」

僕の縋る思いを、リューさんは首を振って残酷に否定する。

ちなみに、食料庫の巨大石英から染み出す液体、モンスターの養分は人体にとって有害で、肌に浮かぶ水疱や強い嘔吐など症状が発生する。今、深層域のモンスターが集まる食料庫に赴けば即全滅するのは目に見えているし、どちらにせよ死の玄関口であるのは間違いない。

『深層』に落ちる前、あれほど水に溢れていた『水の迷都』がこんなにも恋しい。焦燥に駆られる僕が思わず唾を飲んでも、水に餓える喉はちっとも満たされはしなかった。

「…………」

リューさんは、思い詰めたように唇を引き結んでいた。

やがて、崇高な決心をしたかのごとく。

彼女は顔を上げ、頻りに何かを探し始めた。

「リュ、リューさん……？」

鋭い空色の瞳が、闇に満ちるダンジョンから何かを見つけ出そうとしている。

さまようことしばらく、ごつごつとした白濁色の岩肌が目立つ広間に差しかかった瞬間、リューさんは物陰に僕を引っ張り込んだ。

「……いた」

ひそめた声を出すリューさんの視線を追うと、巨大な岩壁に貼り付くモンスターがいた。

知識がなければ怪物と認識することも難しいだろう、形を持たない流動的な体軀（たいく）。

「あれは……『ウーズ』？」

それは『深層』より出現し始める液状のモンスターの名前だ。

冒険者達からは『スライム』とも呼ばれていて、そのドロドロとした粘液（ねんえき）はもとより、同じ種族の中でも赤、白、緑、など様々な色彩（しきさい）を持つ珍（めずら）しいモンスターだ。

「黄色粘液（イエロー・ウーズ）は駄目だ。酸を持っている。青の個体を狙います」

この広間は『ウーズ』が群生しているのか、迷宮の燐光（りんこう）のように壁面（へきめん）のあちこちに張り付き、色とりどりの光を発していた。

体の色によるけど、『ウーズ』の主な攻撃は粘液に含まれる毒や酸。

最悪なのは口や耳を通じて人体に侵入されること。窒息死（ちっそくし）ならばまだいい方で、体内を蹂躙（じゅうりん）されると、このダンジョンの中でも五指（ごし）に入るほどおぞましい死に方をするらしい。

動き自体はのろく、奇襲さえ気を付ければ滅多に追い込まれることはない。

むしろ苦労するのは倒し方と聞く。

液体である『ウーズ』は他のモンスターとは勝手が違う。

多くない倒し方には、『魔法』や『魔剣』で焼くか凍らせるか、あとは――

「――シッッ」

液体の内部に存在する『魔石』を、鋭い一撃で貫くか。

機を窺い、片足一本で飛びかかったリューさんが、地面を移動していた『ウーズ』の一匹に小太刀を突き刺す。流動する敵の肉体の中で、切っ先は的確に紫紺の結晶を貫いていた。

ぶるり、と震えた後、どろぉ、と。

モンスターが大きな水溜りとなる。

ウーズの肉体が『ドロップアイテム』となった『ウーズの液体』。そのままである。

「――えっ？」

僕の混乱は、そこからだった。

リューさんが素早く身を屈めて、冒険者の亡骸から頂戴していた荷物の一つ、煤けた水筒に『ドロップアイテム』を汲み始めたのである。

――まさか。

僕は、猛烈に、嫌な予感を抱き始めていた。

黙々と、いや感情を押し殺すように口を噤み、リューさんは水筒丸々の液体を回収した。硬直する僕に「撤収します」と声をかけ、モンスター達に気付かれる前に広間を後にする。

そして。

「火を」

嫌な予感は、的中した。

足を運んだ一つの『ルーム』。壁を壊して即席の安全地帯を確保した後、リューさんは真剣な顔で、僕を見つめていた。

片手にはあの『ウーズ』を詰め込んだ水筒。

屈んだ足もとには岩と『ドロップアイテム』で作られた即席の焚（た）き火（び）台。

僕の頬に、一筋の汗が伝（つた）う。

「……なにを、するつもりですか？」

「液体（ウーズ）を煮沸（しゃふつ）する」

「……煮沸して、どうするんですか？」

「飲むに決まっている」

卒倒（そっとう）しそうになった。

モンスターの肉体の一部を食べることに、僕達人類は酷（ひど）い忌避感を抱く。

人肉を喰らう食人俗（カニバリズム）という概念。あれとはまた違った、けれどもそれと同等の嫌悪感。

「私達が服用している回復薬（ポーション）や道具（アイテム）、それも原料に『ドロップアイテム』が用いられている。

何を今更言っているのですか」

いや、確かにそうなんですけど……！

『ブルー・パピリオの鱗粉（りんぷん）』のように回復薬（ポーション）の原料となって、結局人体に取り込んでいるわけだから、ひょっとしたら気の持ちようだけなのかもしれないけれど……それでも怪物（モンスター）の肉体がはっきりそのまま残ってる状態で摂取するというのは、やはり凄（すさ）まじい抵抗感があった。

しかも火って……僕の魔法（ファイアボルト）？

（いや、ちょっと、待って……！）

火打石の類（たぐい）がないことは理解している。僕の『魔法』が適任だということも理解している。

でも僕の『魔法』は、決して、決してっ、怪物（モンスター）を煮沸するために発現したわけでは……！

「早くしなさい」

「リュ、リューさんっ、待っ――」

「早く」

……目が据（す）わってる。

……本気だ。

モンスターの襲撃を警戒し、一秒も惜（お）しいという風のリューさんの眼光（がんこう）に、僕は屈服（くっぷく）した。

普通に撃てば、地面が抉（えぐ）られるどころか余波で僕達にも被害が及ぶ。

最大火力ならぬ、最小火力。もう何もかも初めての試（こころ）みである。うひゃー。

「ファ、【ふぁいあぼるとっ】」

不発じみた、とてつもなく気の抜けた砲声の後、炎（ほのお）が出る。

生まれた炎によって、ほどよく燃え上がる即席の焚き火台。

リューさんは無言で水筒を吊るし、宣言通り煮沸を開始した。

これが『深層』。

いや、これも『深層』。

……本当にそうか？　こんな別ベクトルの過酷が？　ちくしょう、もう意味がわからない。

極限状態の上に混乱が極まってつい言葉遣いが荒くなってしまうが、もう直す気力もない。

やがて完全に煮沸したと判断したのか、リューさんは熱々の水筒を僕に突き付けた。

「飲みなさい」

あれ、なんかすごい既視感……。

『腐った回復薬』を飲む時もこんなやり取りしたような……。

（……毒味、っていうわけじゃないんだろうなぁ）

一番負担のかかる僕の体を考慮して、優先して水分を取らせようと真面目に考えてくれているのだ。今はそのエルフの生真面目さが泣けてしまう。

僕は意を決して、ぐいっと水筒をあおった。

「おふっ……⁉」

粘液状の液体。喉を中々通り過ぎない。酷い飲み口。『腐った回復薬』と甲乙つけがたいほど……！　『耐異常』を持ってるんだから多少の毒物なんて余裕余裕、なんて言えないよ！

涙目になって咳き込んで、何とか念願の水分を補給すると、リューさんも水筒を手に取る。

一瞬ためらった後、一気にあおり、僕と同じように咳き込んだ。

「……【アストレア・ファミリア】が探索した時も、こんなことしてたんですか……？」

「する筈がない。同僚に押し付けられたギルドの文献で、過去これを試して凌いだ冒険者がいたという記述を思い出しただけです。……あとは、その小人族の同僚も試したようで……『お前等も地獄を味わえ！』と涙目で襲いかかってきた」

「……その後は？」

「撃退しました」

ですよねー。

息を切らして我を見失っているのか、声真似をするなんて珍しいリューさんを見る。

やがて、彼女は追憶に耽るように、目を細めた。

「彼女の『知恵』のおかげで、生き繋げましたね……」

穏やかな目をしたリューさんは、もう一度水筒に口付けようとした。

けれど、ぴたりと。

水筒の飲み口を凝視して、動きを止めた。

「あっ……」

僕も気付いた。

これって、いわゆる間接ほにゃらら……。

「……エ、エルフって、そのっ……そーいうことは、大丈夫なんですか……？」

「……クラネルさん、ここは『深層』です。状況を考えてください」

「す、すいませんっ」

ごもっともな意見に、すぐに平謝りする。

リューさんはまるで何事もなかったように水筒に口付け、「行きましょう」と先へ進むのを促すのだった。

（大丈夫なわけが、ない……）

ベルに肩を貸してもらうリューは、赤くなった顔を隠すのに必死だった。

こんな極限状態の中で生娘のような反応、してる場合ではない。

こんな恥じている姿、ベルには見せたくない。

リューは胸の奥の羞恥と戦いながら、すっかり火照った耳を冷ますのに苦労するのだった。

15巻

良妻賢母だからね、仕方ないネ
とらのあな店舗特典

ちょっと遅くなった『約束』を
アニメイト店舗特典

アドバイザーと幼女神(ロリ)が飲みにいくとこうなる
メロンブックス店舗特典

少女の知らない鍛冶場の裏話
ゲーマーズ店舗特典

イラスト：ヤスダスズヒト

良妻賢母だからね、仕方ないネ

「がっふ、がっふ！」

獣(けもの)のような声とともに、凄(すさ)まじい勢いで料理が口の中にかきこまれていく。

「……ほあー、よっぽどお腹(なか)が空(す)いていたんですねぇ、ベル様……」

「……ワイルドだぜぇ、ベル君……」

食べまくって食べまくる少年の姿に、ヘスティアとリリは目を丸くしてしまった。

『遠征』から帰還して、ベルが目を覚ました後のこと。

リューとともに深層域から救出され、『バベル』の治療施設に運び込まれたベルは、男神(ヘルメス)の計(はか)らいもあり、すぐに【戦場の聖女(デア・セイント)】アミッド・テアサナーレの治療を受け、一命をとりとめた。

そして、今は久方ぶりの地上の食事。

四日間、碌(ろく)に飲まず食わずだった冒険者は無我夢中(むがむちゅう)で料理を貪(むさぼ)っているというわけである。

決して大食らいではないベルの荒々しい食事風景は、何と言うか新鮮だった。大人(おとな)しい少年が目の色を変えてパンや肉を頬張(ほおば)っていく。今にも食器(フォーク)を投げ出して直接手(て)で鷲摑(わしづか)みしそうな勢いだ。それと同時に、頬を膨らませ料理をかき込む姿は、野菜をもしゃもしゃモフモフする腹ペコの『兎(うさぎ)』を彷彿(ほうふつ)させた。キュン、と胸を高鳴らせる幼女(ロリ)と幼女(ロリ)。二人のベル専用の萌(も)え得点(ポイント)が100加点(アップ)！

しかし、そこで「はっ！」と二人は同時に気が付いた。

片腕――破壊者に散々痛めつけられた左腕――を使えないベルは、当然というか必然、料理をポロポロ落とし、口もとを汚していた。

――これはベル君（ベル様）を甲斐甲斐しくお世話する好機！

ばっと互いを見据えるヘスティアとリリの間で激しい火花が散る。

「ベル君をお世話してイイ雰囲気になるのはボクだー！」

「邪念が漏れてますヘスティア様！　そんな人にベル様への『あーん』は渡せません‼」

キーキー！　と本人をそっちのけで女の戦いを勃発させるヘスティア達だったが、

「大丈夫でございますか、ベル様？　じっとしていてください、お口が……」

「あ、す、すいません……春姫さん」

一緒に見舞いに来ていた春姫が、欠片の邪念もなく、心配そうに甲斐甲斐しく寄り添った。

左半身を支えられながら、手拭いで口もとを優しく拭かれるベルはつい赤くなる。

ぴたりと動きを止め、先を越されたヘスティアとリリはその光景をじっと見つめ――

「「グハーッ⁉」」

深窓の姫、もとい生粋の良妻賢母っぷりに、ヒロイン力で大敗を喫したヘスティアとリリは仲良く一緒に引っくり返った。

ちょっと遅くなった『約束』を

長い妖精の動揺を経て、少しだけ少年との『距離』を取り戻せた後。

リューはやはりミアにしこたま怒られた。忙しい夜の営業中に客の少年と抜け出してしまったのだ。装身具の上から強烈な拳骨を頂戴し、膝が崩れ落ちるのも致し方ないことである。

閉店を迎えた深夜、少年も巻き込んで店の後片付けを命じられるのも、仕方のないことだ。

「すいません、ベル……私のせいで」

「大丈夫です。僕もアリーゼさん達の話、せがんじゃいましたし」

テーブルを片付けながら沈痛な表情で謝ると、同じく椅子を片すベルが苦笑してくる。

珍しいリューの失態に同僚達は愉快そうに笑い、後片付けせずに済むことを喜んでさっさと帰っていった。少年の派閥も「主神様には俺が話しといてやる」とヴェルフが兄貴分の笑みで仲間を連れ立って帰路についた。リリだけは不服そうだったが。

そしてシルは……リュー達の顔をじっと見た後、小さく笑って、やはり帰っていった。

「終わったかい、不良娘ども？」

明日の仕込みのため一人だけ残っていたミアが、扉の奥から顔を出す。

もう波風を立てぬよう終了の報告をしようとすると……なんと、ベルが『交渉』を始めた。

「あの、ミアさん……ちょっと『お願い』を聞いてもらえませんか？」

「この期に及んでお願いだって？　いい度胸してるじゃないか、坊主」

じろり、と睨まれて汗を流すベルだったが、おずおずと『お願い』を口にする。

「ミアさんの温かいご飯……食べさせてほしいんです。リューさんと一緒に」

リューは驚いた。ミアも少し面食らった。少年は、そのまま『代金』を差し出した。

「下層へ行く筈だったのに、『深層』へ行っちゃった『冒険話』……聞かせますから」

酒場で振る舞われる『冒険話』は、ある意味どんな料理や酒より『ご馳走』だ。

周囲の客や、酒場の店主がねだってやまないくらいに。

「……いいだろう。まかないをたらふく食わせてやるよ！」

とっておきの『冒険話』に、にやりと笑い、ミアが厨房へと引っ込んでいく。

その後ろ姿を唖然としたまま見送ったリューは、やはり呆然としながら隣のベルを見た。

「……あの時、リューさんと、約束しましたし」

ミア母さんの温かなご飯を食べたい。じゃあ一緒に行きましょう。

確かにリューとベルはそんな約束を交わした。体を温め合いながら、二人っきりで。

照れ臭そうに笑うベルに、リューも――頬を穏やかに染めて笑った。

「ありがとう、ベル……とても嬉しい」

やがて振る舞われたミアのとっておきの米料理は、とても温かく、幸せな味がした。

アドバイザーと幼女(ロリ)神が飲みにいくとこうなる

「ベル君の話……聞いたかい？」

「はい、聞きました……」

酒場である。周囲では冒険者達が大いに酔って騒(さわ)いでいる中、隅の二人掛け席で向き合うヘスティアとエイナの口調(くちょう)はどこか重い。というか、覇気(はき)がない。とてもとても疲(つか)れている。

ギルドの業務を終えたばかりの宵(よい)の口(くち)。エイナは珍(めずら)しくヘスティアに飲みに誘(さそ)われていた。

他でもないエイナの担当冒険者、もといボク等(ら)の困(こま)った少年(ルーキー)の苦労話をするためである。

「下層域の『遠征』に送り出したつもりなのにさぁ、『深層』に突っ込んじゃうしさぁ。いや不可抗力だってのはわかってるんだけどさぁ……」

「すごく、わかります……」

「八回どころか、もう絶対二十回は死にかけただろコレ、っていう能力(ステイタス)の伸びでさぁ……」

「私も彼の口から能力値(アビリティ)評価を聞いて、テーブルに突(つ)っ伏(ぷ)しました……」

「あー、やっぱりー？」

グビ、グビッ、ふう……。

酒の杯(ジョッキ)をあおったエイナとヘスティアは深い吐息(といき)をつく。

それはベルという冒険者の『現状』と『軌跡(きせき)』を知る二人だからこそ共有できる苦労と気疲

れであった。お互い、とてもとても親近感がわいてくるほどである。

別段、ベル本人が悪いというわけでは決してないのだが……。

「天性の巻き込まれ体質というか、お人好し過ぎて困ってる子を見捨てられないせいで……」

「でも、それが彼たる所以といいますか……ベル君の一番いいところだと思います」

「お、わかってるじゃないか、アドバイザー君！　どれ、もっと飲みたまへ！」

けれど気が付くと、苦労話はいつの間にか『惚気話』に移行していた。

互いの声も弾み出し、少年のどこが可愛い、またはカッコイイかと盛り上がり始め――

「なに言ってるんですか、神ヘスティア!!　ベル君の一番の魅力はギャップ！　普段は頼りないくせに、いざという時は逞しくなるのが最高に決まってるじゃないですか！」

「いいや、違うね!!　ベル君の胸キュンポイントは泣きながら笑う時のあの表情だ！　男の子してるベル君こそが至高だと何故わからないいいいいいい――――ッッ!!」

――最後は『ベル・クラネルのどこが最萌えポイントか』という論争に発展した。

酒も手伝って感情が最高潮に達する半妖精と幼女神の言い合いに、先程まで騒いでいた周囲の冒険者達もげんなりとする。

二日酔いの頭痛と引き換えに、この日の記憶がお互いに吹っ飛んでいたことは、エイナにとって幸いだったのかもしれない。

少女の知らない鍛冶場の裏話

「リリルカ・アーデが【ランクアップ】を？」

フィン・ディムナは、軽く目を見張った。

周囲でかき鳴らされるのは甲高くも激しい金属の音だ。多くの職人が荒々しい楽曲を奏でるように鎚を振り下ろし、無数の火花を散らしている。

火が炉の中で荒ぶる作業場。【ゴブニュ・ファミリア】の『工房』である。

「ああ……つい先日、ここへ武器を注文しにきた」

フィンに答えるのは鍛冶神のゴブニュ。【勇者】が修理に出していた専用武器《フォルティア・スピア》を新品同然にして手渡しながら、静かに語る。

「本来、客の情報は口外しないが……お前には伝えておこうと思った」

フィンは装備に関しては【ヘファイストス・ファミリア】より【ゴブニュ・ファミリア】によく世話になる。自然、主神であるゴブニュとの交流も長いものとなっていた。

その上で、ゴブニュもフィンの『野望』は知るところだ。小人族の『光』となって一族を再興させようという彼の望みを。

たった一人、だが久方ぶりに高次の階段を上り『器』を昇華させた同胞の情報は、フィンにとって何よりの朗報であり、自分の成長より喜ばしいことであった。

「そうか……嬉しいな。しかも彼女がだなんて」

そして、これはゴブニュが与（あずか）り知らないことだが。

フィンは過去にリリへ求婚している。当時から彼は彼女のことを目にかけ、評価していた。

言葉の端々に親愛や称賛を滲（にじ）ませながら、小人族（パルゥム）の勇者は己の碧眼（へきがん）を細める。

「神ゴブニュ。よければ彼女の専用武器（オーダーメイド）、余った僕の武器素材を使わないか？」

「……こちらとしては構わんが、いいのか？　お前の武器はオラリオでも手に入ることのない稀少（きしょう）な素材。作ったとしても、お前に見返りがあるわけではないだろうに」

「彼女達には色々と借りがあるんだ。これで返したとは思わないが、これくらいの誠意は示したい」

「……」

「何より、勇気ある同胞に『花束』を贈りたい。いいや、この場合は『胡桃（くるみ）』かな？」

どうかこのことは内密にと、片目を瞑（つむ）りながら茶目（ちゃめ）っ気（け）たっぷりに笑うフィンに、無愛想（ぶあいそう）で知られるゴブニュは、珍しくフッと笑んだ。

用いられる素材は超稀少採取物『誓樹（せいじゅ）のウォールナット』。

後日完成した第一等級武装に迫るリリの武器の名は、その『所縁（ゆかり）』にも因（ちな）んで栗鼠の胡桃撃ち（スキウルス・ウォールナット）と、そう名付けられるのだった。

16
16巻
目撃者　～ポンコツエルフの場合～
アニメイト店舗特典
目撃者　～ハーフエルフの場合～
メロンブックス店舗特典
目撃者　～アマゾネスの場合～
とらのあな店舗特典
目撃者　～戦闘娼婦（バーベラ）の場合～
セブンネットショッピング店舗特典
目撃者　～予言者の場合～
ゲーマーズ店舗特典
事故を装ってダンジョンに出会いを求めるのは間違っているでしょうか
電子書籍版購入特典
イラスト：ヤスダスズヒト

目撃者　～ポンコツエルフの場合～

リューは動じていた。

「嗚呼、シル……！　年頃の娘が殿方と腕をか、か、絡めるなんてっ……！」

物陰から少女と少年を尾行し、顔を真っ赤にしたり耳を赤熱させたりを繰り返しながら。

彼女のすぐ側では「シルは本気ニャ！　あれは鼠を獲る猫の目ニャ！」「【剣姫】と出くわして『お、修羅場か⁉』って期待したんだけどなー！」「シルはやっぱり魔女ニャ！」などと、アーニャ、ルノア、クロエが銘々に盛り上がっている。

女神祭初日、豊穣の女主人による『シルのデートを見守り作戦』は今も続けられていた。

（あんなに身を寄せてはシルの胸が……！　あぁ、やはりベルの顔も赤くなっている！　はしたない！　ベルもシルもはしたない‼　私が同じ立場なら、あのようなことは決して……！）

シルの大胆な行動（注・エルフ基準）にリューが煩悶していると――ソレは起こった。

「うわっ！　シルったら抱きついた！」

「なっ――⁉」

器用に小声で叫ぶルノアの言う通り、シルが正面からベルに抱きついていた。

普段のリューならば、少女が少年の耳もとで『取引』を囁いているのに気付いただろうが、生憎今の彼女は普段の冷静沈着妖精ではない。

往来の真ん中で！　衆目に晒されながら！　男女が抱き合うなんて！

いかがわしい！　なんて破廉恥な！

私だって、彼とは肌を寄せ合って体を温めただけなのに――

「――あぁぁぁぁ……！　あぁぁぁぁぁぁぁぁぁぁぁぁぁぁぁぁぁぁぁぁぁぁ…………!!」

ダンジョンの『深層』でもっと恥ずかしいことやってたー！

緊急事態だったとはいえー！　お互いほぼ裸で抱き合うとか彼にはもう責任とってもらわないといけない案件しでかしてるー！

頭の中で弾けるような笑みで親指を上げるアリーゼと、ニヤニヤと下衆な笑みを浮かべる輝夜とライラ達の幻影がー!!

「リューは何してるニャ？」

「ポンコツ」

「ただのポンコツエルフ」

その場で蹲って真っ赤な顔を両手で覆うリューに、アーニャが首を傾げ、ルノアとクロエがすんごく雑に回答を放る。

放っておけば恥辱のあまり顔を覆ったままゴロゴロと転がり出しかねないエルフの襟を掴んで、ズルズルと引きずりながら、ルノア達は少女と少年の尾行を続けるのだった。

目撃者　～ハーフエルフの場合～

エイナは疲れていた。

「女神祭はやっぱり大変だね……」

「もうあっちこっちに駆り出されて、やってもやっても終わらないよ～！」

同僚のミィシャの泣き言に苦笑しつつ、野菜が詰まった麻袋を何往復も運んでいく。

女神祭に限らず、怪物祭(モンスターフィリア)などの催しの度に、ギルド職員は重労働を課せられる。諸方面の手続きや各設備の手配は勿論(もちろん)のこと、憲兵を務める【ガネーシャ・ファミリア】との綿密な打ち合わせ、娯楽好きの神々が羽目を外さないように釘(くぎ)を刺す勧告、他国・他都市の要人来訪の歓迎。例を挙げれば枚挙(まいきょ)に暇(いとま)がない。

何よりオラリオは広過ぎる。民間から有志を募ったとしても、超巨大都市の行事を安全に成功させるためには人手は不可欠で、各職員の拘束時間も厳しいものとなる。

「でも、明日は休みで良かった～。去年なんて一度もなかったもんね～」

「でもその代わり、私達は他の催しの時はお休みもらってたでしょ？」

「そうだけどさぁ～」と、桃色の髪を揺らしながらミィシャが唇を尖(とが)らせる。

かと思えば、ぱっと表情を変え、笑顔で尋ねてきた。

「エイナは明日、予定あるのー？　一緒にお祭り回るー？」

「ええと、私は……」

ミィシャの申し出は素直に嬉しかったが、エイナは咄嗟に言い淀んだ。

（ベル君、明日とか予定空いてるかな……？ い、いや別にっ、これっっっっっっっぽっちも疚しいことなんてするつもりないけど！）

少しでも可能性を探ってしまうのは、自分の想いを持てあましているせいなのか。

祭の準備のため多忙過ぎて連絡はできなかったが、叶うなら回りたい、とは思う。

これまでの『女神祭』は「あー忙しいなー書類は片付けないといけないし楽しむ暇もないなーそういえば隣の部署のナタリーが男の人とお祭りを見て回るって言ってたけどこういう時って何するんだろうなーやっぱり夜景を見ながらご飯とかなのかなー」などと他人事のように思っていたが、いざ自分のこととなると顔に熱が集まって考えがまとまらない。

ただ、防具を新調しようと少年の買物に付き合った時のように、二人一緒に楽しめればそれで――と笑みを漏らしていた、まさにその瞬間。

「あ、弟君だ！ なんだかすっごい可愛い子と一緒にいる――――って、エイナァ!?」

ドサドサドサッ!! と、
抱えていた麻袋を落とし、沢山の南瓜が石畳を転がっていく。

仲睦まじげに手を繋いでいる少年と少女を見て、エイナの思考は完全に停止した。

目撃者　～アマゾネスの場合～

　ティオナは楽しんでいた。

「お祭りってやっぱいいねー！　アイズとレフィーヤも一緒に行けたら良かったのに！」

「あんたの馬鹿みたいな食べ歩きに、付き合える筈(はず)ないでしょう」

　ともに歩く姉のティオネにぼやかれながら、唇についた食べかすをペロリと舐(な)め取る。

　パレオの上に巻いた腰帯には各メインストリートの紋章(ワッペン)が全て揃っており、

「すげぇ」「完全制覇(コンプリート)……」「どんだけ食ったんだ……」

　と、すれ違う者達から畏怖の眼差しが集まるほどだった。

　ティオネの言葉通り、ティオナは『女神祭』の食べ歩きを堪能(たんのう)していた。一〇〇〇ヴァリスの紋章(ワッペン)さえ購入すればパンも野菜も果物も食べ放題などという催し、健啖家(けんたんか)である彼女からしてみれば楽園に等しい。

　お腹も満足し、頭の後ろで手を組んで、満悦の笑みを浮かべていると――

「んんー？」

　薄鈍色(うすにび)の少女と寄り添っている白髪の少年の姿が、視界の遥(はる)か先に見えた。

「【白兎の脚(ラビット・フット)】と、あっちは確か『豊穣の女主人』の……」

「えー！　あれ⁉　なんで⁉」

目を丸くして声を上げるティオナを、耳を指で塞いだティオネが不機嫌そうに睨(にら)む。

「なんでって、別にあんたの雄ってわけじゃないでしょう？　18階層や戦争遊戯(ウォーゲーム)なんかで一緒にいただけじゃない」

「うーん、そうだけどぉ……。アルゴノゥト君は、アルゴノゥト君だから……アイズとか、あたし達と……」

もごもごと口を動かす。

快活で、単純で、何でも直球で物事を言う少女が、今だけは珍しく答えられない。

自分の感情を言い表せないティオナは、しかし、すぐにいつものように明るく笑った。

「ま、いいや！　あたしもアルゴノゥト君のところに行ってくるね！」

「どうしてそうなるのよ……」

何も考えず、無邪気に走り出す。

ティオナは軽い足取りで、少年の背中に抱き着こうとした。

――しかし、娘(シル)の逢瀬(おうせ)の邪魔はさせんとばかりに、黒妖精(ダーク・エルフ)と小人族(パルゥム)の四つ子が彼女の前に立ちはだかり、ティオネも巻き込んで一騒動が勃発するのだが、それはまた別の話である。

アマゾネス姉妹と衝突したことで、黒妖精(ダーク・エルフ)と小人族(パルゥム)達が少女(シル)達の逃走を許してしまったのも、別の話だ。

目撃者　～戦闘娼婦（バーベラ）の場合～

　アイシャは驚いていた。

「なぁ、アイシャ。あれ、【白兎の脚（ラビット・フット）】じゃないか？」

「なんだって？」

　前所属派閥（もとイシュタル・ファミリア）のサミラ達とともに、女神祭で『雄漁り』をしていた彼女は偶然、仲睦まじく歩くベルと薄鈍色の髪の少女の姿を見かけたのである。

「春姫（ハルヒメ）のやつ……何やってるんだ。さっさと食わないと持っていかれるとあれだけ言ってやったのに、案の定出（だ）し抜かれているじゃないか」

　手を繋いで笑い合うベル達の姿はまさに恋人（カップル）のそれだ。

　ベルは着飾った上に髪型まで変えており、それ以外の関係性など疑えない――実際は派閥（ファミリア）の危機に晒され死ぬ気で修得（マスター）した紳士形態（ジェントルマン・フォーム）であるが――。

　もはや狐（きつね）の妹分に残された道は横恋慕か略奪愛、あるいは寝床に忍び込んでの『捕食』だと、アマゾネスの悍婦（かんぷ）は嘆きに嘆いた。

「……ん？　坊やの女、あれは確か【疾風】の……」

　そこでふと気付く。

　今も甘い眼差しで少年だけを見つめている街娘は、酒場の妖精（リュー）の同僚だと。

それこそ『異端児』事件が起こる直前、春姫とともにベルを食べようとしていたアイシャ、そしてシルを伴侶にしようとしていたリューは対立し、一悶着を起こしたことがあった。

（あのエルフの陣営に負けるのは癪だねぇ。それに……あの女、獲物を自分のモノにしたら絶対に誰にも渡さない。坊やを隠して、独占して、甘く貪り続ける……そんな匂いがするよ）

出会った当時こそ何とも思わなかったが――今、あの幸福そうな横顔を見て、アイシャは確信した。

少女の『本質』を。

どれほどベルに想いを寄せ、執着し、求めているのかを。

美しく無邪気な『花畑』、あるいは愛を絡め取る『蔦と棘』の化身。

冒険者ですらない少女をつかまえておかしな話だが、双眸を鋭く細めたアイシャは、そう感じ取ってしまった。

「ありゃ春姫には荷が重い……仕方ない、引き剝がすか」

「おっ、なんだアイシャ？　【白兎の脚】を食うのか？」

「ああ。ベル・クラネルを狙ってるのは私も同じだからね」

そもそも、ベルに目をつけているのは街娘だけではないのだ。

アイシャだって歓楽街でばったりと出くわしたあの日から『雄』の香りを感じ取っていたし、その後は憎らしくも雄々しくベルは自分を倒して春姫を奪っていった。自分を倒した男に心惹かれやすいアマゾネスの中で、アイシャも決して例外ではない。

今、オラリオで誰と最も交わりたいかと問われれば、アイシャ・ベルカは「ベル・クラネル」と真っ先に答えるだろう。散々男を泣かせては貪ってきたアイシャだが、ベルの子なら産んでやってもいいと、そうも思っている。

『世界の中心』たるオラリオの中で数多の雌があの雄を狙い、『争奪戦』を繰り広げている。

あるいは、誰もが本能で理解しているのかもしれない。

次に生まれる『英雄』が誰なのかを。

「よし、行くよ！」

「ああ、アイシャ！」

街娘達を護衛もとい監視している【フレイヤ・ファミリア】と激突するまで、あと三十秒。


「あの兎、フレイヤ様以外の女にも狙われ過ぎだろ」

「途中まで殺意覚えてたけど今は気の毒に思えてきた」

「「「それな」」」

第一級冒険者を含め、白兎に接触を図る数々の刺客を防いでは退ける小人族四兄弟の間で、そんな会話があったとかなかったとか。

目撃者　～予言者の場合～

カサンドラは上の空だった。

（ベルさん、カッコ良かったなぁ……）

ほぅと熱がこもった息をつき、『少年とデートした記憶』を振り返る。

「礼を言う。どうかまた我々の店に来てほしい。待っているぞ」

「『はーい！　ミアハ様！』」

彼女の隣では、男神の笑みが女子供に黄色い声を上げさせていた。

リボンが巻かれた小瓶を購入した無所属の一般人を、ミアハはにこやかに見送る。

「ふふ、さすが『女神祭』……どんな商品だって飛ぶように売れる……」

「すっごく薄めた回復薬を果汁で味付けしただけじゃん……道具屋としてどうなの、それ？」

「馬鹿を言わないでほしい、ダフネ。これは果汁薬。歴とした私達の派閥の新商品……」

例外なく祭りで賑わう街路の一角。カサンドラを含めた【ミアハ・ファミリア】も、しっかり女神祭の商機に便乗していた。寂れた裏道にぽつんとたたずむ本拠兼本店の『青の薬舗』で待っていても客など訪れっこない。故にこうして移動型の屋台まで用意して――購入せず幼女神達や武神達と協力して作製して――街へ繰り出していた。

「普段は手が出ない高価な回復薬を、市井の人にも知ってもらいたい……薬師には冒険者への理解を示してもらうという、高尚な義務がある……」

「よく言うよ……」

口端を上げるナァーザにダフネが嘆息する中、ミアハがそこで、小首を傾げる。

「ところで……先程からカサンドラはどうしたのだ？　心ここにあらずと思いきや、何度も身をよじって。ふむ、顔も赤いな」

「あー……前の探索でばったり出くわした【白兎の脚（ラビット・フット）】と、色々あって……」

ミアハの疑問に「放っておいてください」とダフネが無関心そうに返答する。

当の本人カサンドラは、両手で頬を挟んで今も身悶（みもだ）えていた。

（あぁ、宿場街（リヴィラ）でベルさんと一緒に買い物できるなんて……あ、あれはやっぱりっ、デートかな⁉）

女神祭前日のことである。まさにカサンドラにとって『前夜祭』のような出来事だった。

ダフネと迷宮探索をしていた彼女は18階層で出くわしたベルに誘われるがまま、ちょっとした買物を楽しんだのだ。迷宮の冒険者の街とはいえ、好意を寄せる異性と楽しめるなら、恋する乙女（カサンドラ）にとってそこはいくらでも逢瀬の遊所（デート・スポット）になり得た。

「ベルさん、何だかいつもと違って、頼もしくて、優しくて……本当に素敵だったぁ……」

頬を桃色に染め、空を見上げながら、えへへ、と囁くような声で笑う。

普段は幸の薄い雰囲気を醸成する筈の彼女の桃色空間は、ナァーザが激しく胡乱（うろん）な目を向けるほどだった。

——カサンドラは知らない。

ヘディンが涙目のベルを脅し、強制的に18階層で『実戦訓練』を積ませていたことを。迷宮で行うことで地上への情報漏洩を防ぎつつ——シルの耳に入らないようにしつつ——カサンドラの他にも沢山の女性に声をかけさせては先導の『予行演習』をさせていたことを。

（でも、昨日はちょっと不吉な予知夢を見たような……小悪魔な魔女が白兎に何度も頬擦りして、最後は食べちゃう夢を——）

その時だった。

カサンドラ達の目の前を、男女のように手を繋いだ少年と少女が横切っていったのは。

「今のはベルと、酒場の……？　わーお、ヘスティア様に怒られないかな……」

「まるで婚約前みたいな、ただならぬ雰囲気だったけど——って、カサンドラァ⁉」

ふらり。どしゃり。

意識が急速に遠のいたカサンドラの体が、音を立てて崩れ落ちる。

（私の馬鹿ぁ……浮かれすぎて予知夢の回避を怠ってぇ……あぁ、お告げの通り——）

主神が「あれは……」と薄鈍色の髪の少女を見つめ、ダフネ達の悲鳴が響く最中。

目尻に涙を湛えたカサンドラの意識は、衝撃のあまり急速に遠のいていった。

事故を装ってダンジョンに出会いを求めるのは間違っているでしょうか

それは、師匠に拉致されて、時間感覚がおかしくなり始めていた頃。

超高級な宿の中で激烈拷問を受けていた僕に、見目麗しいエルフは告げた。

「ダンジョンへ行くぞ」

「へっ？」

突然の命令に、既にズタボロで朦朧としていた僕は、間抜けな声を出した。


ヘディンさんに改造……いや調教……いやいや転生……もう改造でいいや……と、とにかく、『女性に対する心構えから淑女への先導の基本中の基本』をエイナさん以上の酷烈かつ突貫で叩き込まれて、丸二日。

僕は本当に一睡もさせてもらえないまま――Ｌｖ．４なら五徹は容易いと蔑まれた――いきなり『先導の実習』をすべく、ダンジョンに連れてこられた。

「あの、師匠……どうして先導の実習で、ダンジョンに来るんでしょうか……？」

「地上で軟派な真似をして、シル様の耳に入ったらどうするつもりだ阿呆が。逢瀬の前から彼女を悲しませる気か、間抜け」

「はい、すいません……」

「ただでさえ貴様は今、都市(オラリオ)では注目の的なのだ。目立った真似をすればあっという間に情報は拡散する。自分の立場を少しは考えろ、愚兎(ぐさぎ)」

「はい、ごめんなさい……」

厳しさの他に厳しさしかない口撃(こうげき)を前に、虚(うつ)ろな目の僕が口にできるのは謝罪だけだった。

人の尊厳？　主従関係の前では無駄だよネ。

「でも、ダンジョンで先導(リード)って……まさかモンスター相手にするんですか？　どうやって雌(メス)って判断すれば――」

「私を愚弄しているのか愚兎(ぐさぎ)」

「――ぎぴぃ!?」

口撃の他にも容赦なく体罰を行う師匠(マスター)の蹴りが腰に直撃し、僕は壁に叩きつけられた挙句、地面にべちゃり！　と倒れ伏した。ひょっとしなくても能力(ステイタス)の耐久(アビリティ)めちゃくちゃ上がってるんじゃないかナ!!

僕は無様な体勢で「ごめんなさいごめんなさいごめんなさい!!」と何度も平謝りした。

「モ、モンスターじゃないとしたら……もしかして……」

ああ、と眼鏡の位置を直しながら、師匠(マスター)は言った。

「残り三日はダンジョンにこもる。モンスターと女をひたすら狩る」

「えっっ⁉」

「貴様いま何の妄想をした屑（クズ）」

「どふぅ⁉　ご、ごべんなざぁいっ⁉」

二度目の蹴りを頂戴しつつ謝ると、師匠（マスター）は学習能力のない畜生を蔑むような目つきで見下しながら、方針を提示した。

「女の冒険者を、貴様の練習台にするということだ」

さらりと知らない他人を練習台と告げる師匠（マスター）に汗をかきつつ、僕は納得する。

さっきの師匠（マスター）の話じゃないけど、地上なら目立つ真似も地下迷宮（ダンジョン）の中なら、まぁ話題にはならないかもしれない。悪評はすぐに広まるものだけれど、冒険者同士の揉事（トラブル）は日常茶飯事だ。僕が下手を打ったとしても、少なくとも『女神祭』が始まるまでに地上に伝わったりはしないだろう。……同業者の間ではわからないけど。

「ええっと、それじゃあ同業者の女性の方に、片っ端から声をかけるってことですか……？」

「そんな非効率な真似をするか。何のために『中層』に来たと思っている」

そう。

今、僕達がいるのは中層域――ダンジョン13階層。

『上層』との境目である『岩窟の迷宮』だ。

「広く、かつ深い迷宮の中で、死者が最も出る層域はどこだ?」

「えっ?　えーと……『上層』、ですか?」

「そうだ。冒険者の駆け出し、才能がなければ努力も準備も怠る有象無象。増長した者、逸った者、運に見放された者から始まりの階層で死に絶えていく」

内心正解したことに死ぬほど安堵しつつ、先を歩く師匠に付いていく。

師匠の言う通り、『上層』は最も死者が多い。

オラリオでは冒険者の約半分が下級冒険者と呼ばれており、1階層から12階層で『事故』は集中する。『中層』以降の方が厳しい環境には違いないけれど、そもそも『分母』が違う——エイナさんはそんな風に言ってたっけ。

事故の『質』は中層以下の方が上で、『数』そのものは『上層』が圧倒的。

僕の中ではそんな心象だ。

「では、『上層』を除いた時、次に『事故』が起きやすい階層は?」

「……中層、ですよね?」

「私は階層と聞いた。抽象化せず具体化しろ、愚兎」

背後を見ずに指で弾かれた小石がデュクシ!　と僕の額に直撃する。

「ちょあああ……!?」とおでこを押さえ奇声を漏らす僕を無視しながら、師匠は無能な生徒の代わりに解答する教師のように告げた。

「答えは、『上層』からはっきりと攻略難易度が上がる、この13階層だ」

ダンジョンの通路を闊歩（かっぽ）しながら、更に続ける。

「今からお前が練習台にするのは、ここで『事故』に遭う哀れな女冒険者どもだ」

「へっ？」

「吊り橋効果でお前の印象値を最初から高め、疑似デートに持ち込みやすい形を作る」

そこまで言われ、あっ、と僕もようやく納得した。

確かに僕に、見ず知らずな女の人に対して男神様のような『ナンパ』はできっこない――いや知っている人にも無理だけど――。でも相手が心を許してくれる可能性があるなら、女性にあまり免疫のない僕が誘っても、何とかなるかもしれない。

……というかこれ、もしかして『ダンジョンに出会いを求めて～』とか言ってた頃の僕が夢見ていた状況（シチュエーション）の一つではないだろうか？

「『上層』では同業者が多過ぎる。悪目立ちする可能性が否めん。何より難易度（レベル）が低いあの層域でのうのうと探索している雌豚（メスブタ）共は往々にして頭が軽く、品性が足りない。仮想シル様と見なすこと自体無礼（ぶれい）だ」

（何気にめちゃくちゃ酷い……）

「お前も頭は空（カラ）だが、優良物件には違いない。『中層』を根城にする女どもも少しは浮かれるだろう」

（そして僕にも酷い……）

胸をザクザク抉られつつも、師匠の意図はわかった。

現在、こうして『正規ルート』を移動している理由も。

迷宮の中で冒険者の通行が多いのは、次層へ最短で行ける正規ルートだ。次層へ行く気がない【経験値】目的の冒険者も、もしもの時は同業者に助けてもらえるよう正規ルート付近でモンスターを狩ることが基本的に多い。

もう三日後に迫った『女神祭』、更に地上で目立ったことはできないという悪条件で、色々考えてくれた故の訓練なのだろう。

だけど僕達、真面目にダンジョンで探索している人を利用しようとしているのか……。

「間抜け面を晒しているな。来たぞ」

「！」

やる前から自己嫌悪の沼に浸っていると、師匠は音もなく物陰に隠れていた。

僕も慌てて壁際に寄ると、師匠の視線の先、四人組のパーティがやって来るところだった。

「ヒューマン男二、半妖精男一、そしてエルフの女一。ちょうどいい」

「さ、さすがにあれは無理なんじゃあ……。女性は一人だけで、男性の方が多いですし……」

「いや、男三人は女に全員気があり、牽制し合っている。そして女の方はそれに心底辟易しているが、探索中に和を乱せない状況だ。カモでしかない」

「なんでわかるんですか⁉」

「あの同胞の顔を見ればわかる」

「エルフってすごい‼」

というかそんなドロドロなパーティ事情、知りたくなかった！

い、いやでもっ、僕の目から見てもあのパーティは戦力が十分というか、前衛と後衛の均衡(バランス)はいいし、装備も充実してる。

全員Lv．2みたいだし、『事故(ピンチ)』になんてまず遭わないような……。

「……って、あれ？　師匠(マスター)？」

いつの間にか姿を消している師匠(マスター)に、きょろきょろと辺りを見回す。

すると――バチッ！　と電流が弾けるような音と、怪物(モンスター)達の悲鳴が奥から聞こえた。

……。

…………。

…………ま、まさか。

「う、うわあああああああああああ‼」

「モ、モンスターの大群があああああああああ⁉」

やっぱりー!?

人工的なモンスターの誘導——疑似怪物進呈（パス・パレード）を師匠（マスター）がお見舞いしたことを確信する僕は、心の中で絶叫する。

そこからはもう酷い。

幅が広いとはいえ、ルームですらない通路にモンスターの行列（パレード）が押し寄せ、激しい叫喚が溢（あふ）れ返る。Lv.2の時に味わったら絶対心傷（トラウマ）になるだろう光景が広がり、僕は顔面という顔面を引きつらせた。

そして——しばらく必死に抗戦していたパーティは、なんと後衛にいたエルフの女の人を置いて逃げ出してしまった。

「えぇーーー!?　嘘っ、同じ【ファミリア】じゃないの!?」

「屑（くず）どもで面倒が省けたな。手間取るようなら雷弾（まほう）の一発や二発見舞って、前衛の意識を刈り取らなければならなかった」

「師匠（マスター）って鏡見たことありますか!?」

思わず大声で叫んでしまう僕の隣に、師匠（マスター）が再び音もなく帰還し、やっぱり大声で突っ込んでしまう！

「いいから行け。機を逃すな」

冷たくあしらわれ閉口していたけれど、聞こえてきた女の人の悲鳴に、僕ははっとして慌てて飛び出す。

見ればボロボロになったエルフは既に膝をついていた。

ぐわっと全身の温度が上昇し、心臓が助けなければという咆哮(ほうこう)を上げ——僕は無数の『アルミラージ』と『ヘルハウンド』の群れに、真っ向から突撃した。


（あぁ、やはりバチが当たった——）

モンスターどもの爪牙が迫る光景を前に、エルフの少女、ローリエは思った。

ことの始まりは彼女の主神の無茶振りである。

『ローリエ、この羊皮紙(メモ)に書いてある【ファミリア】に探りを入れてくれ。内部の情報が欲しい。単独(ソロ)を装って迷宮探索に連れてってくれとでも懇願すれば潜り込める。あそこは男の冒険者が多いからな。お前の器量を使えば尋ねなくても吐いてくれるさ。えっ、それは色仕掛け？　エルフの自分にはできない？　おいおい、オレはヘルメスだぜ？　可愛い眷族のできることとできないことは弁(わきま)えてる。お前は優秀なエルフだ、こんな任務ちょちょいのちょいサ！』

などと胡っ散臭い優男の笑みとともに命じられ、嘆く暇も与えられず送り出されたのだ。

ローリエの所属は【ヘルメス・ファミリア】。そして主神のヘルメスと愉快な仲間たちは平

然とこーいうこと——派閥間の諜報活動をする。情報は金より価値があるものだと主神の教えによって理解しているからだ。今回もまた、きな臭い動きやら弱味を握れそうな情報の匂いを嗅（か）ぎつけ、将来の交渉材料確保のため『密偵（スパイ）』を頼まれたのである。

「まったくっ……何故エルフである私が色仕掛けなど……」

ローリエは美しい少女である。

結わえた金の長髪と濃緑の瞳はこれぞエルフと言わんばかりで、大人に近付きつつある妙齢の顔立ちもあって異性を引き付ける。彼女に微笑まれれば、隣で晩酌（ばんしゃく）に付き合ってほしいという冒険者が後を絶たないだろう。

能力はLｖ．2で立派な上級冒険者。

その一方で、オラリオにおける彼女の知名度は低い。

なぜならば、ローリエは言わば『都市外（としがい）』担当。

迷宮都市だけでなく下界中に目と耳を広げる【ヘルメス・ファミリア】の中でも、他国・他都市へ頻繁に出向いて情報を収集する。工作員の真似事や、主神の『散歩』に付き合うのもざらだ。二ヶ月と少し前、エルリア貴族の屋敷に忍び込み、捕らえられた喋る怪物（モンスター）——『異端児（ゼノス）』を発見したのも他ならない彼女である。

「【ヘルメス・ファミリア】だと警戒されないのが、私達『都市外（としがい）』担当くらいしかいないのは理解できるが……うぅ～！」

とにもかくにも、そんな経緯でローリエは他派閥のパーティに近付いた。

いっそ怪しまれてご破算にならないだろうかと一縷の望みに縋ったが、偉大なる主神の見通し通り、男ばかりの冒険者達は鼻の下を伸ばしてローリエを歓迎した。

ローリエは辟易した思いを笑みの裏側に隠しつつ、迷宮探索の傍ら、彼等から情報を引き抜いていったのである。今夜はこのまま一献コースだなと覚悟しながら。

そして、だから、バチが当たってしまったのだ。

『グオオオオオオオオオオオオオ！』

信じられないほどの怪物の大群に突如として襲われ、男達には囮にされて置いていかれた。

たった一人、孤立無援。団長達と比べてダンジョンの探索回数が浅いローリエではこの窮地をくぐり抜けられない。

（エルフらしからぬ不誠実な真似、我等が奉ずる大聖樹が許す筈もなかった。……恨みに恨みます、ヘルメス様）

傷だらけとなって膝をつき、眼前に『ヘルハウンド』の牙が迫りくる。

諦観とともにローリエが運命を受け入れようとした、その時。

「――ふッッ!!」

超速の白影が、死の運命からローリエを救い出した。

「……えっ？」

「グゲエッ⁉」と汚い断末魔の悲鳴とともに『ヘルハウンド』が斬断される。

更にローリエが知覚するよりも早く、その白い影は『殲滅（せんめつ）』を開始した。

たった一振りの武器、漆黒のナイフを用いて『アルミラージ』達を解体、背後から飛びかかる大型級『ライガーファング』も黒き流星のごとき一閃をもって絶命を言い渡す。あまりにも速過ぎる闘舞の中、ローリエの目には鮮烈に光る深紅（ルベライト）の眼光が焼きついた。

最後に、炎の息吹（ブレス）を吐こうとする『ヘルハウンド』の群れを、詠唱を知らない法外の速攻魔法を持って逆に焼却し、あれほどいたモンスターはあっさりと一掃された。

無数に舞う火の粉を背に、白い影が——いや自分より年下の少年が振り返る。

その深紅（ルベライト）の瞳に見つめられた瞬間、ローリエはこれまで経験したことがないほど心臓を高鳴らせた。

——淡々と眼鏡の位置を直す、まさに一人の第一級冒険者（エルフ）の思惑通りに。


大事を取って魔法（ファイアボルト）まで使い、同業者の安全を最優先に立ち回った僕は、危うげなくモンスターの群れを片付けた。

しっかり全滅させたことを確認して振り返ると、へたり込んだエルフの冒険者は呆然と僕を見上げていた。

そのきめ細かな白い肌を、ほんのりと赤く染めて。

……罪悪感がまずい。

とてつもなく、後ろめたい。

半年前にオラリオへやって来た僕が今の僕を見たら、どれだけ失望するんだろう……。

「えーと……大丈夫ですか？　立てますか？」

「……！　あ、ああっ、無事だ！　……あ、貴方は？」

……早く名乗れって師匠（マスター）が手合図（ハンドサイン）してる。

「僕、ベル・クラネルって言います……」

「ラ、【白兎の脚（ラビット・フット）】！　Lv．4まで一気に駆け上がった世界最速兎（レコードホルダー）！　……ヘルメス様が何度も言っていた、あの……」

立ち上がった相手は、僕の名前を聞くと仰天した。

何だかヘルメス様って聞こえたような気がしたけど……視線が定まらず何度もさ迷わせた後、チラチラと、僕の顔を盗み見るようになる。

こ、これが吊り橋効果……。

すごいけど、やっぱり罪悪感が酷い……。

「わ、私はローリエと言う。窮地を救ってもらい、命を拾えた……あ、貴方に感謝を」

「い、いえっ、気にしないでください。いや、本当に……」

相手は緊張から、僕は申し訳なさから。

言葉が途切れて全く会話が続かないでいると、

「【永争せよ、不滅の雷兵】」

「ひぎぃ⁉」

「⁉」

超短文詠唱を執行した師匠の雷弾に、背中を撃たれた。

電流が駆け巡り奇声を上げる僕に、高速執行のあまり何も気付けないローリエさんが驚く。

——教えた通り先導しろ愚図。焼かれたいのか。

後ろを振り返れば極寒の視線が、そんな言外の言葉を乗せて僕を穿っていた。もう既に焼かれていますけど！

蒼白になる僕は、慌ててローリエさんに声をかける。

「ロ、ローリエさん！　服も装備もボロボロなので、僕の上着、どうぞ‼」

ダンジョンへ出発する前に師匠から何故か渡されていたコートを、僕は迅速に、かつ怖がらせないように、傷付いたエルフの肩にかけた。

（や、優しい!!）

トゥンク！

ローリエの心臓がそんな音を奏でる。

肩の上からかけられたコートの感触に、ローリエはますますその相貌を赤くさせる。

「ローリエさん！　貴方の事情は全く本当に何もわからないんですがたった一人で『中層』を移動するのは危険だと思います！　良ければ僕が『上層』まで送っていきましょうか！」

「えっ？　い、いやっ、見ず知らずの第二級冒険者（あなた）にそこまでしてもらうわけには……！」

「イエやらせてくださいお願いします本当に！　僕、ローリエさんを放っておけないんです状況的にも命の危険的にも!!」

「ほ、放っておけない!?　わ、わたしをっ？」

真摯（しんし）なベルの眼差し――今も背中を魔法で照準されている者の後には引けないのっぴきならない思い――を受けて、ローリエはうろたえる。熱くなっている片頬に手を当て、何度も視線を左右に振ってしまう。

ローリエに恋愛経験はない。

正確には『打算』のない清き男女関係を知らない。

【ヘルメス・ファミリア】にいる以上、異性の標的相手に自分の『女』の部分を意識させることはある。だが心の中でローリエはめちゃくちゃ冷めた目で男共を見つめていた。他種族に見目麗しい容姿を称えられ、下賤な輩が頻繁に近付いてくるエルフならではの偏見と軽蔑を彼女もまた持っている。まさに操が固いエルフの権化そのものだ。

そんな初恋も知らない生娘状態に、コレである。

颯爽と窮地を救われ、素早い気遣い、そこに熱い（なり振り構わない）眼差し。

少年が（少年自身の命と一緒に）私のことを守りたい想いがビンビンに伝わってくる。

ローリエは混乱した。

上昇の一途を辿る体温が理解できない。

というかもうぶっちゃけるが、彼女自身も知らなかった異性に対する『嗜好』は、年下ヒューマン白髪赤眼キタコレ状態のドストライクであった。

「……………そ、それじゃあ……お願いする……」

ローリエは顔を赤らめたまま、もじもじと手をすり合わせ、か細い声で了承する。

ヘディンに見張られた状態のベルが、どっと安堵の汗を流したのも気付かないまま、臨時のパーティを組むのだった。

モンスターを警戒しながら、二人で歩き、会話する。

師匠(マスター)に教えられた通り共通の話題――同業者ならばダンジョンの情報や身の上話で話を繋げるのは容易だと言われた――で盛り上がり、僕も彼女も緊張が解けていった。

「まったく、あのパーティはとんだ臆病者の集まりだ！　無遠慮な視線で私を嘗(な)め回して、番(つがい)の関係を迫っておきながら、いざとなったら放り出して逃げ出すなんて！」

「あはは……。ローリエさんはモテるんですね」

「モ、モテっ⁉　お、おだてないでほしい！　わたしはエルフだから持て囃(はや)されるだけであって、魅力なんてなにも……！」

「えーっと……でも、ローリエさんはとてもいい人だって、いま話していて僕は感じました」

「！」

「他派閥の自分がパーティに加わらせてもらって、後ろめたかったんですよね？　だから率先して沢山のモンスターを倒して、魔石や怪物の宝(ドロップアイテム)を譲って……それで強い冒険者って勘違いされちゃったから、一人で置いてかれちゃったんですよね？」

「ち、ちがうっ、私は打算があって彼等に近付いたんだっ！　だからそれはっ、罪悪感を紛(まぎ)らわせるための自己満足で、酷い処世でっ…………私はいつも、こんなことばかりしているから、今日、天罰が下った。私は、醜いエルフだ……」

「……僕の知り合いにも、ローリエさんみたいなエルフの人がいますけど……誰かのために自分を嫌いになろうとする人は、醜くなんかないって、僕はそう思います」

綺麗ですよ、と僕が本心から笑うと、

「ひゃえ⁉　……あ、あうぅぅ……！」

ローリエさんは、両手を頬に当てて、真っ赤になってしまった。

こ、これで本当にいいのかな……？

お前の場合は思ったことを言え。相手のいいところを見つけたらただ褒めろ。それだけでいい。相性が良ければ相手は庇護欲を刺激されて云々カンヌン――。

師匠の言葉を忠実に実践していると、ローリエさんはとうとう耳まで赤くして、挙動不審になっていった。なんか最近、こんな光景を見たことがあるような……あ、リューさんだ。

そんなこんなで、怪我をしてるローリエさんを庇いながら、モンスターを撃退することしばらく。

正規ルートを歩き続けていた僕達の視界に、『上層』への連絡路が見えてくる。

これで送迎は完了。

まだまだ僕の戦いは続くんだろうけど、ひとまず一人目の先導が終わってほっと胸を撫で下ろしていると――目を伏せていたローリエさんが、意を決したように顔を上げた。

「ラ、【白兎の脚】！　いや、ベルくん！　助けてくれて、本当にありがとう！　このまま何も恩を返さないでいては、エルフの名折れだ！」

「そんな。別に気にしないでください」

お別れの時が迫っているからか。

立ち止まったローリエさんは未だ顔が赤いまま、真剣な声でそんなことを言ってきた。

いやでも本当に、事故を装って助けた身としては気にしないでほしいっていうか、僕の方こそ罪悪感に押し潰されそうっていうか……もうゴメンナサイというか……。

「いいや、させてくれ！　だから、そのっ、貴方が良ければ……また、会えないか？」

「会う？」

「こっ、今度でいいんだっ！　私はいつだっていいし、いくらでも待つ！　いやっ本当は近いうちが嬉しいんだがっ……と、とにかく！　また会って、君に何かを返したい！　そのっ……そうだっ、剣とか、鎧とか！　街を回りながら！」

ああ、エイナさんの時みたいな、ってことかな。

冒険者にとって装備は必需品だし……お世話になったら得物で返す、みたいな僕の知らない同業者の文化(ルール)があるのかも。探索で戦利品の分配なんかは暗黙の了解だし。

「だ、だから……………どうだろうか？」

何度も地面に視線を落としながら、上目遣いで窺ってくるローリエさんの健気な姿に、僕はつい笑った。義理堅いエルフらしいと好ましく思いながら。

「はい、いいですよ――」

と返事をして、ローリエさんの相貌が美しく花開いた、その瞬間。

「【永争(えいそう)せよ、不滅の雷兵(らいへい)】」

「ふぎぃイ⁉」

口を開いた零(ゼロ)秒後に僕は雷を落とされた。

ナンデ――⁉

目の前で感電して崩れ落ちる僕にローリエさんがぎょっとする中、師匠(マスター)が目にもとまらない速度で回収する。

プスプスと焼け焦げながら右肩に背負われ、僕はローリエさんのもとから強制離脱した。

「ど、どうしテ……⁉」

「シル様とのデート前に先約など舐(な)めているのか、愚兎(ぐさぎ)」

「す、すいませェン……‼」

「……それに、あのエルフはこれ以上関わると、果てしなくこじれる香りがする」

こ、こじれる……？

痺(しび)れて舌も体も思うように動かない中、心の中で首を傾げていると、

「『出会い』を知った生娘(エルフ)ほど、面倒な輩はいないという話だ」

師匠(マスター)はそれだけを言った。

やっぱり僕がわからないままでいると、「次だ。別の女どもで実戦訓練を続行する」と更なる戦場へ運ばれていく。

やっぱり僕の戦いは、まだまだ続くようだ……。

◆

「何が起こったんだ……」

突如ベルが倒れ、影が走ったかと思うと、少年は消えていた。

呆然と立ちつくすローリエはまさか白昼夢でも見ていたのかと自らを問いただすが、

「いや……そんなことはない」

今も肩にかかっている少年の上着を確かめ、微笑を浮かべる。

まだ温もりが残っているようで、そっとその上着を抱きしめて、エルフの少女は頬を薄紅色に彩った。

「嗚呼、ベル君……！　今度はいつ、会えるかなぁ……」

怜悧（れいり）で冷たい筈のエルフの顔が、ふにゃと崩れる。

ここにまた、白兎の熱烈な応援者（ファン）が爆誕した。

後日、任務そっちのけで眷族がベルにぞっこんになったと知って、優男（ヘルメス）が引っくり返るのは、また別の話である。

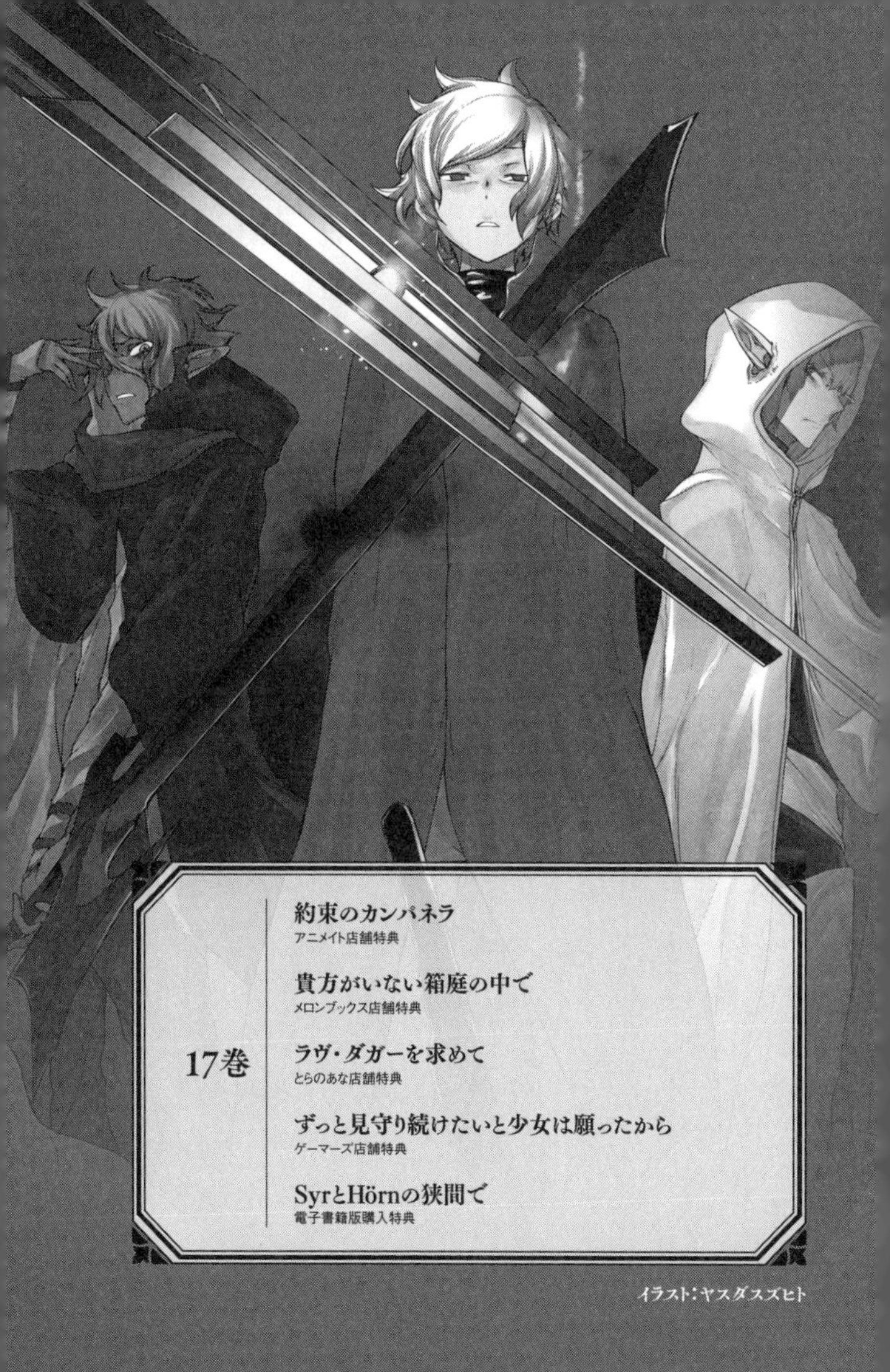
17巻
約束のカンパネラ
アニメイト店舗特典
貴方がいない箱庭の中で
メロンブックス店舗特典
ラヴ・ダガーを求めて
とらのあな店舗特典
ずっと見守り続けたいと少女は願ったから
ゲーマーズ店舗特典
SyrとHörnの狭間で
電子書籍版購入特典
イラスト：ヤスダスズヒト

約束のカンパネラ

髪留めをつける。

それはせめてものヘスティアの『反抗』だった。

美神が捻じ曲げた『箱庭』の中で、ヘスティアは少年との接触を許されない。

少年はヘスティアの眷族などではないと、嘘をつき続けなければならない。少年とヘスティアの関係性を示すものも全て、【フレイヤ・ファミリア】に抹消されていた。

ヘスティアの髪を二つに結わえる、この髪留めを除いて。

「……あ、あの！」

ある日の夕暮れ。

通りを歩いていたヘスティアは、一人の少年とすれ違った。

処女雪のような白髪に、深紅の瞳をした彼は、老人のように疲れ果てていて、迷子のように孤独で、視界の奥から近付いてくるヘスティアを見て、最初はとてもつらそうにうつむいていた。すれ違う寸前まで、黙りこくるヘスティアの隣を過ぎ去ろうとしていた。

けれど、足を止め、振り返って、呼び止めてきた。

「あ、あの……その……髪留めは……」

蒼い花弁を彷彿させる飾り付けのリボンに、そこに添えられた小さな銀色の鐘。

それは少年が、ベルが、ヘスティアに贈った贈物(プレゼント)だった。

二人だけの【ファミリア】ができて、彼が用意してくれた、女神へのカンパネラだった。

『美の神』が『街娘』としてベルと出会う前――彼女も与(あずか)り知ることのない、二人だけの思い出の品だった。

「……似合ってるだろう？　この髪留め、とても大切なものなんだ」

ベルの反応を見て、彼とともにいた護衛(ハーフ・パルゥム)達が、そして今も物陰でヘスティアを監視している【フレイヤ・ファミリア】の団員が張り詰め、殺気を帯びる。

ベルに真実を語れば彼等は人質(リリたち)を葬る。

だからヘスティアは、『些細(ささい)な事実』だけを口にした。

「とても、大切な子からもらったんだ」

ベルは驚き、何度も逡巡(しゅんじゅん)した後、問いを重ねた。

「その人は…………今、どうしてるんですか？」

――その人は僕(だれ)ですか？

彼がそう聞きたがっていたのは、すぐにわかった。

――君だよ。

そう言いたかった。でも、それは許されない。

だから、震えかける唇を必死に操りながら、ヘスティアは『嘘』をつく。

「今は、会えないんだ。今は……とても、遠いところにいる」

「……そう、ですか」

うつむく彼に心を痛めながら、最後に『その約束』を伝える。

「でもボクは、ずっとその子のことを想ってる。絶対に、その子のことを迎えにいく」

ベルは顔を上げ、目を見開いた。

夕焼けの光を浴びながら、微笑んで、ヘスティアは無言で彼に別れを告げた。

ヘスティアの『反抗』は終わった。摩耗（まもう）しきっているベルに真意は伝わらないだろう。【フレイヤ・ファミリア】には警戒されただろう。

それでも、この約束だけは必ず果たす。

ヘスティアは髪留めを揺らし、少年への小鐘（カンパネラ）を鳴らした。

貴方がいない箱庭の中で

「均衡(バランス)悪っ……」

リリは唐突に、呟(つぶや)いた。

よく晴れた空の下、白亜(はくあ)の巨塔を前にした中央広場(セントラル・パーク)の中ほどで立ち止まる。

「何か言ったか、リリスケ？」

「どうなされたのですか、リリ様？」

急に立ち止まったリリに、前衛のヴェルフが、妖術師兼(けん)サポーターの春姫(ハルヒメ)が振り返る。

「いや……このパーティの編成で、よく今まで『下層』や18階層へ足を運んでいたなと……」

女神祭も終わり、何事もなくダンジョン探索を再開しようとしていた日のことだった。

いつも通り18階層まで足を運ぶ予定だったが——不意に疑問を覚えたのだ。

前衛(ヴェルフ)と中衛(ミコト)、そして支援要員(サポーター)が二人。春姫(ハルヒメ)には『階位昇華(レベル・ブースト)』という切札(ジョーカー)があるが、それでも均衡(バランス)が悪い。13～14階層あたりならともかく18階層に自分達だけでほいほいといけるパーティではない。これまでの自分達は結構、いやかなり無茶な探索を繰り返していたのでは、とリリは冷や汗を湛(たた)える。というかこの編成で進攻(アタック)など指揮官としては失格では？

せめてここに、強力な『第二級冒険者(エース)』がいれば均衡(バランス)もぴったりで、リリも何も不満はないのだが——

(——何を考えているんでしょう。第二級冒険者はいません)

思考が是正される。

そうだ。ないものねだりはダメだ。

リリ自身Lv.2にはなったものの、戦闘能力自体はヴェルフ達と比べるまでも…………

(…………よくリリも、【ランクアップ】できましたね)

第二級冒険者や桜花達、ダフネ達と派閥連盟を結成したのだから、当然だ。

あの時は『下層』を越えて、『深層』まで行ったのだから——

(————…………なんで『下層』で引き返さず、『深層』まで行ったんでしたっけ?)

顔を上げ、パーティを見回す。

ヴェルフが、命が、春姫がいる。【ヘスティア・ファミリア】の仲間が揃っている。

何の過不足もあるわけがないのに、なぜか、ぽっかりと『穴』が空いている気がした。

「リリ殿……?」

リリは押し黙った。目の前で、命が首を傾げていた。

何か、頭の奥が鳴っている気がする。頻りに、心のドアを叩かれている気がする。

顔をしかめて頭に手を添えた、そんな時だった。

——サポーターさん、サポーターさん。冒険者を探していませんか?

大切な記憶の声が、聞こえた気がした。

──サポーターさんの手を借りたい半人前の冒険者が、自分を売り込みに来ているんです。

振り返る。そこに誰かはいない。当たり前だ。

だから、そんな少年の微笑みも幻だ。

「リ、リリ様？　どうしたのですか？」

「おいっ、お前本当に大丈夫か？」

ヴェルフ達が慌てている。どうしたのだろう。まったく理由がわからない。

「リリ殿……なぜ泣いておられるのですか？」

栗色の瞳から一筋の涙が流れていることに、リリは指摘されるまで気付かなかった。

目もとを拭っても、また溢れてきた。ちっとも悲しくないのに、意味がわからなかった。

目にゴミが入っただけ、さぁ行きましょう。そう言ってリリは仲間を促した。

心のドアを叩く音はまだ消えない。

大切な宝物が見つからないと、小さな私が泣いているような気がした。

ラヴ・ダガーを求めて

「……どういうこと？」

ヘファイストスは苛ついていた。

本拠の神室に飾られた、自分が打った武器の数々を数えながら、眉根を寄せていた。

（多分、ちょうど、半年前に打った武器……その存在を思い出せない）

鍛冶神ヘファイストスは、これまで自分が作り続けてきた武器を全て記憶している。

億では足りない武器と防具の詳細の把握。それは彼女が生粋の職人だからできる芸当であり、過去に創造した武具を決して無駄にしないための『工程』だった。鍛錬の過程も結果も、武具の素材も鎚の種類も、炉の火加減でさえ、全て考慮した上で次回の作品に繋げ、『至高』を生み出し続けるからこそ、彼女はヘファイストスなのだ。

「なのに、穴がぽっかり空いたみたいに……一振りの武器が記憶の棚から消えている」

由々しき事態である。

自分は外部から記憶が操られているのではないかと『疑念』を抱く――それよりも先に、思い出せない武器の正体が気になって気になってしょうがなかった。

その武器は王道だったのか？　それとも邪道だったのか？

材料は？　品質は？　形状は？　剣？　槍？　斧？　あるいはナイフ？

『箱庭』の規律(ルール)に抵触する『疑念』など抱く隙間もない『職人の性(さが)』が彼女を苛(さいな)む。

もし、それが『至高』を更新する一振りだったら――。

ヘファイストスはその一念のせいで、居ても立っても居られなくなった。工房にこもって鎚(つち)を乱打して武器を乱造したいほど情緒不安定に陥りかけていた。

「ヘファイストス様！　また女神様(ヘスティア)がバイトをさぼってます！　これで七日間連続です！」

「……こんなときに!!」

幼女神の無断欠勤を報告しにきた団員に、ヘファイストスは椅子を飛ばして立ち上がった。

怯(おび)える眷族(けんぞく)を尻目に、何故か自分に二億もの借金をしている神友(しんゆう)の本拠(ホーム)へ足を向ける。

もういい。ヘスティアに八つ当たりしよう。ついでに忘れた武器に心当たりはないか聞いてみよう。彼女を何故か派閥(ファミリア)の支店に雇ったのもちょうど半年前のような気がする。

「――何か知っているのね、ヘスティア！　私は一体どんな武器を打ったの!?　言いなさい！　言え!!　早くぅ!!」

「許してくれぇ、ヘファイストス～～～～～～～!?」

その後、鍛冶神の怒号＋尋問の前にヘスティアは泣き叫んだ挙句、下手くそな口笛を吹いて誤魔化そうとしたために――美神の眷族に監視されているが故ナイフの持ち主にまつわることは何も話せなかったために――未だかつてない雷を落とされたのだった。

ずっと見守り続けたいと少女は願ったから

英雄譚が読みたい。

ティオナは無性にそう思った。

「そう思った……筈なんだけど、何で楽しめないんだろう……？」

本拠の書庫の片隅で、床に座り、本を開きながら、ティオナは頻りに首を傾げた。

今、読んでいるのは『アルゴノゥト』。

滑稽な英雄があれよあれよと猛牛を退治し、攫われた王女を助け出す喜劇の物語。

ティオナのお気に入りの英雄譚だ。

「アルゴノゥトを見たい、って思った筈なのに……なんで……？」

自分の瞳に『銀の光片』が過り、とある認識が、い、い、い、捻じ曲げられてい、い、いることに気付けない彼女は、本の頁を見下ろしながら、黙りこくる。指先の物語はちょうど英雄の青年が王女を助け出すところだった。そして何故か、二人が見つめ合う挿絵を見つめ、胸の真ん中が切なくなった。

「……あたしは、お姫様にはなれないもんね」

そんな呟きを落としてしまう。

ティオナは声が大きいし、能天気だし、姉にはよくバカと言われるし、やっぱり姉より胸が小さい。女戦士で戦いが好きな自分は、物語の王女のようにお淑やかで美しくはあれない。

たとえば、そう、アイズの方がぴったりだ。

自分は、本を読んで、物語を外から眺める、『こちら側』なのだ。

「そっちの方が、あたしらしい」

英雄を見守り続け、応援する。物語の舞台の上には上がらない。

だから今も自分の感情に――見守り続けたい『英雄』のことがわからなくなってしまった虚無感に――気付けないティオナは、理由のわからない寂しさだけを持て余していた。

そして、そんな彼女を嘲(あざけ)るように、あるいは憐(あわ)れむように。

めくった頁の先で、英雄を虐(いじ)める意地悪な女が、ティオナのことを見上げた気がした。

――傍観者でもいいけれど。

――舞台の上に立たないと、後悔する時もくるわよ。

――私のように。

そんな言葉が、文字の海から響いたような気がした。

ティオナは何故か、子供のように泣きたくなった。

少年の手を取った王女(アイズ)と、思い出せなかった少女(ティオナ)の違い。

それは彼女が『英雄』の応援者(ファン)を望んだことだった。

SyrとHörnの狭間で

その少年の無様を、ヘルンはずっと見ていた。

『貴方の嘘(うそ)がベルに暴かれた時の条件……私と交わした契約を覚えているわね？　貴方はもうベルと接触しては駄目。あの子の視界に入ることも許さない』

フレイヤの命に従い、決して姿を現さないようにしながら、『戦いの野(フォールクヴァング)』で戦うベル・クラネルのことを、ずっと。

部屋の窓辺から見下ろしながら。

あるいは『変神(へんしん)魔法』で繋がったフレイヤの五感を通じて。

美神に命じられた務めをこなしながら、眷族の中で誰よりも彼のことを見続けていた。

「……愚かな男」

ひとりでに唇から落ちるのは、いつもそんな言葉だった。

第一級冒険者達(ヘディン)に打ちのめされ、血を吐き、地を転がり、目に涙を溜めて、必死に暴力の嵐に抗う。いや抗っているのは、フレイヤが作ったこの『箱庭』そのものなのかもしれない。

【ヘスティア・ファミリア】の自分を否定し、【フレイヤ・ファミリア】のベル・クラネルを肯定する世界の中で、必死にもがき苦しみ、泣き叫んでは、惨(みじ)めな姿を晒(さら)している。

そんな無様な少年を、ヘルンは冷めた瞳で眺めていた。

冷めた眼差しで、目を離すことはなかった。

「これは貴方の罰……女神を苦しめ、ここまで追い込んだのだから……」

そう呟(つぶや)く。そう断じる。

しかし、いい気味だ、と思うことは不思議とできなかった。

今の状況が自分の思い描いていたものかと問われると、ヘルンは言葉に窮(きゅう)する。

女神祭でのヘルンのベル暗殺は失敗に終わった。

ベル自身の手で娘(シル)に引導を渡す計画も、半分は成功し、半分は失敗した気がする。

彼が娘(シル)の想いを拒んだことで美神(フレイヤ)がただの『小娘』に成り下がることはなくなった。彼女はヘルンが望んだ通り、超然にして崇高な女神のまま。

けれど、少年への執着は消えなかった。それどころかより激しく、歪んだものに変わった気さえする。

ヘルンも処刑されなかった。

女神の存在を守るため死をも覚悟していた彼女は、フレイヤの慈悲によって生かされている。

確かにこれは『罰』だ。生き恥にも似ている。

ヘルンがフレイヤに罪悪感を抱かない時はなく、どんなに身を粉(こ)にして働き、忠誠をつくしても、以前のように女神の尊顔を見ることがためらわれた。

あと、微妙に、侍従頭(じぶん)を見る他の侍従達の視線がつらい。

虐めとか無視とかそういうのではないのだが、痛ましそうに自分を見ながらヒソヒソ話をされるのがきつい。彼女達にヘルンが何をしたのかしっかりと教えたフレイヤは、こういうところが小悪魔的で意地悪だ。アレン達の『死なねえどころか何でまだ女神の侍従やってんだよテメエ』という視線も非常に気まずい。

そこまで考えて、自分も彼と同じ罪人だ、とヘルンは自嘲した。

ベルも、ヘルンも、形は違えど無様を晒している。

変わった共感が、ふと、頰の形を笑みに変えようとして——すぐにヘルンは唇を歪めた。

「なぜ私が、貴方との共通点に喜ばないといけないのか……馬鹿馬鹿しい」

ヘルンは吐き捨てた。

倒れて原野に大の字に転がる少年を見つめ続けながら。

『侍従頭様の独り言が増えた』。

他の侍従達にそんなヒソヒソ話をされていることに、少女はまだ気付いていない。

ある日のことだった。

『箱庭』維持のために女神として都市の外へ出向こうと、本拠の廊下を歩いていると、曲がり角の先から話し声が聞こえてきた。

「あの、ヘイズさん……ヘルンさんって、【フレイヤ・ファミリア】にいるんですか……?」

「……いますよー。いるに決まっています。何せ『女神の付き人』ですから。ベルはそんなことも忘れてしまったんですか?」

はっとして、すぐに背中を壁にくっつけた。

曲がり角から僅（わず）かに顔を出して、覗（のぞ）くと、治療師（ヒーラー）のヘイズとベルが立ち話をしていた。

ベルは外出するため今日は『洗礼』を休むらしい。

少年が自分の名を呼んだことに、何故か、どきりとした。

「ちなみに、どうしてそんなことを?」

「えっと……毎晩、フレイヤ様の神室（しんしつ）に行っているのに、女神の付き人（ヘルンさん）と全然会わないから、なんでだろうと不思議に思って……」

神経を集中して聞き耳を立てていたヘルンは、唇を微妙な形に曲げた。

ベルの前に姿を現すなとフレイヤに厳命されているが、ベル自身はそれを知らない。女神祭での真相を勘繰（かんぐ）らせないためにも接触するわけにいかなかったが、さすがにその不自然さに彼は気付いたようだった。

ヘイズはどう答えるつもりなのか。固唾（かたず）を呑んで見守っていると、

「……嗚呼（ああ）、それはあれですよー。貴方がヘルンの着替えを覗いてしまったんですー」

「えええええっ⁉」

ぶっっ⁉

少年の悲鳴とともにヘルンは噴き出した。

ごほっ、ごほっ⁉　と耳まで赤く染めて咳き込んでしまったが、動揺するベルには奇跡的に気付かれなかった。

「着替え中のヘルンの部屋に、神懸り的な時機で入ってしまってー。あの子がよく選ぶ黒い下着姿をばっちりがっつり目撃してしまったんですー」

「く、くっ、黒い下着⁉」

「挙句の果てには世界の強制力のごとく貴方はすっ転び、あの子の柔らかい胸の谷間に顔を突っ込んでしまってー」

「なんでそうなるんですかぁ⁉」

「真っ赤になったヘルンは貴方をしばき倒した後、泣き叫びながら激昂し、体という体を聖水で禊いでは、何も食わず飲まずで部屋に三日三晩こもりきり、天の神々とフレイヤ様に二度と貴方の前に現れない近付かない視界に入れないと誓いの祈りを捧げたのですー」

「そこまでするんですかぁ⁉」

してない！　するか‼

ヘルンは心の中で叫んだ。実際にそんなことがあったら本当にやりそうだが、自分は断じてやってない！

　しばらく問答を繰り広げ、その場からベルがふらふらと立ち去った後、ヘルンは赤い顔のまま、ずかずかとヘイズに詰め寄った。

「ヘイズ！」

「どうも、ヘルン。いやー、危ないところでしたね。私のないす・ふぁいんぷれー」

「どこが！　あることないことを吹き込んで！」

　額(ひたい)を拭(ぬぐ)う素振りをする同僚の少女は、ヘルンの剣幕に肩を竦(すく)めた。

「こっちは貴方の尻ぬぐいのようなものをさせられているんですから、大目に見てくださいよ。少し理不尽です」

　ちっとも嫌味に聞こえない声音で、ありのままの感想を述べてくるヘイズに、ヘルンはぐっと勢いを削がれる。

　そんなヘルンを――ベルとの会話に聞き耳を立てていた彼女を――眺めていたヘイズは、おもむろに問うてきた。

「フレイヤ様に引っ張られて、という貴方の事情は知ってますけど……まだ執着してるんですか？　あの子に」

「は……⁉」

「畏(おそ)れ多くもフレイヤ様の『愛』が逆流してくるなんて栄誉、私には想像できませんし、嫉妬(しっと)

すらしてしまいますが……いい加減、『区切り』をつけたらどうです？」

見当違いもいいところな、その的外れな指摘に、ヘルンは怒鳴ろうとした。

しかし直前で、踏みとどまった。

取り乱しては認めているようなものだ。気持ちを落ち着かせ、逆に問い返す。

「……そういう貴方はどうなの、ヘイズ？　随分とあの男と接しているようだけど」

「私ですか？　普通に好感を持っていますよ？」

「なっ……！」

唖然とした顔を見せるヘルンに構わず、ヘイズは軽い調子で続けた。

「フレイヤ様の『特別』なので、間違っても手は出しませんが……監視の治療師ということを差し引いても、彼の面倒を見てあげてもいいかなって思ってます。本っっっ当に対人能力が皆無な団長達と比べれば、素直で、可愛いですしね」

「っ……！　恥知らず！　木乃伊取りが木乃伊になるなんて！　あの屑で最低な男の術中にはまってどうするの！」

「嫌な言い方しないでくださいよぉ。というか飛躍し過ぎです。誰も『ベルちゃ～ん、しゅきしゅき～』なんて言ってないじゃないですかぁ」

げんなりしながら「私の全てはフレイヤ様のものです」とヘイズは言いきった。

所作は洗練されているのに、どこか愛嬌のある彼女の人柄は、ヘルンと対極と言っていい。

ヘイズ・ベルベットは同性の目から見ても魅力的な少女だ。

薄紅色の長い髪を二つに結わえており、赤の看護衣（ナース・ワンピース）と白の上衣（ピナフォア）もあいまって看護師（ナース）なんて言葉を連想させる。

容姿は女神のように整っており、毎日酷使されてよく死んだ魚の目をしていること以外、可憐（かれん）で聡く、ヘルンより頑固じゃない（他の団員と同じでフレイヤさえ関わらなければ基本人畜無害という注釈はつくが）。

いい加減そうで真面目な性格もあって、【フレイヤ・ファミリア】にいなければ誰からも親しまれていたことだろう。冒険者達が『二大治療師（ヒーラー）（美少女）』なんていう名目で【ディアンケヒト・ファミリア】のアミッドを銀の聖女、ヘイズを黄金の魔女などと呼んでいるのをヘルンは聞いたことがある。

ヘルンの言葉遣いが敬語を忘れて荒くなるのも彼女の前くらい。決して友人などではないが、同世代である彼女の空気に、当てられているのかもしれない。

ヘルンを氷のような、と評するなら、ヘイズは丘の上に呑気（のんき）に咲く花のようだ。

（……ヘイズも、シル様も、私とは正反対）

あの愚かな男も、このような異性に気を許すのだろうか。

そういえば、ヘイズとよく一緒にいるのを見かけるような――。

フレイヤの付き人として栄光を噛みしめ続けてきたヘルンは、同世代の少女達に対して何か思ったことは一度としてなかった。

しかし今は、何故か、初めて同性に嫉妬を覚えそうになった。

「――というか私と彼が会話する時まで見張るの、やめてくれません？　よくこっちを屋敷の窓辺からじっと見てますけど……普通に怖いですよ」

「なっ」

そんなヘルンの心の動きを知ってか知らずか、ヘイズはそう言った。

今度こそヘルンは絶句した。

気付かれていたとか、そういうことではなく、指摘されるまで自覚していなかった自身に、愕然としたのだ。

原野の戦いの中で、ヘイズは治療師としてベルに付き添っているだけなのに、穴のあくほど見つめていたことに。

図星を抉られたように動きを止めるヘルンの顔を、ヘイズはじっと見た。

それから、はぁ、とこれ見よがしに嘆息した。

「必死すぎて、貴方の方がベルのことを大好きみたいですよ？」

ヘルンはかつてないほど、顔を真っ赤に染めた。

それからというもの、屈辱の日々は続いた。

ヘイズが要らぬことを言ったせいでベルのことを考える時間が増えてしまった。意識してしまうのだ。全部あの同僚のせいだ。いや——あの少年のせいだ。

瞬く間に日が過ぎ去っても、まだベル・クラネルの心は折れない。

今もヘルンの心をかき乱す。

「【カウルス・ヒルド】！」

「うぐぁああああああああああああああ⁉」

日が西の空に沈みゆく中、白妖精（ホワイト・エルフ）の雷に焼かれ、少年は絶叫を上げた。

「……ぐっっ、うぅぅぅぅ⁉」

そして治療の光を浴びた後、痛苦の涙を流しながら、再び立ち上がった。

ここで膝を屈すれば、自分はもう立ち上がれないと、そうわかっているかのように。

その光景を、やはり屋敷の窓辺から眺めるヘルンは、胸に片手を置いた。

「……理解できない」

ぽつりと呟く。

『自分の瞳』で見る少年はずっと泥臭く、誰よりも懸命のように映った。

ヘルンがベルの姿を『自分の瞳』で見たことは驚くほど少ない。

いつも彼女が見るのは『女神の五感』を通したものだった。

フレイヤという『崇拝の対象（フィルター）』が消え、自分の目で追う少年に抱く想いは――『苦い憧憬（にがいしょうけい）』だった。

（今のあの男は、昔の『私』と同じだと思っていた……）

かつて『シル』という名の少女と同じように、今のベルは孤独だった。

世界から弾き出され、自分を肯定してくれる者はいない。

この『戦いの野（フォールクヴァング）』に囚われた時、きっとベルは過去の『私』と同じように寒さに震えて何もできなくなるだろう――そう思っていた。

だが、彼は違った。

真の意味で味方など誰一人としていないのに、無様な姿を晒しても、抗い続け、戦い続けている。

今もずっと迷い続けているにもかかわらず。

あの雪の日、あの貧民街（スラム）で、『私』は女神に差し伸べられた手をすぐ取ったというのに。

彼は女神に差し伸べられている手を、未だに取ろうとしない。

ベルは強かった。

情報より、ずっと。

想像より、ずっと。

かつての『私』より、ずっと。

それが羨ましくて、苦くて、眩しかった。

ヘルンはもう、『女神の瞳』ではなく、『自分の瞳』で少年を追いかけていることを、認めなくてはならなかった。

「……いやだ。嫌だっ。あんな男っ、私は想いを寄せてなんかいない！」

ヘルンは床に向かって叫んでいた。

窓の外から視線を引きはがし、たった一人だけしかいない夕暮れの部屋で、何度も頭を振った。

「これはフレイヤ様だけのお気持ち！　私のものなんかじゃない‼」

その叫びを肯定する者も、否定する者も、そこにはいなかった。

女神の好意を錯覚しているだけだと言い聞かせても、溢れ出る情動はヘルンの言葉を信じてはくれない。

「私のっ、ものなんかじゃあ……‼」

もし。

『シル』がフレイヤではなかったら。

ヘルンが『シル』のままでいたら。

『私』は、彼のことを愛することができていたのだろうか。

今、走り出して、原野で倒れる彼に駆け寄り、抱き締めて、強靭な勇士達(エインヘリヤル)から傷付いた体を守ることは、許されたのだろうか――?

そんな『もし』を考えてしまったヘルンは、女神の厳命(くさり)を引きちぎってでも、己を殺したくなった。

雷の嘶(いなな)きが響いてくる。

少年の苦鳴と雄叫びが、聞こえてくる。

どこからか落ちた一滴の雫(しずく)が、足もとを濡らした。

***

そして。

己の心の動きに懊悩(おうのう)していたヘルンと鏡合わせのように。

女神にも契機が訪れてしまった。

「――――」

夜の神室(しんしつ)で、少年が退出した後、女神の感情がヘルンに流れ込んできた。

最初はただの錯覚だと思った。だが違った。

少年にドレスを褒(ほ)められた時、黙って葡萄酒(ワイン)を見つめていた時、確かにそれはヘルンの心を揺らした。

（右眼が――）

その背に『恩恵』を授かり、『変神魔法』を手にした時、ヘルンの肉体には変化が現れた。

それが右眼。

神に成り代わる度に瞳が本来の色を忘れ、『銀色』、あるいは角度によって『薄鈍色』にも見えるように変わっていったのだ。

矮小（わいしょう）な人間が神に成ろうとする代償。ヘルンはそう捉えている。

そして、その右眼を通じて、『変神魔法』を使わずともフレイヤの感情が流れ込んでくる時があった。【唯一の秘法（ヴァナ・セイズ）】を行使している時と比べて、あまりにも微細な女神の一部が。

今、女神自身も気付かない彼女の本心に――『花畑』で泣いている独りの娘（むすめ）に――触れてしまったヘルンは、言葉を失った。

――すすり泣いている。

――苦しんでいる。

――痛がっている。

――これでは、彼女は――。

「何をしている」

その声に、ヘルンはより詳しい感情を知るため発動していた『魔法』を解いた。

の場から立ち去る。

すぐに走り出し、何もない自分の部屋へと飛び込み、鍵をかけて、崩れ落ちる。

「私のやり方では、駄目だった……？　あの方の方法でも、女神は――」

呆然とした声を落とし、体をかき抱いた。

二の腕に爪を突き立て、全身の震えを堪え、葛藤した。

決めなくてはならなかった。

何もせず、傍観するのか。

女神の慈悲に泥を塗り、真の恥知らずとなって、彼女をまた裏切るのか。

同時に『岐路』でもあった。

このまま『ヘルン』として生きるのか。

あるいは、『シル』に戻るのか。

女神のことも何もかも忘れ、たった一度だけでもいい、少年の前に姿を現すのか。

この想いを、受け入れてもいいのか――。

「――そんなの、決まっている」

長い時を経て、ヘルンは顔を上げた。

「……ヘディン様」

扉一枚を隔てた神室で、今も女神が番の髪飾りを抱いている中、ヘルンは逃げるようにそ月明かりが、その美しい相貌を照らし出す。

「私はヘルン。神々の娘（むすめ）」

少女は笑った。

「女神（あなた）への渇望は、最初の憧憬（しょうけい）。私は貴方を追って、ここにいる」

涙を流しながら、笑った。

「貴方に救われたこの命、貴方を救うために、捧げます」

少女は『女神の従者』を選んだ。
少女が二度と『シル』を選ぶことはない。
手を組んで、目を瞑（つむ）る。
自分の全ても、少年へのこの想いも、彼女に還すと——ヘルンは月に誓った。

その他

ささやかな夏色を
GA文庫2014夏フェア特典

ゴーストスイーパー【剣姫】とお供の兎
コミックス版「ダンジョンに出会いを求めるのは間違っているだろうか」同時購入特典

本屋デート?
BOOK☆WALKER10巻購入特典

今までも、これからも
「5周年記念 書き下ろし付き スペシャルストーリー集[本編編]」電子版書き下ろし

5 YEARS AFTER　～ Bell Cranel ～
「5周年記念 書き下ろし付き スペシャルストーリー集[本編編]」書き下ろし

Happy 15th Anniversary ?
GA文庫15周年記念フェア特典

それはなんてことのない、とある日の女神の一幕
GA文庫15周年記念電子立ち読み版書き下ろし

とても遠く、とても近い、もう一つの迷宮譚
「杖と剣のウィストリア」BOOK☆WALKER同時購入特典

ささやかな夏色を

「あー、南国へ行きたいなぁ〜」

　ぐでー、とソファーに寝転びながら、神様がそんなことをおっしゃった。

「どうしたんですか、神様、いきなり?」

「どうしたもこうしたもないぜ、ベル君。もうすっかり夏だ、毎日熱くて堪らないよ」

　珍しく迷宮探索もバイトもなく、気ままにホームで休日を過ごす中。神様は手もとの本から目を離さずに言う。日が暮れるのがすっかり遅くなっている近頃は、神様の言う通り、夏の到来を告げていた。地下にあるこの教会の隠し部屋はまだマシだけど、外に一歩出ればうだるような暑さに襲われる。連日の猛暑に耐えかねているのか、神様はぼやくように喋った。

「避暑地で涼むか、それか南国の海岸にでも行って、思いっきり夏を満喫したいもんだよ」

　天上の神様らしからぬ、何だか俗っぽい発言に僕が苦笑していると、神様は本の頁をぺらりとめくる。挿絵付きの本の中には、神様の言う南国の光景が美しい彩りで描かれていた。

「青い海、青い空、白い砂浜……あぁ、ベル君と二人っきり、海岸で追いかけっこしたい〜」

　青と白の絵の具で塗られる本の世界に、神様は羨望の溜息をついた。

「せめて美味しい果実でも食べたいなぁ……」

　ヤシの実を始めとした熱帯果実。瑞々しい果物の頁を最後に、神様はばたりとソファーに顔を投げ出した。うつ伏せのまま、力つきたように動かなくなる。

神様の横で本を覗き込んでいた僕は、天井を軽く仰いだ。

小さな寝息が聞こえてくる神様をちらりと確認した後、静かにホームから抜け出した。


そして、一時間ほど経った頃。

僕がホームに戻ってくると、「んあ？」と神様が顔を上げ、ちょうど起きるところだった。

「あれ、ベル君どこかに行って……な、何を買ってきたんだい、それ？」

寝惚け眼をこする神様は、僕が両手で抱えている籠を見てぎょっとした。

籠の中には大きな縞模様の球形がごろごろと転がっている。

「都市の交易所で、買ってきました。夏の果物らしくて、『スイカ』、って言うらしいです」

目を丸くする神様に、僕は照れ隠しの笑みを浮かべた。

「南国の果実じゃないかもしれませんけど……食べませんか？」

固まっていた神様の顔に、みるみる内に笑みが咲く。頬を染めて、嬉しそうに微笑んだ神様は「ああ！」と大きく頷いた。

地下室から外に出た教会の片隅。井戸の水で冷やした後、縞模様の分厚い皮を切る。

夕焼け空の下で、僕と神様は真っ赤な果実にかぶりつき、笑い合った。

ゴーストスイーパー【剣姫】とお供の兎

【剣姫】、冒険者依頼に失敗する――。


その噂は瞬く間に迷宮都市中を駆け巡った。

【ロキ・ファミリア】に所属する第一級冒険者の冒険者依頼達成率はほぼ十割。当然そこに【剣姫】の名も含まれている。手に負えない依頼がある場合、管理機関は【ロキ・ファミリア】、あるいは彼女達と同格である【フレイヤ・ファミリア】に名指しで『強制任務』を発令するのが通例だ。何十人もの上級冒険者を皆殺しにした『強化種』の討伐、『深層』で大量発生した軍団の駆除……彼女達が解決してきた未曾有の事件は枚挙に暇がない。

だからこそ、【剣姫】が冒険者依頼に失敗したというその報せは衝撃的なものとなった。

出どころの知れない噂にもかかわらず冒険者達はあの【剣姫】が失敗した冒険者依頼とは一体どんなものかと酒場で頻りに議論したらしい。迷宮の深層域での採取・採掘物の収集を平気で依頼する豪商達もいかほどの無理難題であったのだと連日ざわめいたとか。

冒険者アイズ・ヴァレンシュタインを知る人達は、誰もが浮き足立ったのである。

かく言う僕も、そんな一人だった。

「か、神様っ！　アイズさんが冒険者依頼に失敗したって、街で噂が……!?」

「む〜ん、ヴァレン何某君が達成できないなんて、どんな冒険者依頼なんだ？　というか、あの娘が手を付けられないいんだったら、それこそ第一級冒険者達が協力して当たらないとどうにもならないいんじゃあ……」

動揺しながら言うと、神様も両腕を組んで唸ってしまった。

真偽はわからないけれど、噂の威力は僕達の【ファミリア】でも様々な憶測を走らせる程度には計り知れないものだった。

戦々恐々の感情が三割、あとはアイズさんへの心配の思いが七割を占める僕は人一倍そわそわしてしまう。リリやヴェルフに呆れられてしまったほどだ。

「うーん、話を聞きに行ってみようかなぁ。でも他派閥の僕が迂闊に【ロキ・ファミリア】に尋ねたらそれはそれで問題だし、もし聞いて嘘だったら何かみっともないし……」

憧れの人物のことが気になりつつも、ダンジョン探索のため本拠の正門を抜ける。

リリ達はそれぞれ用事があるということで、久方ぶりの単独探索に赴こうとすると――。

「――ベル」

「ほわぁ!?」

通りの曲がり角で遭遇した金髪金眼の美少女、アイズさんその人に素っ頓狂な声を上げる。

すこぶる仰天していると、アイズさんは見るからに悄然としていた。

散々ためらった後、うつむきがちに口を開く。

「私が今、引き受けてる冒険者依頼（クエスト）に……協力、してほしい」

二度目の驚愕が僕を襲った。

まさかという思いで問い返してしまう。

「あのっ、アイズさんが冒険者依頼（クエスト）を失敗したって噂を聞いたんですけど、それじゃあ……」

「うん……本当」

ぎこちなく頷（うなず）かれ、やはり衝撃に撃ち抜かれる。

とても強いこの人をここまで参らせる冒険者依頼（クエスト）が本当に実在するなんて。何より驚いたのは、そんなアイズさんも手こずる依頼に、僕なんかが協力を求められているってことだ。

「ええっと……何で僕なんかに？　それこそ最大派閥（ロキ・ファミリア）の人達の方が頼りになるんじゃあ……」

「【ファミリア】のみんなは、駄目。みんなもそうだけど、ロキに事情を知られちゃうと……絶対にからかわれて、変なこととしてくる……」

襲撃（セクハラ）の隙を与えてしまうとのたまうアイズさんの声音（こわね）は深刻だった。その表情もとても思い詰めていた。面と向き合っている僕が汗を流してしまうほど。

「ベルだったら、このことを、誰にも言わないでくれると思ったから……」

と、そこで、視線を地面に落とすアイズさんが今まで見たことないほどしおらしくなる。

年相応の少女のように不安そうに、胸の前で両手をもじもじさせながら、いじらしく。

おずおずと、アイズさんは僕のことを見上げてきた。

「ダメ、かな？」

「──やりますっやらせてください任せてくださいッ!!」

上目がちに懇願してくるアイズさんに、僕は速攻で答えていた。

とてもとても可愛いっ、じゃなくてっ守ってあげたくなってしまうその姿に、頬を真っ赤にしながら騎士のごとく誓いを捧げる。もし神様がここにいたら『チョロ過ぎるよベル君……』と失望されそうだけど、構いやしない！

憧れの人が自分を頼ってくれる、こんな嬉しいことに舞い上がらないなんて嘘だ!!

舞い上がったままじゃ当然いけないし、真剣に受け止めないといけないんだけど……この時の僕は、喜びと興奮のあまり声が上擦ってしまうほどだった。

「それでアイズさん！　僕に手伝ってほしい冒険者依頼って何なんですか！」

昂ったまま僕が尋ねると──アイズさんは暗然とした面持ちで、ぼそりと告げた。

「屋敷に住み着いている……幽霊退治」

「こ、ここは……」

空が暗闇に閉ざされた、夜。

罅割れて黒ずんだ壁面、割れた上階の窓、住人がいなくなって久しいことを告げる寂れた外観。周囲にはささくれだった魔女の指を彷彿させる複数の枯れ木が生えている。

今にも雨が降りそうな不穏な闇夜を背負って、それは建っていた。

いかにもといった、お屋敷だ。

「ここが、その女の子が言っていたお屋敷なんですか？」

「うん……冒険者依頼を頼まれた場所……」

アイズさんに依頼を出したのは、何と幼いヒューマンの女の子だったらしい。アイズさんが街をたまたま歩いていたところ、出会い頭のことだったそうだ。

『冒険者様……お屋敷に出る幽霊をやっつけて』

面識のない無所属の一般人、つまり平凡な年端のいかない少女に話によると、その娘だけの秘密の遊び場で不穏な影が現れるのだという。黒い襤褸を纏った亡霊らしき影が。

第一級冒険者の立場もあって冒険者依頼の安請け合いはしないよう気を付けているアイズさんも、怯えている女の子を気の毒に思ったらしい。ギルドを通していない非公式な依頼、要はただの個人的な願い事を叶えるつもりで現場へ赴いて調査を実行し——街に流れている噂の通り、失敗してしまった。『幽霊』の正体を突き止められないどころか、目の前の屋敷から敗走してしまったのだという。そしてそれが噂となって一人歩きをし、【剣姫】の冒険者依頼失敗として都市に広まってしまったというのがことの顚末だ。

場所は都市（オラリオ）の北西、廃墟が連なる街外れの居住区。実は僕達の元本拠（ホーム）『教会の隠し部屋』も存在する区画で、なるほど、子供達の遊び場としては確かにちょうどいいかもしれない。

　それにしても……。

「……えっと、何でこんな夜に来たんですか？　雰囲気的に、まだ昼間の方が……」

「夜にならないと、幽霊は出てこないって依頼人（クライアント）が……」

　依頼人（クライアント）って……ああ、さっき言ってた女の子か。

　屋敷を見上げるアイズさんの横顔は既に張り詰めていた。やっぱりアイズさんちょっと抜けてる、もとい天然だなー、と少々失礼なことを思いつつ、僕も前方に視線を戻す。

「それで、本当に出たんですか？」

「……うん。私が中に入って見た時は、上の階の廊下で、黒い影が……」

　そう言って、アイズさんがお屋敷を指差した、その時だった。

　三階の窓辺に、黒い襤褸を被った影が幽鬼のごとく浮かび上がったのは。

「――――」

　虚空から滲（にじ）み出るように突如（とつじょ）現（あらわ）れた影は、すーっと窓辺を横切っていった。

　ぽつぽつと雨粒が肩（かた）に落ち始める中、二人揃って硬直してしまう。

　アイズさんはあっという間に青ざめ、僕は顔を引きつらせた。

　ま、まさか、本当に……？

「…………行こう」

「え、アイズさん、顔が果てしないくらい真っ青……あ、いや、行きます」

悲壮、というか見ていて気の毒になるほど血の気の引いた顔のアイズさんとともに、僕は幽霊屋敷へと乗り込んだ。

扉を開け、「こんばんわー……」と呟いてから、身を滑り込ませる。

（うわぁ……中もやっぱり、いかにも、っていう感じ）

正面玄関の古びた両扉が閉まると、途端に薄闇に包まれる吹き抜けのエントランス。

天井には蜘蛛の巣が張っており、壁には虚ろな目をしたおどろおどろしい山羊の頭の剥製が。元は立派であっただろう彫像も、顔半分と片腕がなくなった今の姿では周囲の不気味さに一役買っている。

準備しておいた行灯型の魔石灯を掲げながら、確かに一人で来るのは気が引けるかも……なんて僕が感じていると。

隣にいるアイズさんは既に抜剣して、ばっ、ばっ、と頻りに体の向きを変えていた。

「……あの、アイズさん？　もしかしなくてもやっぱり、幽霊が怖いんですか……？」

「…………」

「ええっと、でも、モンスターの方が怖くないですか？」

油断なく辺りを警戒する無言の肯定に対し、至極真っ当な疑問を投げかけると。

アイズさんは緊迫しながら、のたまった。

「幽霊は、斬れないッ……！」

えぇー。

今にも汗が滲み出しそうな超真剣な横顔に、僕の膝はがくりと力を失いそうになった。

「ベルは、幽霊が平気なのっ……？」

畏怖の眼差しを向けてくるアイズさんに、何とも言えない表情を浮かべてしまう。

いやまぁ、確かに平気ですと言えば嘘になるんでしょうけど……僕は殺意をもって襲いかかってくる怪物の方がよっぽど怖い。迷宮の横穴に入った途端、ウガァー、とか。

憧れの人からよりにもよってこんな風に一目置かれるなんて……駄目だ、複雑過ぎる。

「……取りあえず、黒い影がいた三階に行ってみますか？」

「ま、待ってっ。調べるなら建物の端からっ。こういう時は、本丸は最後に残した方がいい……って、リヴェリアが言ってた」

こんなにも慎重な第一級冒険者の姿を見たことがあったろうか。

僕は汗を流しながらアイズさんの言う通り、前回調べ切れなかったという二階へと上った。

（でも実際、あの黒い影は何なんだろう。単に人が襤褸を被っている可能性もあるけど……何もないところから現れたように見えたし……本当に幽霊なんじゃあ……）

窓の外ではすっかり雨が降りしきる中、一抹の怖い想像を捨て切れないでいると……不意に僕の右手の袖が、ぎゅっ、と握られた。

「えっ……あ、アイズさん？」

「ふ、二人、離れ離れになるといけないから……その、だから……」

気恥ずかしいのか頰を紅潮させ、ぽそぽそと呟くアイズさんに、急にドキドキしてきた。

今更で、しかも不謹慎だけど、これって僕かなり役得なんじゃあ……？

アイズさんに頼られて、距離も近くて、こんな普通の女の子みたいに可愛い姿も見れて。

（しまいには、いきなり抱き着かれたり、なぁんて……）

苦笑しながら僕が邪な想像を働かせていた、その矢先。

空から大きな雷が落ちた。

「っ⁉」

轟然と鳴り響く雷鳴に、アイズさんは神速で剣を構えながら、僕の腕にしがみついてきた。

密着する柔らかい体、胸当て越しだけど肘に当たる胸。金の髪からふわりと漂う香り。

わわわわっ、まさか妄想が現実に──。

「って、アイズさんっ力強っ──ぐぁあああああああああああああああああ⁉」

次の瞬間、Lv.6の『力』がLv.3の貧相な体から悲鳴を上げさせた！

だ、第一級冒険者の本気の腕力が僕の腕をぉおおおおおおおぉ──⁉

僕が甘かった。

アイズさんとの接触を楽しむだなんて百年、いや、Lv.3分は早かった!!

それ以降、幽霊屋敷の調査は激しい損耗を強いられた。主に僕の体が。

鼠が廊下を横切ればアイズさんが超速で反応し、物音を察知すれば剣を構え、再び雷鳴が轟けば同じ光景を繰り返し……その度にしがみ付かれては振り回され、とにかく僕はアイズさんに殺されかけた。

『幽霊』という『未知』が、異常事態にも動じない筈の第一級冒険者を過敏にさせ、その行動を過激にさせたのだ。というかきっと恐らく、空回りするばかりで迷宮探索の一割も力を発揮できていない……。同時に憧憬の相棒どころか支援者としても未熟な我が身を痛感する。

僕だけが傷付き、ズタボロになりながら。

ややあって屋敷最上階、最奥の部屋に辿り着いた。

「あ、あと調べていないのは……こ、ここだけですね……」

「うん……行こう」

満身創痍で声が震える僕の隣で、アイズさんは緊張の面差しを浮かべる。

伸ばされた彼女の手が、ゆっくりと重厚な木扉を開ける。

ギィイ、と軋んだ音を上げる扉の先に広がっていたのは――。

あたかも『魔宴(サバト)』と見紛うような光景だった。

「……!!」

窓のない大部屋を赤々と照らし出す、大釜(おおがま)。中央に据えられたそれは今も炎で焼かれており、得体の知れない紅(くれない)の液体がぽこぽこと静かに音を立てている。床には見たこともない魔法陣と蠟燭(ろうそく)。周囲に置かれているのは様々な管(くだ)が繋がった大型容器(フラスコ)に、まるで生贄(いけにえ)のごとき何かの骨と血肉……。

視界に広がる光景に体の痛みも忘れ、アイズさんと並んで息を呑む。

こ、これは何かの儀式？

まさか、謎の邪教団が空想の悪魔でも召喚しようとして……!?

創作だとわかっている古いお伽噺(とぎばなし)の内容を想起してしまう。

アイズさんも似たようなことを考えているのか、顔を蒼白(そうはく)にさせていた。

そして、その直後だった。

儀式部屋の奥に通じる一室の闇の奥から……『影』が揺らいだのは。

「「――」」

ぼう、っと幽鬼みたく浮かび上がる輪郭(りんかく)。

人でも、怪物でもないソレ。

時を止めた僕達の視線の先、黒闇の中から生まれるように現れたのは――肉と皮を失った白骨の『髑髏（どくろ）』だった。

「ほ――ほわぁあああ!?」

　僕のその大絶叫が、引鉄（トリガー）。

　全力で回転するアイズさんとともに全力で踵（きびす）を返し、全速力で走り出す。

　脇目も振らず髑髏に背を向けて、僕達は逃走を図った。

「【吹き荒れろ（テンペスト）】!!」

「えっ、ちょっ、アイズさん待っっ――腕がァアあああああああああああああああああああああああああああああああああああああああ!?」

『魔法』の発動とともに、がしぃっ！　と掴（つか）まれる片手。

　我を失ったアイズさんと一緒に疾風（しっぷう）を巻き起こしながら、僕は幽霊屋敷から脱出した。


「ふぅ……」

「どうした、フェルズ」

「いや、知っているとは思うが、手狭になった隠れ家とは別に魔工房(アトリエ)を人気のない場所に設けていたんだがね、それを他者に見られてしまった。また別のところに移らないと」

万神殿(パンテオン)、地下。

管理機関(ギルド)の主神ウラノスが座する『祈禱(きとう)の間』で、魔術師(メイジ)フェルズは黒い襤褸にも見える黒衣を揺らし、嘆息を表現した。

生ける骸骨(がいこつ)である己の片腕を尻目に、老神(ろうじん)は片手に持っている紙に視線を戻す。

「おや、そういう貴方(あなた)も情報紙を見ているなんて珍しいね、ウラノス。何かあったのかい？」

「【剣姫】が冒険者依頼(クエスト)に失敗したらしい」

「ほお、それは確かに珍事を通り越して衝撃だ。しかしまぁ、彼女も人間(ヒューマン)だしね」

そこでふと思い出したように、フェルズは言った。

「【剣姫】と言えば、ベル・クラネルと一緒に私の魔工房(アトリエ)でばったりと会ったよ。あっちは驚いて逃げ出してしまったが、単なる肝試しか、はたまた二人だけの逢瀬(おうせ)か。はははは、ベル・クラネルも中々隅(すみ)に置けない——って、どうしたんだい、ウラノス？　そんな頭痛を堪えるような顔をして？」

後日。

屋敷から幽霊がぱたりと出なくなったと、幼い依頼人(クライアント)の少女は、冷や汗を湛(たた)える勇敢な冒険者達の前で感謝したという。

そのまた後日。

【剣姫】がとうとう達成できなかったという冒険者依頼(クエスト)は詳細もわからぬまま、冒険者達を震撼(しんかん)させる都市伝説と化した。

本屋デート？

「クラネルさん？」

暖かな陽気に包まれる昼下がり。

酒場の買い出しに出ていたリューは、街角でばったりとベルに出くわした。

「あ……リュー、さん」

声に反応したベルは、あからさまに「しまった」という表情を浮かべた。

ウエイトレス姿のリューに対し、少年は冒険者の装備を何も身に着けていない、ごく一般の普段着。両腕にはあるものを抱えている。

何冊も積み重ねられている、分厚い本だ。

「その本は？　どこかに運んでいるのですか？」

「は、はははは……いや、その」

運んでいるのなら手伝おうか、という意味も込めて尋ねると、下手な空笑いが返ってくる。

汗を流し、頬をうっすらと赤らめ、本を庇(かば)いながら、じりじりと後退するベルに、リューは空色の瞳を鋭く細めた。後ろめたいこと――それこそ抱えているものの正体がだらしない男神達が好むような**いかがわしい**本ではないかと思ったのだ。

もし本当であるなら看過できなかった。少年を慕う同僚(シル)のこともある、潔癖なエルフの性(さが)を発揮したリューは目にも止まらぬ速さで肉薄を仕掛けた。元第二級冒険者の速攻である。

　ぎょっとするベルから、抱えている本の一冊を抜き取る。

「ほあっ⁉」

「これは……童話？　いや、『英雄譚』？」

　奇声を上げるベルを他所に本を開くと、視界に飛び込んでくるのは一枚の挿絵であった。

　巨大な怪物に向かって凍える吹雪を放つ、エルフの女勇者。

「いやっ、これは、その……！　本拠の書庫を整理していたら、子供の頃に読んだ本を見つけてっ、読んでたら懐かしくなっちゃって……⁉」

「……」

「それでっ、あの、今日はダンジョン探索が休みで……せっかくだから、本屋を梯子して集めてみようかな、なんて」

　慌てふためいた弁解は次第に尻すぼみとなっていき、最後は消え入りそうな声で呟く。

　この年になって『英雄譚』を集める姿を見られたくなかったのか、ベルは今や恥じらいで赤くなった顔をうつむけていた。

　話を聞いたリューは珍しくきょとんとしていたものの、すぐに微笑ましく思った。みっともないなどとは欠片も思わず、むしろ彼らしいと。

　それと同時に、ベルを疑ってしまったことに後ろめたさも覚えた。

「……袋は、用意していないのですか？」

「持っていたんですけど……さっき、底が破れちゃって」

本を返しながら尋ねると、ベルはまた恥ずかしそうに苦笑する。

リューはそれを聞いて、間を置かず申し出た。

「では、私も付き合いましょう」

「えっ？」

「その本の量は凶悪だ。手を貸します」

挙動不審だったとはいえ、ベルを疑ってしまった自分が許せなかった。要は、生真面目なエルフの罪滅ぼしである。

こちらの提案に、ベルは目に見えて恐縮そうにした。

「そ、そんな、悪いですよ。それにリューさん、今はお店のお使い中なんじゃあ……」

「買い出しは夕刻までに間に合えばいい。心配しなくても大丈夫です。それに……」

恐れ入るベルを説得しようと、リューは咄嗟に考えた台詞を告げた。

「この旅はきっと大変なものになる。なにせ、英雄の活躍が綴られた伝説を求めて、この広い迷宮都市を渡り歩くのですから」

伝説の古文書を探して冒険をする英雄譚にかけて、そんな言い方をする。

気恥ずかしさもあったものの、リューなりの洒落にベルは瞬きを繰り返した後、とても嬉しそうに破顔した。まるで、姉に英雄譚を読み聞かせてもらえる子供のように。

「それじゃあ……よろしくお願いします。僕のお騒がせな旅の、仲間になってください」

「ええ。お供します」

つられて微笑むリューは、少年の英雄譚探しに同行することとなった。

まずは丈夫な手提げ袋を二つ購入し、本を詰め、都市の東部を中心に見て回った。

ベルが探す英雄譚はいわゆる『通（つう）』な本ばかりで、一箇所で揃うことはなかった。無所属（フリー）の獣人が営む書店、地面に敷いた外套（マント）の上に品を置く路地裏の露天商、交易所で開かれている蚤（のみ）の市（いち）。薄暗い店内で背伸びをして本棚に手を伸ばしたり、二人並んで腰を折り蚤（のみ）の市（いち）に出された本の背表紙を眺める。リューが教えてもらった題名（タイトル）を発見すると、ベルはその度に喜びの声を上げた。

図らずとも、本探しの旅は古書店巡りとなっていた。

「リューちゃん、リューちゃんっ」

「？」

ベルと街路を歩いていると、リューは声をかけられた。

相手は酒場の買い出し先でお世話になっている、気のいい年配の女性（ヒューマン）だ。

ベルに断りを入れ、リューは手招いてくる彼女のもとに足を運んだ。

「あんたもとうとう『いい人』を見つけたんだねぇ！」

「……？」

「またまたとぼけちゃって！　デートしてるんだろう、今？」

声の調子が高い女性の言葉を理解するのに、リューはしばしの時間を要した。

「シルちゃんもよくできた娘だけどさぁ、あんたもそんなに美人なんだから早くいい人が見つからないかって思ってて……男っ気がないから心配してたけど、安心したよ！」

離れた場所で話が終わるのを待っているベルと、自分の姿を見返す。

お互いお揃いの手提げ袋を片手に持った格好。

先程まで肩を並べて談笑しながら、のんびりと古本屋巡り。

なるほど、確かに傍から見れば、デートと呼べるものに映るかもしれない。

なるほど、なるほど……それは不味い。

「しかもあれ、戦争遊戯に勝った【リトル・ルーキー】だろう!?　お目が高い――」

「デートではありません」

「えっ、でも――」

「デートではありません」

「リュ、リューちゃ――」

「デートではありません。あと決してこのことはシルに言わないでください」

「は、はい」

言葉を再三遮る語気、断固とした口調。

真顔で迫るリューに、得意先の女性はこくこくと頷いた。

（デートなどでなければ他意もない。それは揺るがない。しかしシルに途方もない後ろめたさが……もうクラネルさんとは別れた方が……いやそれでは無責任過ぎる……ありもしないことを疑っておいてこちらの都合で放り出すなど、恥の上塗りに……）

女性のもとからベルのもとまで戻る途中、凄まじい葛藤がリューの胸の内で発生した。

少女への背徳感と少年に対する謝意の板挟みにあいながら、生真面目に煩悶する。

「リューさん、何かあったんですか？　お知り合いの方みたいでしたけど……」

「……いえ、何でもありません。行きましょう」

ベルのところまで戻ったリューは、結局本探しを続けることにした。

心の片隅で、同僚の少女に謝罪をしながら。

「結構集まりましたね……ありがとうございます、リューさん」

「お役に立てたのなら私も嬉しいです」

散々歩き回った後、二人は中央広場の東側に設けられた木椅子に腰かけた。

足もとに置いた袋はすっかり膨らんでいる。目当ての英雄譚を数多く見つけることができたベルはご満悦そうだった。その顔を見られて、リューも目もとを緩める。

「リューさんは子供の頃、英雄譚を読んだりしていましたか？」

「いえ、私の家系は守り人（もりびと）……里を代々守（まも）る番兵の一族だったので、あまり縁はありませんでした。都市に来てからも……もしよろしければ、話を聞かせてくれませんか？」

側にある噴水が日差しを反射してきらめく中、リューがそう言うと、ベルはぱっと顔を輝かせた。興奮した兎（うさぎ）のように、身を乗り出してくる。

「わかりました、任せてください！　えっと、何がいいかな、『迷宮神聖譚（ダンジョン・オラトリア）』は流石に有名だし、『ジェルジオ聖伝説』は……逆にちょっと知られてないし、う～ん」

袋の中から本を取り出し、いつになく饒舌（じょうぜつ）になるベルにリューは面食らってしまった。

それと一緒に新鮮な感情を覚えた。

こんな一面も、よく知る話題に夢中になる年相応のところもあったのだと。

「それで、お祖父ちゃんはその『アルゴノゥト』っていう話が好きだって言ってて……」

ベルはリューの知らない物語を沢山知（し）っていた。沢山の話を詳しく教えてくれた。

英雄譚について話す彼の赤い瞳は、きらきらと輝いていた。

まるで宝石のように、それこそ深紅石（ルベライト）のように。

耳を傾けていた筈のリューは、己の視線がその輝きに引き込まれ、胸の奥が穏やかになっていくのを感じた。

とても優しい気持ちになり、心地良い甘い疼（うず）きを覚える。

リューは無意識のうちに、微笑とともに唇を開いていた。

「私は……英雄譚を語る時の貴方が、好きなようです」

小さく呟かれた、その言葉は。

話に夢中になっていた少年の耳にも届いた。

「えっ……？」

固まったベルの顔が、たちまち紅潮する。

その様子にはっとしたリューは、自身の頬も熱くなったのを感じた。

「いや、今のはっ……その、変に捉えないでください。あくまで微笑ましいというか、無邪気な子供のようというか、そういった類の感情で……」

「こ、子供………ですよねー」

慌てて言い直すと、ベルはがっくりと肩を落とす。

自分でも気にしていたのか激しく落ち込む少年に、リューは失態だったと言い直そうとするが、上手く言葉が続けられなかった。

頬の熱が引かず、鼓動の音が落ち着かない。

小振りな唇をうっすらと開けては、閉め、それを繰り返してしまう。

（嘘じゃない……）

一瞬、目を伏せて、胸の内の思いに瞳を向ける。

（沢山の物語のように輝く、あの綺麗な瞳が……好きだ）

偽りのない気持ちに辿(たど)り着き、リューは顔を上げる。

「クラネルさん……先程口(くち)にした言葉は、嘘ではありません」

木椅子(ベンチ)に座りながら、視線を合わせず、前を向く。

飛び散る噴水の水を眺めながら、顔を上げたベルに、言葉を紡いだ。

「だから……また、話を聞かせてください」

——貴方の綺麗な瞳を見たいから。

胸が想う願いを、言葉を変えて伝える。

そっと少年の手から英雄譚を受け取り、膝に置くと、相好を崩す気配がした。

「はいっ」

屈託ない声が細く尖(とが)ったエルフの耳を震わせる。

英雄譚の表紙を愛おしげに撫(な)でながら、リューは目を瞑(つむ)り、顔を綻ばせた。

今までも、これからも

ヘスティアは女神である。

今ではもう中堅派閥にまで成り上がった【ヘスティア・ファミリア】の主神である。

「むう……」

そんな彼女は今、不満げに頬を膨らませていた。

というのも彼女の最初の眷族、ベル・クラネルとの時間を取れていないからである。

（わかってはいるんだ。もう二人だけの【ファミリア】じゃないってことは）

派閥の団員は増えた、ベルは形だけの団長ではなくなった。沢山の『成長』を経ているし、とりわけ『異端児』の騒動後は覚悟を身に刻んで強くなろうとしている。以前よりずっと『憧憬』や『目標』に向かって邁進していて、他のことにかまけている時間がない。

それを責めるつもりはないのだ。少年の『成長』は女神にとっても嬉しいから。その背中に綴られる眷族の物語は彼女の宝物だから。

ただ、あの教会の隠し部屋。今よりずっと貧乏で寒かった古い地下室が、懐かしく思える。

個人的な時間が少なくなってちょっと寂しい。ぶっちゃけ構ってほしい。

「なぁ、ベル君！　夫婦の倦怠期というものを知っているかい？」

だから、館の居室で二人きりのこの時機で、ヘスティアは切り出した。

「いやボク達がそうなっているとは言わないが、少し張り合いがないというか、もうちょっと嬉し恥ずかしな刺激があった方がいいんじゃないかと素朴な疑問を覚えてみたりとか……」

「神様」

長椅子の隣にいる少年へ身を乗り出していると、ベルは、声をかけてくる。

「今日は一緒にいませんか?」

ヘスティアは、驚いた顔を浮かべてしまった。

「なんていうか……最近、神様と二人でいる時間がなかったな、って……」

恥ずかしそうに苦笑するベルの瞳は、親愛とか、敬愛とか、温もりとか、そういったものに溢れていた。それは『大切な人』を想う眼差しだ。

ベルも同じ気持ちでいた。それだけで、ヘスティアは嬉しくなった。

「ああ!　今日は二人だけでダラダラ過ごそうじゃないか!」

「別にダラダラしなくてもいいような……」

弾ける笑みを浮かべ、笑い返すベルに肩を寄せる。

談笑して、からかって、恥ずかしがって、二人だけの安らいだ時間に身を委ねる。

「ようし、今日はこのままジャガ丸くんパーティだ!　今夜は君を寝かせないぜ!」

それは変わることのない、少年と女神の日常。

5 YEARS AFTER　～Bell Cranel～

「あれ、ここは……」

僕は辺りを見回した。

白を基調とした瀟洒（しょうしゃ）な一室。見覚えのない部屋だ。よく見れば自分も白の礼服（タキシード）を着ている。

一瞬立ち呆（ほう）けてしまったけれど、

「――ベル？　どうしたの？」

美しい純白のドレスを纏（まと）い、鮮やかな花束を持った『彼女』を見て、微笑（ほほえ）みを浮かべた。

（ああ、そうだ。僕はとうとうこの人と――）

そう、僕は結ばれようとしているのだ。

初めて『彼女』と出会って五年が経った、今日この日に。

カラァン、カラァン、と鳴り響く鐘（カリヨン）の音。窓の外には青空が広がり、鳥達が羽根を散らして飛び立っていく。まるで世界が二人を祝福しているかのようだ。

誓いの言葉を交わすまでもうすぐ。

教会（チャペル）の一室で控えている僕は『彼女』と向き合った。

白の花嫁の衣装。顔を隠すヴェールがほのかに揺れている。

薄布の奥で細められる瞳（ひとみ）に、釣られて笑い返した。

繰り返そう。僕は結ばれようとしているのだ。

こんな美しく、可憐で、ずっと憧れていた『彼女』と。

今、目の前にいる、金髪金眼の少女と——

「させるかぁあああああああああああああああああああ!!」

「ほあぁ!?」

が。

凄まじい勢いで扉を蹴破った神様が、僕達の前に参上した。

「ベールくーんっ!!　二人きりで何いい雰囲気になってるんだー!」

「か、神様ぁ!?」

仰天しながらヘスティア様の乱入に乱心しかけて、僕は、そのまま瞳をかっ開いた。

なんと神様の格好も、『彼女』と同じ花嫁衣装だったのだ!

「何なんですか、その格好!?　お願いですから空気を読んでください!」

「はぁぁ?　君達二人の幸せなんてボクが許す筈ないだろう!」

「悪魔ですか神様ぁ!?」

不敬と思いながらも声を荒らげずにはいられない!

神様はそのまま体当たりするように、「あっ……」と呟く『彼女』を強引に引き剝がした。

更に僕の腕を取って豊満な谷間に挟み込み、ぎゅううううううっと抱き着いてくる。

小動物（コアラ）のように。

目の前にいる『彼女』がとても悲しそうな顔を浮かべたので、僕は慌てて神様を引き剝がそうとしたが、

「ボク達をのけ者にして、放っておく気かー！」

その言葉に、動きを止めた。

「えっ…………ボク、達？」

ゆっくりと顔を上げる。

ぷりぷり怒るヘスティア様の背後。

開け放たれた扉の奥、僕が目にしたものは――

「ベル様ぁ！　贔屓（ひいき）は許しません！」「私のこと大好きって言ってくれたでしょ、ベル君！」「えへへ～、ベルさんのお嫁さ～ん」「シルと清き関係を結べるよう私も同伴します」「お、お側にいさせてくれるなら、私（わたくし）は側室でもっ……！」「甘いね、寝床に引きずり込んで真っ先に子を作っちまえばいいのさ」「あら、私が一番よね？」「アルゴノゥトく一ん、あたしも仲間入れてー！」「アイズさんだけじゃなくてティオナさんまでっ、私が見張らなきゃ……!!」「これから少年の尻をいつでも堪能……グフフニャ～」「予知夢（ゆめ）じゃなくて、幸福（ゆめ）を貴方（アナタ）と叶えたいなって……！」「なんでウチまで……」「ベルー！　ずっといっしょ！」「愛する人間ニ、ダ、抱（ダ）きしめられたイ……」『キュー！』「ベル、大好キ！」「ふっ、しょうがねえ……俺がずっと側にいてやる

よ』『ゲゲゲゲッ！』『ベルきゅん、さぁ私と愛を結ぼう！』『――再戦を』

リリとエイナさんとシルさんとリューさんと春姫さんとアイシャさんと銀髪の美神様とティオナさんと山吹色の髪のエルフの方とクロエさんとカサンドラさんとダフネさんとウィーネとレイさんとアルルさんとマリィと何故か花婿衣装を着たモルドさんとぱっつんぱっつんのドレスを纏った巨大蛙のような女の人と目が血走った太陽神様と一匹異彩を放つ血濡れの両刃斧を持った好敵手の姿――。

「う、うわぁああああああああああああああああああああああああああああああ⁉」

――チュンチュン、と小鳥が囀る気持ちのいい朝。

全身から汗を流す僕は、上体を起こした格好で固まっていた。

「…………夢」

あまりよく覚えていないけど……嬉しかった以上に悲劇な夢を見た気がする。

五年後、あるいは十年後、二十年後。

迎える未来は何を描くのか。

今は何も考えないようにしながら、寝台から立ち上がり、フラフラと部屋を後にする。

――夢の最後に出た、親指を上げたお祖父ちゃんのイイ笑顔は、見なかったことにした。

Happy 15th Anniversary ?

「ベル君、十五歳の誕生日はどんなパーティーにしたい？」

「へっ？」

珍しくダンジョン探索にも出かけず、本拠（ホーム）の館でまったりと過ごしていた昼下がり。

僕は神様に、そんなことを尋ねられた。

「君は今、十四歳なんだろう？　オラリオに来てもう半年が経ってるし、生誕十五年目の誕生日は刻一刻と迫ってる！　だからその日のために準備をしておこうと思ってね！」

「な、なるほど……なるほど？」

二人だけしかいない居室（リビング）、一緒に座っている長椅子（ソファー）の上。

笑みを浮かべるヘスティア様は身振り手振りを交えて、大げさに説明してきた。

僕はわかったような、わからないような、そんな思いで首を傾げる。

「だからさ、ベル君！　君はどんな誕生日会にしたい？」

「う〜ん……？　どんなと言われても、祝ってもらえるだけで僕は嬉しいですけど……」

「君は【ファミリア】の団長で、ボクの最初の眷族なんだ！　サポーター君達には悪いけど、ちょっと気合いを入れたいんだよ！　ベル君を幸せにしてあげたいボクの神の愛（ゴッド・ラヴ）さ!!」

今からウキウキしている神様に、僕はやっぱり苦笑を返してしまう。

「要望なんて、やっぱり思いつきません。神様のそのお気持ちだけで、僕は幸せです」

「なんだよ、ベルく～ん！　つまらないな～！」

「あ、でも……パーティーじゃないですけど……」

お？　と神様がこちらに身を乗り出す中、僕は、ふと思ったことを口にした。

「これからも、今までみたいに……『冒険』をしたいです」

「『冒険』？」

「はい。楽しいもの、嬉しいもの、カッコいいもの、綺麗なもの、面白いもの……あとは苦しいものに辛いもの、全部抱えて、みんなと一緒に『冒険』を続けたいな、って」

今日までの出来事を振り返る。

沢山の人から、沢山のものからもらった感情を、感動を、そして勇気を思い出す。

みんなと一緒に『冒険』をすれば、きっとどこまでも行けると、本当に、僕はそう思えた。

「冒険……冒険か。うん、ベル君らしいね！」

そんな僕の言葉に、今日までずっと側にいてくれた神様も、破顔してくれる。

「よーし！　ベル君十五歳の誕生日テーマは『冒険』だー!!」

「あれ!?　話聞いてました!?」

勢いよく部屋を飛び出していく神様の後を、僕は慌てて、そして笑いながら追いかけた。

それはなんてことのない、とある日の女神の一幕

何を書こう?

神と呼ばれる者のくせに、いつも思う。

机に向かい、ペンを握る時、あの子にかけるべき言葉を。

繊細(せんさい)だから、心配だから、だから言葉に迷っているわけではない。

あの子はもう私の手から離れた。新しい居場所を見つけ、前を向いている。そんな彼女に私が余計なことを言って困らせてしまわないか、ちょっぴり不安なのだ。

いくら本人が以前の自分と何も変わってないと自嘲(じちょう)し、一歩も動けず立ち止まっていると嘆いていたとしても、そんなことはない。

あの子は立ち上がっている。それは僅(わず)かでも前に進んでいるということ。

貴方はもう、未来を歩き出しているわ。

過去を想うあまり、気付けていないだけ。

今日まで送られてきた手紙を読んだ。筆跡の変化が不変の存在である私にはわかる。きっと沢山悩んで取り留めないことや胸の内を綴(つづ)った想いは愛おしく、何より字の趣(おもむき)は柔らかくなっていた。

あの子はもう大丈夫。

燃えつきた灰がいつか新たな翼になることを、神ながら祈ろう。

――なんてことをつらつらと考えていたら、やっぱり何も進んでいない。一文字も埋まっていない手紙を見て苦笑してしまう。だから私は、正直になることにした。

後悔も悲しみも、全てを手放さず、旅を続けなさい。

そしていつか、貴方の『答え』を聞かせてほしい。

言葉を変えて、真っ白な紙に羽根ペンを泳がせようとすると、

「すいません、よろしいでしょうか？」

控えめなノックの音。

神室の戸を叩く音色に振り返る。

「どうしたの？」

「ご報告が、二つ。一つは、えっと……すいません、まだ武器は完成できなくて……か、欠片でもいいからっ、質のいい大聖樹の枝があれば、何とかなるかもしれないんですが……！」

彼女の歯切れが悪いのはいつものこと。それは構わない。以前から無理な注文をしているのはこちらなのだから。この子もまた迷いながら旅を続けている最中。私は微笑みながら、扉の向こうへ先を促す。

「もう一つは？」

返ってきたのは沈黙。

言うべきか迷っている。
いえ、これは不満？
私が不思議に思っていると、声は返ってきた。
「一人のエルフが……訪ねにきました」
ゆっくりと、目を見開く。
息を止める驚きの次に訪れるのは、幸福と喜び。
「どの顔をして会いにきたんだと……追い払いますか？」
同時に疑問が氷塊する。
なるほど、この子が拗ねるわけだ。
私は苦笑しながら椅子から立ち上がった。
「いいわ、私から行く。セシル、準備して」
今の眷族に声をかけ、最後にもう一度だけ机の上を見下ろす。
真っ白な手紙を拙い文字で汚す必要はなくなった。
きっと『答え』を聞く時はすぐ。
そして私は、その空色の瞳を見つめて、ありのままの言葉を贈ろう。
私が顔を綻ばせているのがわかったのだろう。
やっぱり拗ねながら、扉の向こうの少女は頷いた。

「はい――アストレア様」

とても遠く、とても近い、もう一つの迷宮譚

「ベル君！　ボクにお勧めの英雄譚を紹介しておくれよ！」

本拠の書庫で読書をしていた昼下がり。

珍しくバイトが休みのヘスティア様がふらりと訪れ、僕にそんなことを言った。

「英雄譚ですか？　別にいいですけど……どうしてまたいきなり？」

「いやぁ、ボクも春姫君みたいにベル君と共通の話題で盛り上がりたいなぁ、と思ってね！」

何故か自信満々におっしゃる姿に苦笑していると、神様は丸い頬を赤く染めて、子供みたいに笑った。

「それにさ。やっぱりこう、ワクワクするだろう？　知らない物語のページをめくって、英雄達と一緒に冒険するのは！」

その言葉を聞いて、僕も何だか嬉しくなってしまった。

「わかりました！」と笑みを返し、立ち上がって、神様と一緒に棚の方へ足を向ける。

沢山の本が溢れる書庫の様相はまさに小さな図書館だ。ついつい張りきりながら、何がいいかなと本の森をさまよっていると――

「……あれ？　こんな本、あったっけ？」

英雄譚が収められた棚に、見かけない本を見かけて、僕は自然と手を伸ばしていた。

「『杖と剣の物語』……？」

一振りの剣と杖が交差した表紙を読み上げる。

やっぱり見覚えのない本に、首を傾げてしまう。

「ベル君も知らない英雄譚なのかい？　ちょっと見せておくれよ」

横から覗き込んだ神様が手に取って、本を開く。

かと思うと、あっという間にのめり込むように読み始めた。

「これは……へぇ、ふぅん……なるほど……」

ぺらりぺらりと読み進め、「ややっ？」とまるで伏線を見つけたように前の頁に戻って。

すっかり熟読している様子に、僕の知らない物語ということも手伝ってソワソワしていると、神様はいきなり顔を上げた。

「なるほど、これはダブルヒロイン形式と見た！」

「だ、ダブルヒロインっ？」

「ああ！　そしてボクは断然コレット君推しだね！　いくら小さい頃に約束を結んだ幼馴染だろうと、憧れの高嶺の花なんて邪道だよ邪道!!　やっぱり真の幸せっていうのは常に主人公の側にいる青い鳥さ!!　ということで頑張るんだコレットくぅううううんーーーーっ！」

突如として熱烈な応援を始める神様。

やけに声高に主張して気圧されるというか、凄まじい私情が込められているというか……。

「ぼ、僕にも見せてください！」

気になってしまい、とうとう我慢できず、僕は身を乗り出した。

神様は笑って、ご自身の隣を示す。

「ああ、一緒に読もうぜ！」

床に腰を下ろし、二人で本を持つ。

一体どんな物語が広がっているんだろう。

どんな人達が僕達を待っているんだろう。

僕はワクワクしながら、その頁（ページ）をめくった——。

書き下ろし
SS

ベルクラ☆ランキング　～とある半年間の軌跡～

イラスト：ニリツ

ベルクラ☆ランキング　～とある半年間の軌跡～

「エイナ、見て見て～！　今週の冒険者順位（ランキング）出てたよ～！」

一枚の羊皮紙を両手に持ったミィシャ・フロットが、ぱたぱたと駆け寄ってくる。

正午が過ぎた『ギルド本部』。外で早めの昼食を済ませ、自分の作業机（デスク）に戻ってきたエイナは、お気に入りのお菓子をもらった子供のようにはしゃぐ同僚の姿に、苦笑を浮かべた。

「ミィシャ、本当にそういうの好きだよね。『学区』にいた頃から、ずっと」

「だって楽しいじゃ～ん！　今、誰が人気の冒険者なのか～とか、自分が応援してる冒険者が順位（ランキング）に載ってる～とか！」

裏表のない笑みを浮かべる学生時代からの友人に、苦笑を深める。

『冒険者順位（ランキング／ヒット・チャート）』とは、不特定多数の【ファミリア】――というより神々が面白がって作っている冒険者順位表だ。

単純な強さを示す『最強の冒険者順位（ランキング）』はもとより、『魔導士順位（ランキング）』や『前衛順位（ランキング）』、果ては『最可愛（さいカワ）エルフ』、『最美男（さいイケ）獣人』、『いぶし銀ドワーフ』、『女王様になってもらいたい女戦士（アマゾネス）順位（ランキング）』などなど、何故こんな順位を集計したのか首を傾げたくなる分野が多いのも特徴である。票そのものは不特定多数の同業者、あるいは神々や民衆の意見を反映し、独自に集計しているらしい。

ギルドはこの格付け調査に直接は関わっていないものの、窓口に送りつけられるそれを職員達も面白がり、ロビーに存在する巨大掲示板の裏側にこっそりと張り出しているほどだ。

（でも、中々馬鹿にできないんだよね……。『新人冒険者順位』なんかは、到達階層や冒険者依頼達成数とか、数字で判断しがちの職員達とは違って『生の声』っぽいっていうか……実際その冒険者のことを調べてみると、はっとさせられちゃうし）

少なからず、冒険者界隈の情報として役立っていることは確かだ。

あとは単純に、ミィシャのように応援している冒険者——特に担当冒険者——が順位に載っていたら嬉しい、という感情もないと言えば嘘になる。神々の娯楽ということで上層部も止めるのを諦めており、ギルドは黙認しているのが実状だった。

ちなみに、エイナの担当冒険者は『新人詐欺』なる烙印を頂戴し、冒険者になった日数で言えば立派な新人であるにもかかわらず『新人冒険者順位』からは即刻対象外となっていた。さもありなん。

「それにほら！　弟君も色んな順位に載ってるよ！　嬉しいんじゃないの～？」

「そ、それはなくもないかもだけど……こういうのって結局、知名度っていうか、有名な人ほど載りやすいから。最近『派閥大戦』とか色々あったから、ベル君が変に評価されてるって感じは、どうしてもあるよ」

少年の場合は特に、この半年の間で世界最速兎という名声、二回もの戦争遊戯、歓楽街壊滅に巻き込まれていた噂、『武装したモンスター』の事件での零落からの回帰など、悪目立ちも含めて人々の話題に挙がり過ぎていた。噂が独り歩き、とまでは言わないが、変な格付け（レッテル）や妙な理想（ファンタジー）が上乗せされてるのは否めない。

それこそ、一番初めから『冒険者ベル・クラネル』のことを知っている最初の応援者（エイナ）からすれば、神々の言う『解釈違い』というか、とにかくベル君は決してそんな冒険者じゃないしまだ十四歳の男の子なのだからそっとしておいてほしいし最可愛（さいカワ）はまだ許容するとしても最美男（さいイケ）なんていうのは見当違いも甚（はなは）だしいから素人は黙っていなさい、なんてつい早口でまくし立ててしまいそうにもなってしまう。

（色々ありすぎて、有名になり過ぎちゃったんだよね……。もう私が何をしたって、隠せないくらい）

有名税、とでも言えばいいのか。

あるいは、これも名を馳せた上級冒険者の宿命というものだろうか。

ベルのことを沢山の人に知ってもらえて嬉しい反面、もう独り占めできなくて寂しい、というのが自分の素直な感想なのだろう。胸の内をそう分析したエイナは、みっともないなぁ、と自分に向けて苦笑いを浮かべた。

「でもでも、見てよ！　『将来有望』順位（ランキング）は相変わらずぶっちぎりの一位だし、『男性冒険者に《お姉ちゃん！》って言われたい』順位（ランキング）、七位から六位に上がってるよ！　『玉の輿を狙うなら今！』順位は結構下に落ちちゃってるけど……派閥大戦で出費が重なったっていう噂が原因かなぁ？　賠償金もらっても二億ヴァリスの借金はなくなってない～って言われてるし」

「ミィシャ、私の話聞いてた……？」

そんなエイナの胸中など構いなしに、束になった羊皮紙の順位表を半分手渡して、ニコニコ笑ったり思案したりと忙しいミィシャに、溜息をつく。

確かにお姉ちゃんって呼ばれたい気もないと言えばまぁそんなことはないというか叶うなら叶ってほしいというのも無きにしも非ず、と目を瞑って頬を赤らめながら、こほん、と咳払いをするエイナは、手渡された羊皮紙に目を通してみた。

『ともに探索したい同業者』『遠征に帯同させたい前衛』『街角で評判のいい冒険者』『獣耳をつけたい異性』『女装してほしい上級冒険者』『雨の日に相合傘で自分の肩を濡らしながら私を庇ってくれるアオハル☆男子』などなど……様々な順位にエイナは顔を引きつらせた。

前半はともかく後半の集計に入選してるのが地味に衝撃だった。

特に最後の項目は『学区』からの刺客がいるような気がしてならない。

「あっ、すごい！　弟君、女性票激戦区の『交際したい冒険者』順位で九位になってる‼」

「え、えええええええええええええええっ⁉」

今日一番のド直球の順位に、エイナはとうとう悲鳴を上げる。

さすがLv.5～、やっぱり第一級冒険者になったらみんなの見る目も変わる～、エイナもうかうかしてられないね～！　なんてミィシャに評価されたりからかわれたりすること、しばらく。

散々取り乱した後、すっかり疲れてしまったエイナは、羊皮紙を片手にその疑問を呟いた。

「本当に、誰がこんな順位(ランキング)作ってるんだろう……？」

問　カワイイと思う男性冒険者を教えてください。

「おいおい……おいおいおいお～い。どこの誰だか知らないが、一体ボクを何の神だと思ってるんだね？【ヘスティア・ファミリア】の主神でベル君の神様、ヘスティアだぜ？　そんなのベル君一択に決まってるだろーーーーーーーーーーッッ!!」

「ヘスティアちゃん！　バイト中に何くっちゃべってるのさ！　早くジャガ丸くんを揚げた揚げた!!」

「げえっ、おばちゃんっ!?　ご、ごめんよぉ！　しっかり揚げるからっ、バイト代を減らさないでくれ～～～～!!」

「まったく目を離すとこれなんだから。……ん？　カワイイと思う冒険者だって？」

「そ、そうなんだよ、おばちゃん！　面白い調査（アンケート）をしててさ！　勿論おばちゃんの答えは決まってるよね？　だってボクの仕事仲間だもんね！」

「勿論、決まってるよ――――フィン君一択さね!!」

「裏切り者ぉおおおおおおおお!?　おばちゃんの裏切り者ォ!!　そこはボクのベル君って答えるところだろう!?　というかおばちゃん、【勇者（ブレイバー）】君の応援者（ファン）だったのか!?」

「当り前だよ！　あんなに小さいのにしっかりしてて、しかもカッコ良くて可愛くて！　おまけに腕っぷしもすごいんだろう？　フィン君に決まりだよぉ！」

「強い、強過ぎるよ【勇者（ブレイバー）】君！　ボクが知る限りどんな順位（ランキング）にも上位にいるよ、あの子!!　同じ小人族（パルゥム）でもうちのひねくれたサポーター君とは大違いだ!!　――――だけど違うっ、違うぞ、おばちゃんっっ！　一番カワイイ眷族はロキのところじゃないっ！　ボクのベル君達なんだぁ～～～～～～～～～～っ!!」


結果『カワイイ男性冒険者』順位（ランキング）――十七位、ベル・クラネル。

問　頭を撫でてほしい冒険者を教えてください。

「はぁ？　何ですか急に？　見ず知らずの冒険者様がリリなんかに…………自分は冒険者ではない？　普段は都市の外にいる有志？　確かに見かけない顔ですね……これは失礼しました。リリはベル様達以外の冒険者が嫌いなので。それで、街頭調査（アンケート）、でしたっけ？　……確認しますが、これは誰がどなたに票を入れたのか、バレないようになっているのですね？」

答　約束します。

「そ、そうですか……。では、温かい手の平でリリのことを労わって優しく髪を梳くようにナデナデ撫でてほしいといえばソレは勿論ベル様一択っっ————!!」

「おいリリスケ、何やってんだ。発情した栗鼠（りす）みたいに体を揺すって。買い出しの途中だぞ」

「ってぎゃあああああああ!?　ヴェルフ様!?　いやっこれはそのっ、リリの大切な人の解釈をここらでビシィ！　と決めてやろうと思ったというか……！」

「なに言ってんだ……。ん、冒険者調査（アンケート）？　なんだ、面白そうだな。よし、今から言うことを順位（ランキング）にしろ。絶対、俺の相棒が上位に食い込むだろうからな」

「ちょ、ちょっとヴェルフ様？　そんな項目、本当にあるんですか？　いくらベル様が今をときめく冒険者でも、上には上が……」

「おお、自信アリだ。ずばり、『どの冒険者の武器を打ってみたいか』、だ」

「……!!　それはまさか、票を集めるのは鍛冶師限定ということですか……？」

「ああ、ベルは使い手として相当魅力的だからな。先にどんどん進むから専属鍛冶師も置き去りにされかねない。だから、やりがいがある。どんどん作品を預けたい。同業ならそう思うだろうぜ。ま、直接契約を結んでる限り、ベルの武器は俺しか打てないんだけどな――」

「――不愉快!!　すこぶる不愉快です!!　いきなり『私しか味わえない彼のすごいところ』を見せびらかして彼女面しないでもらえますか!?」

「誰が彼女だ!?　ふざけろ、俺は男だ!!」

「ふざけろはこっちの台詞ですぅぅぅぅぅぅぅぅぅぅぅ!!」

結果　『頭を撫でてほしい冒険者』順位（ランキング）――四十一位、ベル・クラネル。
『武器を作りたい冒険者　※鍛冶師限定※』順位（ランキング）――八位、ベル・クラネル。

問　壁ドンされたい冒険者を教えてください。

「か、壁どんっっ⁉　それはまさかっ、神様達がおっしゃる殿方の唇と鎖骨が間近に迫るという、あの禁断の……⁉」

「落ち着いてください、春姫殿！　顔も耳も真っ赤になって意識を断つ五秒前になっています‼」

「も、申し訳ございません、命様……！　ふっ、ふっ、ふぅー……！　ふぅ、ふぅ、ふぅぅー……！　深呼吸して、落ち着きを取り戻しました！」

（それは深呼吸ではなく、自然分娩呼吸法では……）

「手をつかれてベル様に迫られるなんて……！　もしやそのまま顎を上に向けられ、貪るように影が重なって一つになった挙句壁と挟まれるように押し潰されてあんなことやこんなことが……！」

（もう既にお相手がベル殿に固定されておられる……。あと流石に妄想が卑猥過ぎると突っ込むべきか否か……くっ、タケミカヅチ様、自分はどうすれば……！）

「……あ、あの、質問者様？　壁どん、以外でも別の投票をしても大丈夫なのでしょうか……？」

答　どうぞ。

「で、ではっ、春姫（ハルヒメ）は壁どんも興味があるのですが、ゆ、ゆっ、床どんっもッ、ベル様に似合うのではないかと浅はかにも愚考する次第でございまして……！」

「その流れ（コース）はただの同衾ですッ！　春姫殿ぉおおおおおお！」

「ど、どうきぃぃぃぃぃぃぃぃぃぃんっっ!?　ベル様とぉ!?　――――きゅうっ」

「あああっ!?　しまった、突っ込んでしまった!?　お気をっ、お気を確かに春姫殿ぉ!?」

結果　『押し倒されたい冒険者』順位（ランキング）――圏外、ベル・クラネル。

問　同業者の中で不人気だと思う冒険者を三名まで答えてください。

「んなのぉ決まってんだろぉ！」

「ベル・クラネル！　ベル・クラネルッ！　ベル・クラネルだぁぁぁぁッ!!」

「あるいはベル・クラネル、ベート・ローガ、アレン・フローメルでも可（か）!!」

「おいやめろ、本気でヤメロ！　あの兎野郎はともかく、こんな酒場で【凶狼（ヴァナルガンド）】と【女神の戦車（ヴァナ・フレイア）】を罵倒したなんて知れたら、上級冒険者（おれたち）の集まりなんてブッ殺されっから……！」

「と、とにかくっ！　あのヒューマンが一番気に食わねえ！　オレ達が何年も【ランクアップ】してねえってのに、あっという間に追い抜いていきやがって……！」

「無所属の奴等も、神々の野郎共も『いつまでも同じ能力でだっさ』とか言いやがって……！　ふざけんなコノヤロー！　兎みてえな無茶したら死んじゃうに決まってるだろクソヤロー!!」

「何度もお店に通ってずっと口説いてた俺のフローレンスちゃんも今はあの兎野郎と玉の輿狙ってんだコンチクショー!!　そもそも主神が処女神だから叶わぬ願いだってフローレンスちゃん！　美の神様の誘惑に堕ちなかった化物なんだよ!?　黒竜倒すより無茶だって!!」

「前まで『インチキ・ルーキー』って言われてたくせによぉ！　調子乗りやがって！　――本当にただのインチキだったらどれだけ気が休まったことか……」

「「「よってベル・クラネル憎し！　異論は許さねえ!!」」」

問　確かに冒険者の間では、ベル君について評価が真っ二つに分かれています。

「「「……それもまぁ、わかる」」」

「普通の同業者みてえによぉ、調子乗って、威張り散らしてたら素直に唾を吐けるんだけどよぉ……。あいつ、冒険者に合ってねえよ。人が良すぎる」

「ボールスとか、迷宮の宿場街の連中、助けられたか何だか知らねえが、もうアイツのこと大好きじゃんかよ……」

「女も男も魅了しやがる糞ハーレム野郎がっ！　……でもオレ、アイツに『中層』で助けられたことあります……回復薬（ポーション）もくれました……優しかったです……」

「実力も馬鹿にできねえ。反則技みてえな無詠唱魔法（まほう）持ってやがるし、足（あし）、ワケわかんねえくらい速（はえ）えし……」

「俺、あいつが25階層で閃燕（イグアス）の群れ相手に、ナイフ一本で戦（や）ってたの見たことある……」

「「「変態じゃん」」」

問　頑張ってる姿に胸がきゅんきゅんってなりますよね。

「胸きゅんきゅんはわかんねぇけど……あのクソガキが頑張ってねぇなら、俺達ってなんなの？　ってなる……」

「竜女（ヴィーヴル）が都市に出てきて、やらかした時は『ざまぁみやがれ』って思ったけど……気が付いたら規格外（アホ）みてえな猛牛（ミノタウロス）と殺し合ってて、気付いたら応援してたのがオレです……」

「あいつ、見かけるといつもボロボロなんだよ。戦争遊戯（ウォーゲーム）とか戦争遊戯（ウォーゲーム）とか戦争遊戯（ウォーゲーム）とか……【太陽の光寵童（ポエブス・アポロ）】とか【猛者（おうじゃ）】とか【猛者（おうじゃ）】とか……」

「勝っちまったんだよなぁ、あの野郎。【フレイヤ・ファミリア】に……」

「「「…………はぁ」」」

「……オレ、ダンジョンに行ってくる」

「俺も」

「昼間から酒(サケ)飲んでる場合じゃねえ」

「アイツにでけえ顔させてたまるか」

応援　頑張ってください。

「「「おう。あの兎野郎には負けねえぞ」」」

結果　『嫌われ者』順位(ランキング)——十位、ベル・クラネル。
　　　『見かけたら一杯おごりたくなる冒険者』順位(ランキング)——九位、ベル・クラネル。

問　勧誘(スカウト)、または改宗(コンバージョン)してみたい眷族を挙げるとすれば？

「「「ベル君っっっ!!」」」

「ズルイでしょアレは～～！」

「ガチャガチャしてたまたま大当たり引いたロリ神ほんとウゼェ～～～～!!」

「なーんで半年前に本拠（ホーム）を訪ねてきたベル君を追い返しちゃったんですかねぇ、ウチの眷族ちゃんはぁ～～～～!?　マジで大戦犯、見る目ねぇぇぇぇぇぇぇぇぇ!!」

「「「まぁ、こんなことになるなんて神々（オレたち）も見抜けなかったわけですが」」」

「アレが『英雄候補』まで上り詰めるなんて、下界の未知さん仕事し過ぎでは？」

「庇護の女神（ヘスティア）のところじゃなかったら大成しなかったまでありそう」

「わかる～！」

「ダンジョンに出会いを求めるのは間違ってなかったんだよ！」

「糞爺（ゼウス）のモノマネやめろ～」

「あらぁ～。何の話～？」

「「「デ、デメテルママぁ！」」」

問　勧誘（スカウト）、または改宗（コンバージョン）してみたい以下略。

「う～～ん、そうねぇ。現実的な問題を考えなくてもいいなら、私も確かに、ベル君かしら？　たまにヘスティアやミアハ達と一緒に来て、畑仕事を手伝ってくれるし」

「だよねぇ、デメテルママ～」

「心穏やかに狂ってる冒険中毒者(ダンジョン・ジャンキー)かと思いきや、色々奉仕活動やってるんだなぁ、ベル君」

「というかヘスティアが率先してやらせてそう。それこそ息抜きさせるために」

「ああ見えてベル君、畑仕事上手なのよ～。眷族(ペルセフォネ)達も感心するくらい」

「世界最速兎(レコードホルダー)、前職は農民だった説」

「それって最強の農民……ってコト⁉」

「一番強い武器は鍬(くわ)だったか……」

「ペルセフォネも満更じゃなさそうだったし……お見合いとかダメかしら？　ヘスティアのところから改宗(コンバージョン)して引き抜く～、とかじゃなくて、派閥の同盟を組むみたいな？」

「「「――そ、それだぁああああああああああああああ!!」」」

結果　『改宗(コンバージョン)してみたい眷族※神々限定※』順位(ランキング)――一位、ベル・クラネル。

……『眷族同士お見合いさせたい』順位(ランキング)――十九位、ベル・クラネル。

問　死んでほしくない冒険者はいますか？

「沢山おるよ。帰ってきてほしい者達だって、数えきれないほどおる。簡単に逝ってしまうのが冒険者だ。誰か一人、特別を作るのは……儂には少し、難しいなぁ」

謝罪　……失言でした。申し訳ありません。

「いや、構わんよ。特別を作りたくなるのが人で、この下界（せかい）ってもんだ。競争もするし、格付けだってしたくもなる。順位（ランキング）とやらがあった方が刺激になるし、色々わかりやすいんだろう。……きっとみんな、何かの、そして誰かの特別になりたいんだろうなぁ」

問　……貴方にも、なりたい特別はありますか？

「どうだろうなぁ。儂は……うん、特別の何かを少しでも支えられたら、それで満足なのかもしれん。昔は違ったかもしれんが、今はこうして、形見となっちまった冒険者（あいつら）の半身を眺めていると、よく思うよ。誇れる自分とか、強い自分になろうと頑張っておった者達の姿を、せめて儂だけでも覚えておいてやろうと。ちと傲慢かもしれんが……最近、そう思うんだ」

吐露　……多くの『雛鳥』にとって、貴方はきっと、かけがえのない『特別』です。

「フォフォッ、嬉しいことを言ってくれるじゃないか。どれ、お前さんの武器も整備してやろう。これも何かの縁じゃろう」

感謝　では、お言葉に甘えさせてもらいます。

「お前さんも、ベル坊の武器が飾ってあるのが外から見えたから、この店にわざわざ足を運んだ口だろう？　あいつはすごいなぁ。あ〜んなに立派になるなんて思っとらんかったし、ベル坊のおかげで店も潰れないくらいには繁盛しておる。……あの第一級冒険者の世話をしてやったのは儂だと、もう自慢できるようになってしまったよ」

沈黙　…………。

「おっと、エルフのお前さんには不謹慎、というより調子のいい話じゃったかな？」

否定　いえ……私はエルフですが、ドワーフである貴方を尊敬します。

「嬉しいのぉ、そんなことを言ってもらえて。……しかし、悪いなぁ。順位(ランキング)とやらに儂は協力できそうにない。一人だけ選ぶことは、難しいみたいじゃ」

肯定　大丈夫です。貴方はどうかそのままでいてください、ダルド老(ろう)。

「フォフォッ、言われなくとも。ここの鉄床(かなとこ)は、ひよっこどもの場所だからなぁ」

結果『死んでほしくない冒険者』順位(ランキング)――一位、全ての冒険者。

これくらい集計すれば大丈夫だろう。
最初は興味半分で手伝うことにした調査(アンケート)だったが、最後の方はしんみりとしてしまった。
ダルド老(ろう)がおっしゃっていった『特別』という言葉には、正直はっとさせられた。

確かに順位（ランキング）とは『特別』を生んでは作り出すもので、人々はそんな『特別』に執着しては囚われてしまうものなのかもしれない。神々にとっては少しわからないが、彼等（ら）彼女等（ら）はきっとそんなことさえも面白がるのだろう。

あんな話を聞いた後で、この最後の調査（アンケート）を実施するか少々迷うところもあるけれど、そもそもこれは私の『特別』に基づくものだ。

端（はな）から『特別』だと決まっているのなら、もはや今更だろう。清廉潔白なエルフの振りをするというのが滑稽というもの。

夕暮れの気配が迫りつつある街中で、私は残り一枚となった羊皮紙と、同僚（アスフィ）の羽根ペン（ブラッド・フェザー）を取り出した。

辺りを見回すと、年が近そうなヒューマンの少女を見かける。

大量の買い出し途中のようで、ブツブツと不服そうな独り言を呟いている彼女に、私は調査（アンケート）を行うことにした。

「もし、そこのヒューマン。今、冒険者順位（ランキング）なるものの調査（アンケート）をしているのだが、協力を願えないだろうか？」

「……冒険者順位（ランキング）？　ああ、あの『男性冒険者に《お姉ちゃん！》って言われたい』順位（ランキング）など低俗な格付けをしている愚劣な催しですか。くだらない」

開口一番、なんと嘲笑を向けられた。

だが、やけに詳しい。

さてはしっかり調べている口だな？

「『呪い殺したい兎』順位（ランキング）に【白兎の脚（ラビット・フット）】一万票を入れておきなさい。それでは」

「そんな格付けは存在しない。それより、『金髪のエルフとお似合いの白髪赤眼（はくはつ）ヒューマン少年（十四歳（さい）限定）』順位（ランキング）について意見を求めたいのだが」

「――ちょっと待ちなさい」

去ろうとしていた少女の足がビタリ！　と急停止する。

長い髪で右目を隠し、『魔女の弟子』なんていう言葉を彷彿とさせる彼女は、まるで射殺すかのように私――ローリエ・スワルのことを睨んできた。

私は何か粗相を働いてしまったのだろうか？


「それでは、貴方があの『女神の付き人』だったのか」

「もと、が付きますが。愚かな私の行いのせいで、戦争遊戯（ウォーゲーム）には敗北し、あの方はもう……」

強引に連行された私は、とある茶房のカフェテラスに座らせられていた。

二人掛けのテーブルを挟んで対面に腰かけた少女はヘルンと名乗った。

あの【フレイヤ・ファミリア】の『名の無き女神の遣い（ネームレス）』。

【ヘルメス・ファミリア】の都市外担当（としがい）としてオラリオをよく空けている私でも、名を聞いたことのある眷族だ。

私が少なくない驚きをあらにしていると、彼女はずずいっ、と身を乗り出してきた。

「それよりも、さっきのあまりにも限定的かつ私利私欲丸出しの順位（ランキング）は何だったのですか？」

「失敬な。いかなる調査（アンケート）を取るかは、有志の者に委ねられている。神々に依頼されている順位（ランキング）さえ集計すれば、後は自由だからな」

何も後ろめたいことがない私は、すすん、と背筋を伸ばし返した。

冒険者順位（ランキング）には他ならないヘルメス様も一枚嚙んでいる。私は今回、少々我儘を言って調査（アンケート）を行う側に参加させてもらったのだ。

他ならない初恋の相手――ベル君に対する都市の反応を知るために！

「……正当な権利だと小賢しくも主張する貴方の言い分を百歩譲って認めるとして、何故あのような理解しかねる内容だったのですか？」

「そ、それは……あの順位（ランキング）を見て、ベル君が私を意識して……や、約束を守るために、あ、会いに来てくれないだろうか、と……」

「――自分の足で向かいなさい!!　いえ向かうこと自体許しませんが、とにかくあんな不愉快極まる格付けを私達の目に晒すな!!」

「む、無茶を言わないでほしい！　彼に助けられた日から、私の胸は常に鼓動が不安定なんだ！　寝ても覚めても彼の横顔や優しさを思い出してしまって……！　なまじ中途半端な時間が空いてしまったから踏ん切りがつかない！　し、心臓が爆発してしまう‼」

「このっ、ポンコツエルフ2‼」

「なっ⁉　なにがポンコツか！　しかも、二番目（ツー）とは何だ！」

ヘルン女史はまるで潔癖かつ大人びたエルフが初心な恋心（おもい）に目覚めてしまったばかりに無残で目を背けたくなるほどのほにゃほにゃのホニャ妖精さん（失笑）に成り下がった一部始終を見てきたかのように私を糾弾してきた。初対面にもかかわらず、なんと失礼な！

一応、一理あるいは三理くらいはあるかもしれない指摘に私はたじろいだものの、すぐに現在進行形の崇高な使命をもって反論する。

「今、私はベル君の半年間を追っている最中なのだ！　彼が為した偉業や影響、人となりを十全に理解しつくした上で会いに行かなければ、そう、それは無作法というもの……！」

「この不審者予備軍（ストーカー）の怪物奥手エルフめ……！」

そう、私は冒険者達や市井の声を耳にすることで、彼の半年間の軌跡を辿ってきた。

ベル君。

いやベル・クラネル。

やはりすごい人だった。

情報で聞く以上に彼の半年間は波乱万丈であり、決して順風満帆ではなかった。

栄光の裏で凋落も経験し、人の悪意や失意、誹謗中傷を受けながら、それでも彼は走り続けることで様々な声を黙らせた。いや、それどころか、悪意や失意だったものを声援へと反転させ、前以上に味方――この場合で言うなら、応援者（ファン）を増やしてしまった。順位の調査（ランキングアンケート）を行うことで、それがよくわかった。

栄誉も零落も経た彼は、まさしくかつての英傑達も通った『英雄の道』を辿っているのだろう。

ボロボロに傷付いても、顔を上げ、前を進み続ける彼に人々は何かを期待してしまうのだ。

そんな人物が、私を助けてくれた相手だなんて……。

これはもう、運命ではないだろうか？

「ヘルン女史、ベル君はいいぞ。とても優しいし、紳士だ。第一級冒険者になった今、その実力は説明の必要もないし、白い髪もフサフサモフモフで赤い瞳もキラキラだ。いつも照れながら笑っているのも実にいい。今まで調査（アンケート）を実施してきた中でも概ね私と似たような反応だった。頭を撫でられたいから始まり壁ドン、果てには床ドンなどちょっと行き過ぎた少々アレな意見も散見したが同業者はおろか他職業の者からも尊敬を集め、誰よりもダンジョンで頑張っているのに冒険者らしくないところがまたいいという意見も――」

ヘルン女史も一部の冒険者のようにベル君を目の敵にしているようなので、私はここぞとばかりに布教を行った。

息継ぎを極力廃止した長文を淀みなく紡いでいく。

目を瞑りながら誇らしげな笑みで。

ヘルメス様の言葉を借りるなら『推し活』の一環というものだろう。

最初から苦虫を嚙み潰したような顔をしていたヘルン女子は、話を聞いていくうちに益々不機嫌となっていった。これはまさか、私の『どや顔』というものがお気に召さないのだろうか？

「何より、屈託ないベル君の笑顔は──」

「──馬鹿にしないで」

すると。

彼女は私の言葉を断ち切るように、芯の通った声で、そう告げた。

顔の右半分を隠す灰色の髪が、静かに揺れる。

「言われなくても、私の方がよく知ってる。……あの愚かな男をずっと見てきたのは、私達なんだから」

先程とは異なる、強い眼差しに見据えられ、私は気圧されてしまった。

そしてヘルン女史は短く息を吸ったかと思うと、唇を動かした。

「アレが優しくて紳士？　はっ、笑わせないで見当違いも甚だしい。あの兎の振る舞いは優柔不断の極致から生まれた何の褒めるべきところも存在しない害悪も害悪。貴方のような勘違いした人間を増やしては血迷わせる天然の妖夫のそれ。あの老人のように白い髪がフサフサモフモフだというのもあまりにも解釈違い。男のくせに女のそれより滑らかで全く痛んでいない憎たらしいにもほどがある髪質はむしろサラサラ、それこそ処女雪のように指の間から流れ落ちていく忌々しい代物。瞳なんてもっとおぞましい。いっそくり抜いて誰も立ち入れない神殿の奥にひっそりと隠しておいた方が世のため人のため、それほどあの罪深い深紅は女神も娘も狂わせる。あと言っておくけれど照れながら笑っているだなんて情けなく締まりのない顔をしている証拠。始末に負えないのは追い詰められれば発情した兎のように雄々しい咆哮を上げて猛り狂い雄も雌も構わず救い出そうとする神も呆れるほどの傲慢さ。衆愚はアレを『ぎゃっぷ』などと言って目の色を変えては惹かれることが多いようだけれど私から言わせればただの噴飯もの、あの兎も民衆も全て愚か愚か愚か。全部あの男の醜いエゴに振り回されているだけ。娯楽好きの神々も面白がって止めようとしないのが貴方の言う馬鹿げた順位の愚かしさに拍車をかけている。全て愚劣、みんな馬鹿よ。色を好めないくせに被害者を増やし続ける英雄の成り損ない、憧憬の奴隷のどこがいいと言うの？　喜劇なんかじゃない悲劇の生産者よ。あんなものに希望を託したって結局ヘラヘラ笑うだけで私達の涙は消えないわ。ねぇ、貴方も目を覚ましなさない？　あの最低最悪のド屑にかかずらうだけ時間の無駄よ。あのヒューマンの毒牙にかかるのはもう私で終わりにした方がいいに決まってるもの。それに、頭を撫でられる？　壁ドン？　床ドン？　——そんなこと許すわけないいじゃない。貴方達の身も心も魂さえも汚(けが)れてしまう。肉体も精神もジュクジュクに焼き爛れて溶け落ちてしまうに決まってるわ。膝枕なんてされただけでも感覚を共有していた私の意識が飛びかけたのよ？　だからダメよ、絶対にダメ、許さない。決して勘違いしないでほしいのだけど私はこの世界のため、ひいては貴方達、善良な娘(むすめ)達のためを思って言っているの。繰り返すようだけれどアレは英雄なんかじゃない、むしろ魔王なんて呼ばれるものに近い存在。女を惑わす色欲の化身の大兎(おおうさぎ)。あんなモノがいてはいけないし、即刻排除するか、やっぱり誰にも目にもつかない場所に鎖で繋いで閉じ込めておくべき。やはり私がやるしかない。だってこれ以上、私達のような『シル』を生み出すわけにはいかないから。今度こそあの方を守るために私が犠牲にならなきゃ…………嗚呼、ごめんなさい、脱線してしまった。とにかく私が言いたいことは冒険者も他の者達もあの男を尊敬しているというのは全て錯覚の産物だということ。神々すら捻じ曲げる『美の神』の『魅了』を受け付けない真性の怪物がただの人間の筈がないでしょう？　あれは貴方達をおかしくする誘惑(テンプテーション)を常に行使しているようなものなの。冒険者らしくない幼い一面も高過ぎる高嶺の花を目指して邁進し続ける腹立たしいほどの愚直さも受け取ったものを他者に返そうとする偽善性も諦めることをもはや諦めている既に手遅れな破滅性も全部全部全部みんな罠。ああ、それと貴方は屈託ない笑顔と先程言ったけれどそれも間違い。あれは透明な根源から滲み出る雪原の中で綻ぶ穏やかな蕾(つぼみ)のようなまだ未成熟な微笑み。胸をかき乱してこちらを苛つかせてくる目障りなものでしかない。ね、これでわかったでしょう？　あのヒューマンに近付くのは止(よ)しなさい。大丈夫、いつか必ず私が貴方達の前からあの男を消し去ってあげるから――」

激々々重(おんも)っっっ……!!

私より遥かに長文で息継ぎなしで繰り出された狂気――ヘルメス様がここにいたならばきっと『超大型(クソデカ)狂気感情』と名付けていただろうソレ――に私は溺れて、えずきそうになった。

か、彼女はまさか……『古参勢』!?

神々をして『すぐマウント取ろうとするー』と言わしめるほどの凶気の信奉者!

しかもアレは自分が文句を言うのはいいけど他者が悪口を言うのは絶対に許せない、所謂(いわゆる)一番面倒臭いこじれにこじれた深淵偏愛型(アビス・ラブ・タイプ)ッ……!!

何が恐ろしいって、彼女の瞳は別に暗黒の闇に堕ちておらず、むしろと理性的な光を宿したまま超自然(ナチュラル)にあの大量の呪言(ギガント・スペル・ワード)を投下してきたということ！　正常に狂っている!!

べ、ベル君と仲良くなるためには、私はこのような人智を超えた妖異(ようい)達と戦わなければいけないというのか……!?

「…………へ、ヘルン、さん？」

夕暮れが魔女の顔に陰を生み、私の頬に冷や汗が伝っていた、その時。

可哀そうなくらい顔を青ざめさせた少年が、呆然とこちらを見つめていた。

き、君は――ベル君っ！

「なっ⁉　なぜ貴方がここに⁉」

「い、いや、あの、普通に歩いてただけなんですけど……排除とか、閉じ込めるとか……消し去るとか聞こえてきて……」

咄嗟に椅子を飛ばして立ち上がり、赤面したり紅潮したりと忙しいヘルン女史に対し、声も体も震わせるベル君は震えていた。言葉の通り、たまたま店の前を通りかかった彼は、あのおぞましい呪言（スペル・ワード）を聞いてしまったのだろう。命の危機に無視して素通りすることもできず！

べ、ベル君がこんなに怯えている！

「――ベル君！　私を覚えているだろうか！」

恐怖する彼を助けてあげたくて、ぎょっとするヘルン女史を他所に私は勢いよく立ち上がっていた。絶望していた深紅（ルベライト）の瞳が私の方に視点を移し、驚きに見張られる。

「貴方は……ローリエ、さん？」

トゥンク！

あんな短い出会いだったのに、名前を覚えてくれていた――ッ‼

「ああ、君に助けてもらったローリエ・スワルだ！　重ね重ね、あの時はありがとう！　……そ、それで、そのっ……私と交わした約束は、覚えているだろうか……？」

「あっ、はい……師匠（マスター）の指示で有耶無耶になった――じゃないっ。えっとっ、買物に行こうって約束ですよね？」

　これも覚えてくれていたッッ――!!

　やっぱりベル君は幸せを運ぶモフモフ兎さんなんだ！

　歓喜に抱きしめられる私は顔も体も熱くしながら、すぐさま行動に移った。

「い、今から約束の買物に行かないか⁉　そうしようさぁ行こう、早く離れるんだ！」

「えっ、えっ⁉」

　恐怖の源（みなもと）から遠ざけてあげたくて、少々強引に誘い出す。

　そして混乱する彼の手をどさくさに握った瞬間――ヘルン女史の双眼が今度こそ暗黒の闇に堕ちた。

　手がブれたかと思うと禍々しい漆黒の呪剣（ナイフ）を取り出し、ベル君に向かって飛びかかる――!!

「屑屑屑屑（クズ）ッ、ド屑――――ッッ!!」

「ほわぁあああああ⁉」

　絶叫を上げるベル君を切り裂こうとするナイフを――抜き放った愛剣で弾き返す。

「⁉」

「ここは私に任せて、逃げるんだ！　ベル君！」

　二つの驚愕が重なり、周囲一帯がどよめきに満ちる中、私はベル君を背で庇い、ヘルン女史と対峙する。

「そして、ここを切り抜けて戻ってくることができたら……一緒に約束の買物に行こう」

「ローリエさん⁉　何でそんな悲壮な感じなんですかローリエさん⁉」

「なんて愚かっ……！　神から漏れ落ちた廃棄物に毒されるなんて！　だから言ったでしょう、早く身を退けと‼」

「ヘルンさんも何で英雄譚の魔女(ラスボス)みたいになってるんですかぁ⁉」

彼の張り裂けそうな声が響く中、私は両手で握る愛剣に力を込めた。

愛しき者のために命を賭(と)す……まるで一族に伝わる湖の護人(もりびと)！

これで私も騎士の仲間入りか！

「今こそ騎士の誉れ！　この想いに殉じるべく、いざ‼」

「どきなさい妖精(エルフ)！　その屑(クズ)、殺せない‼」

「ちょ、まっ、待ってえええええええええええええええええええええええええ⁉」

通りが夕焼けの色に染まりきる中、愛しい者の声を背に、私達は一進一退の斬り合いを繰り広げた。

そして永き戦いの末に、私達は気付けば武器を放り出し超長文詠唱魔法の撃ち合いもかくやというほど、時には情熱的に、時には猟奇的に、ベル君のいいところを片っ端から列挙する舌戦を行っていたのだった。

ちなみにベル君は保護者(ヘスティアさま)の手で回収され、とっくのとうに消えていた。

「エイナ〜！　今週の冒険者順位出たよ〜！」

うららかな日の正午。ギルド本部にミィシャの呑気な声が響く。

先週と同じように羊皮紙の束を受け取ったエイナは、今回はまた変わった順位が多いなぁ、と思った。そして、やたらと自分の担当冒険者が順位の高低はあるものの入選している。

小首を傾げていたエイナは、最後の項目を見て、動きを止めた。

『殺したいほど愛している』順位——計測不能、ベル・クラネル。

「……本当に、誰がこんな順位作ってるんだろうなぁ……」

少年の身の周りに潜在する騒動の爆弾をそこはかとなく感じ取りながら、エイナは遠い目をして、清々しく晴れた窓の外を見上げるのだった。

あとがき

　こちらの掌編集は本編一巻から十七巻、そして２０２２年までに他媒体で発表したショートストーリー集になります。原作小説が刊行して十周年になるこのタイミングで、一度まとめて上梓(じょうし)させてもらうことにしました。

　本編三巻の『エピソード・ミアハ』、本編十三巻『予言者の奮闘』、最後の『半年間の軌跡』のみ未発表及び書き下ろし短編となります。


　作家としてデビューさせて頂いて、右も左もわからなかった頃から、よくこんなに沢山の短編を書き続けてたな、なんて自分のことながらちょっぴり思います。

　長編には長編の生みの苦しみがありますが、短編の難しさは『少ない頁(ページ)の中でしっかりオチをつけられるかどうか』だと個人的には考えていて、「あ、この時はもうひねり出せなくて勢いで書いてる」とか「ちゃんとオチはあったけど頁(ページ)に綺麗に収まらなかったんだな」とか「安易なラブコメで乗りきろうとしている……！」とか、今(いま)読み返してみると色々感じたりします。今も大変と言えば大変なのですが、当時はもっとがむしゃらになって書いていたのかな、とも。近頃は本編では書ききれなかった設定や泣く泣くカットしたシーンを、せめて短編として残しておこうと転用したりしているので、ちょっとズルいかもしれませんね。

これからも短編そのものはお仕事として書き続けると思うので、昔の自分を思い出しながらがむしゃらに、より面白く執筆できるよう頑張って、主人公達と一緒に辿ってきた軌跡をこれからも作っていこうと、そう思っております。

ちなみに今回の収録の中で、私のお気に入りのエピソードは『ブルートワイライト』です。皆さんも気に入った短編があったら、いつかどこかで教えてください。

それでは謝辞に移らせて頂きます。

担当の宇佐美様、今回も一冊の本を出版するためご尽力してくださってありがとうございました。まだまだゴールが見えないシリーズ連続刊行、一緒に頑張らせてください。ファミリア・クロニクルに続いて掌編のイラストも担当してくださったニリツ先生、素敵な挿絵で作品を彩ってくださって感謝いたします。今回出せなかったイラスト案、どこかで出したいですね……！　刊行に携わってくださった関係者の皆様にも深くお礼を申し上げます。読者の皆様にも大きな感謝を。

連続刊行となる掌編集2には、ソード・オラトリアやファミリア・クロニクルなどの外伝作品のショートストーリーが収録されます。こちらも手に取って頂けたら幸いです。

ここまで目を通してくださって、ありがとうございました。

それでは失礼します。

大森藤ノ

ファンレター、作品の
ご感想をお待ちしています

〈あて先〉

〒106－0032
東京都港区六本木2－4－5
SBクリエイティブ（株）
GA文庫編集部 気付

「大森藤ノ先生」係
「ニリツ先生」係

本書に関するご意見・ご感想は
右のQRコードよりお寄せください。

※アクセスの際や登録時に発生する通信費等はご負担ください。

https://ga.sbcr.jp/

ダンジョンに出会いを求めるのは間違っているだろうか　掌編集1

発　行　2023年4月30日　初版第一刷発行
2023年5月10日　第三刷発行
著　者　大森藤ノ
発行人　小川　淳
発行所　SBクリエイティブ株式会社
〒106－0032
東京都港区六本木2－4－5
電話　03－5549－1201
03－5549－1167（編集）
装　丁　FILTH
印刷・製本　中央精版印刷株式会社

ISBN978-4-8156-1966-4
Printed in Japan　GA文庫